Clássicos Juvenis TRÊS POR TR3S

TRÊS FAMÍLIAS

TRÊS FAMÍLIAS

EUGÊNIA GRANDET
Honoré de Balzac

ORGULHO E PRECONCEITO
Jane Austen

VAMPÍRIA
Dionisio Jacob

1ª edição

Atual Editora

COORDENAÇÃO MARCIA KUPSTAS

ILUSTRAÇÕES LÚCIA BRANDÃO

Coleção Três por Três
Gerente editorial
Rogério Gastaldo
Editora-assistente
Andreia Pereira
Coordenação e produção editorial
Todotipo Editorial
Assistência editorial
Bárbara Prince
Revisão
Cássia Land e Ana Beatriz Freire
Pesquisa iconográfica
Cristina Akisino (coord.)
Gerente de arte
Nair de Medeiros Barbosa
Assistente de produção
Grace Alves
Diagramação
Daniela Rocha e Bóris Fatigati
Coordenação eletrônica
Silvia Regina E. Almeida

Colaboradores
Projeto gráfico
Aeroestúdio
Ilustrações
Lúcia Brandão
Coordenação
Marcia Kupstas
Suplemento de leitura e projeto de trabalho interdisciplinar
Silvia Oberg
Preparação de textos
Danilo Nikolaídis
Impressão e acabamento
Forma Certa Gráfica Digital

Dados Internacionais de Catalogação na Publicação (CIP)
(Câmara Brasileira do Livro, SP, Brasil)

Três famílias / ilustrações Lúcia Brandão. – 1. ed. – São Paulo : Atual, 2011. – (Coleção Três por Três : clássicos juvenis / coordenação Marcia Kupstas)

Conteúdo: Eugênia Grandet / Honoré de Balzac – Orgulho e Preconceito / Jane Austen – Vampíria / Dionisio Jacob.

ISBN 978-85-357-1461-6

1. Literatura infantojuvenil I. Balzac, Honoré de, 1799-1850. II. Austen, Jane, 1775-1817. III. Jacob, Dionisio. IV. Brandão, Lúcia. V. Kupstas, Marcia. VI. Título. VII. Série.

11-11325 CDD-028.5

Índices para catálogo sistemático:
1. Literatura infantojuvenil 028.5
2. Literatura juvenil 028.5

10ª tiragem, 2024

Saraiva Educação S.A.
Avenida das Nações Unidas, 7221 — Pinheiros
CEP 05425-902 — São Paulo — SP — Tel.: (0XX11) 4003-3061
www.coletivoleitor.com.br
atendimento@aticascipione.com.br

CL: 810520
CAE: 576080
Cód. da OP: 248851

SUMÁRIO

Prefácio

EUGÊNIA GRANDET 9

ORGULHO E PRECONCEITO 75

VAMPÍRIA 145

TRÊS FAMÍLIAS INCONFORMADAS

Três autores, três épocas, três lugares... e um tema central, reunindo três diferentes narrativas. Quantas semelhanças pode haver entre essas histórias, quantas são suas particularidades...

"Parece, mas não é": eis uma boa frase para definir as famílias de *Eugênia Grandet*, *Orgulho e preconceito* e *Vampíria*. Aparentemente elas são conservadoras, acatam a hierarquia e se conformam com as convenções sociais e com a previsibilidade de seus destinos. Isso apenas na superfície, porque na realidade alguns dos personagens esperneiam diante das injustiças e incoerências do destino.

O patriarca Grandet, do romance de Balzac, é rico e reconhecido na cidadezinha de Saumur, mas é um sovina que obriga a família a ser como ele. Eugênia, sua filha, aparentemente o obedece sem questioná-lo e aceita o matrimônio com um dos "bons partidos" que lhe fazem a corte. Entretanto, o surgimento de um primo parisiense reverte o enredo... Tanto que, anos depois, temos uma Eugênia riquíssima, órfã de pai e mãe e no controle de seu destino matrimonial.

O matrimônio, por sinal, é a preocupação central da matriarca da família Bennet, em *Orgulho e preconceito*. E ela possui motivos para isso, pois tem cinco filhas solteiras em uma época (começo do século XIX) e lugar (interior da Inglaterra) nos quais a única função feminina era ser esposa e dona de casa. Com o surgimento de solteiros de boa estirpe, a senhora Bennet sonha com projetos casamenteiros para as filhas, criando uma ciranda amorosa e matrimonial que envolve diversos personagens.

Num clima de quiproquós e fofocas, os pares parecem se acertar. Mas Lizzy, uma de suas filhas, rebela-se contra as possibilidades que lhe são oferecidas. Além disso, conflitos envolvendo as outras irmãs se desenvolvem até a situação beirar a catástrofe. O desfecho, porém, é otimista, premiando o amor e punindo os tais orgulho e preconceito, sentimentos que nomeiam a obra de Jane Austen.

Em *Vampíria*, o casamento não é a preocupação da família Voivoda, mas a extinção. Em tom de farsa e humor negro, Dionisio Jacob expõe o cotidiano de trágica banalidade da última família de vampiros da Romênia: eles têm poderes reduzidos e são mantidos pelo governo em cativeiro, como objeto de estudo. O texto tem um tom de escárnio: o funcionário público senhor Radu "ganha algum por fora" exibindo a família de vampiros para turistas, fazendo com que eles encenem ataques teatrais para sobreviver. A doença do presidente do país e o retorno dos poderes dos filhos colocam a família diante do impasse de criar novos vampiros ou arriscar a extinção.

Interesse pessoal contrapondo-se ao coletivo, casamento como redenção social, hipocrisia e manipulação podem ser temas comuns a essas histórias. O fato de personagens se oporem ao destino manifesto também. A coleção **Três por Três** pretende não só aproximar essas narrativas, mas também permitir ao leitor que reconheça suas diferenças. Neste volume, Dionisio Jacob busca salientar o ridículo e o humor negro das histórias, sejam as clássicas ou a de sua autoria. Pode ser que a intenção de Balzac não fosse ressaltar esses aspectos em *Eugênia Grandet*, mas o adaptador reforçou as cores da mesquinhez do senhor Grandet e da escolha matrimonial abnegada de Eugênia. A adaptação de *Orgulho e preconceito* também mostra uma patética senhora Bennet, que não se envergonha de exibir os dotes matrimoniais das filhas em plena festa, para todos ouvirem. Em *Vampíria*, todo o tom é de farsa. Nos três casos, o desfecho mostra uma admirável atitude de rebeldia, que permite uma reflexão a respeito de atitudes e sentimentos discutíveis.

Afinal, a proposta inovadora da coleção **Três por Três** consiste na adaptação modernizada de textos antigos, de autores significativos da literatura universal, que dialogam com uma história de escritor brasileiro, também autor das adaptações. E tem como desafio maior seduzir o jovem leitor para que conheça o que já foi feito em outras épocas, sobre temas que, mesmo em nossos dias, continuam relevantes e desafiadores.

Boa leitura!

Marcia Kupstas

EUGÊNIA GRANDET

Honoré de Balzac

Adaptação de Dionisio Jacob

HONORÉ DE BALZAC.

Francês, nasceu em Tours em 1799 e faleceu em Paris, em 1850. Foi um extraordinário e fértil escritor, cuja vida atribulada se relaciona com as peripécias de suas obras. Honoré se tornou primogênito com a morte do irmão mais velho. Em 1800 e 1802 nasceram as suas irmãs Laure e Laurence e, em 1807, Henry-François. A família era modesta, apesar das pretensões aristocráticas.

Aos vinte anos, Balzac estava sozinho em Paris, disposto a ser escritor e fazer fortuna. Nos primeiros anos publicou textos de encomenda e narrativas de folhetim. Depois dessa experiência, resolveu virar editor. O projeto grandioso de edições populares de livros clássicos faliu miseravelmente. Com dinheiro emprestado, tentou novo empreendimento gráfico em sociedade com Laure de Berny, mulher casada e mais velha que ele. Os dois se apaixonaram e ela foi a primeira de suas amantes "balzaquianas", termo em uso até hoje, para definir uma mulher madura e sedutora. Após dez anos de negócios frustrados, no fim da década de 1820 Balzac estava atolado em dívidas, problema que o acompanhou vida afora.

Em 1829 saiu o seu primeiro livro, A bretanha, *que fez sucesso junto ao público. Pouco depois, Balzac concebeu uma ideia grandiosa que norteou sua carreira e vida:* A comédia humana, *em contraposição a* A divina comédia, *de Dante. A ambição de Balzac realmente era extraordinária: pretendia, em uma série de obras, retratar a sociedade francesa em todos os níveis. Por isso, concebeu um conjunto de quase uma centena de romances, novelas e contos que analisaram meticulosamente a alma burguesa.*

O sucesso de crítica e público prosseguiu em obras como Eugênia Grandet *(1833),* O pai Goriot *(1834-1835),* O lírio no vale *(1835),* A mulher de trinta anos *(1836) e* As ilusões perdidas *(1837-1843). Balzac era admirado nas ruas e recebia correspondência de todos os cantos da Europa.*

Em 1850, casou-se com aquela que definia como "o objeto de meus mais doces sonhos", Ewelina Hańska, com quem se correspondeu por quase vinte anos. O escritor faleceu cinco meses após o matrimônio.

Balzac, um dos ícones da literatura universal, foi o fundador do realismo, um autor de imaginação fértil e capacidade de observação meticulosa do comportamento e caráter humano. É impossível o leitor não se condoer ou se identificar com o destino de muitos de seus personagens, como é o caso da ingênua e bondosa Eugênia Grandet. Balzac não retratou apenas a sociedade burguesa da França do século XIX, mas realizou, em sua ambição de pintar A comédia humana, *os perfis de seus semelhantes e seus potenciais de virtude e miséria.*

1
A CIDADE DE SAUMUR

EM CERTAS CIDADES DA PROVÍNCIA existem casas cujo aspecto inspira uma melancolia semelhante à que nos provocam locais desolados, claustros sombrios e ruínas tristonhas. Nessas casas, a vida e o movimento são tão tranquilos que alguém vindo de outra cidade acreditaria serem desabitadas – a não ser que deparasse, de súbito, com o olhar mortiço e frio de uma pessoa fitando da janela, imóvel. E esses vultos quase monásticos despontam sempre que ecoa nas calçadas o ruído de passos desconhecidos.

Na cidadezinha de Saumur, situada no interior da França e onde se deram os acontecimentos que serão aqui relatados, a sonoridade desses passos é reforçada pelo calçamento de pedras miúdas, que vão acompanhando o leito sinuoso das ruas até a parte alta da cidade, onde se ergue o antigo castelo. Habitações de mais de três séculos, sólidas, apesar de feitas de madeira, podem ser vistas ponteando essas travessas, o que torna muito pitoresca a parte antiga de Saumur.

Tudo naquela cidade, como o comércio e a indústria artesanal, é regido por hábitos muitas vezes seculares, alguns remontando à Idade Média, e que resistiam até aquele ano de 1818, mesmo depois de tantas revoluções. Toneleiros, vinhateiros, proprietários de madeiras, hospedeiros, barqueiros, todos dependem de um clima instável, e estão sempre à espreita de um raio de sol para tocar os negócios.

Nada acontece em Saumur sem que todos saibam. Nenhuma moça põe a cabeça para fora da janela sem ser vista por um grupo de ociosos. A vida quase sempre se passa ao ar livre: as famílias se sentam à porta para almoçar, jantar, brigar. Ninguém que passa pela rua deixa de ser estudado. Um estrangeiro atravessando aquelas ruas antigas e acidentadas é sempre ridicularizado por línguas ferinas, de porta em porta. Esses comentários corrosivos fazem parte do folclore de toda a região de Angers, na qual se situa a província de Saumur.

A casa melancólica onde se passa a ação deste drama era precisamente um desses edifícios veneráveis, restos de um tempo em que as coisas e os homens tinham a simplicidade que os costumes franceses foram perdendo dia a dia. Depois de seguir as curvas daquela rua elevada, é possível distinguir um muro com uma reentrância escura, em cujo centro se esconde a porta da casa do senhor Grandet. Como se trata de uma personalidade proeminente de Saumur, é impossível seguirmos adiante na narrativa sem apresentar a biografia desse homem austero.

2
O SENHOR GRANDET

EM SAUMUR, o senhor Grandet gozava de grande reputação, por conta da imensa riqueza que, entretanto, ninguém sabia calcular ao certo a quanto chegava, graças ao silêncio do homem sobre tal assunto. Também conhecido como tio Grandet, ou bom Grandet, sua esperteza nos negócios se tornou célebre, assim como a avareza. Desse modo, o adjetivo “bom” não significava necessariamente que ele fosse uma pessoa caridosa. Consistia apenas em um costume da região, de reverenciar assim qualquer homem que chegasse a certa idade, fosse ele cruel ou bonachão.

Sua origem fora muito humilde. Na época da Revolução Francesa, em 1789, era um mestre toneleiro bastante remediado. Os toneleiros, ou tanoeiros, eram artesãos que se dedicavam ao fabrico de barris, pipas ou tonéis, feitos de madeiras diversas, bastante úteis para conservar e transportar mercadorias, principalmente líquidos. Ao contrário de vários de seus pares de ofício, ele sabia ler, escrever e contar, o que lhe foi de grande auxílio.

Quando chegou aos quarenta anos, casou-se muito bem com a filha de um rico comerciante da região. Munido do dinheiro que havia acumulado com sua proverbial avareza e somado ao dote da mulher, conseguiu comprar as mais belas vinhas e quintas da região, tornando-se então um próspero vinhateiro.

Essa compra foi facilitada porque, depois do período revolucionário, a República Francesa pusera à venda os bens do clero. Como os habitantes de Saumur consideravam-se também um pouco revolucionários, tio Grandet foi saudado à época como um homem audacioso, um republicano, um patriota, um espírito dado às novas ideias, embora na verdade o vinhateiro fosse dado mesmo às suas vinhas.

O certo é que, com o crescimento da fortuna pessoal, ele chegou a fazer uma bem-sucedida carreira na política, procurando agir tanto no interesse da sua cidade como no seu próprio. O bom Grandet tornou-se prefeito de Saumur e administrou bem, construindo excelentes estradas que passavam, todavia, pelas suas propriedades. Sobre sua casa e seus bens, cadastrados de modo vantajoso, incidiam impostos moderados.

Com tudo isso, depois que Grandet deixou a prefeitura, suas vinhas tornaram-se cabeça da região, termo que indicava as propriedades que produziam vinhos de primeira qualidade. Tornou-se o maior contribuinte daquela província, adquirindo diversos imóveis, sempre por meio de ótimos negócios, em transações nas quais fazia valer seu tino comercial. Todos em Saumur já tinham de algum modo sentido na pele suas polidas, mas afiadas garras, em uma transação ou outra.

A fama da riqueza que amealhou em duas décadas era tanta que os habitantes da cidade nutriam por ele algo como um orgulho patriótico. Diziam aos hóspedes que vinham de fora:

— Cavalheiro, temos por aqui uns dois ou três milionários... Mas quanto ao senhor Grandet, nem ele mesmo conhece a riqueza que tem!

E se alguém insinuasse algo sobre a riqueza dos grandes banqueiros da Europa, como os Rothschild, a gente de Saumur, fechada no seu horizonte provinciano, perguntava se eles seriam ricos como Grandet. E, se o visitante dissesse que sim, eles balançavam a cabeça com ar de incredulidade.

Todos em Saumur estavam convencidos de que tio Grandet possuía um tesouro particular e se entregava com volúpia à admiração do seu ouro. E estavam, nesse pressentimento, mais certos do que poderiam supor. Ele possuía, em casa, um quarto frequentado apenas por ele, onde mantinha todo o seu ouro, suas letras e onde também realizava o cálculo dos seus lucros, toda a alquimia dos seus sempre frutíferos negócios.

Fisicamente, era um homem pequeno, atarracado, de 1,60 metro de altura mais ou menos, com ombros largos e aspecto rijo. Seu rosto bronzeado e redondo era marcado pela varíola. Rugas transversais cortavam sua testa e emolduravam uns olhos calmos e penetrantes. O nariz, grosso na ponta, suportava uma pequena protuberância nas narinas, um lobinho cujo leve tremor era, muitas vezes, a única indicação de certa excitação numa conversa de negócios.

Tudo nele demonstrava a autoconfiança de quem está acostumado a se sair bem naquilo que empreende. Por isso, apesar do jeito aparentemente acessível e solto, o bom Grandet tinha um caráter de bronze. Vestido sempre da mesma maneira havia décadas, economizando em tudo, sua figura anunciava uma esperteza perigosa e o egoísmo de um homem habituado a concentrar os sentimentos no gozo da sua avareza e no único ser que significava alguma coisa para ele: a filha Eugênia, única herdeira.

3
A CASA DE GRANDET

TIO GRANDET MORAVA numa casa antiga, sem cor, fria, silenciosa, situada na parte alta da cidade e protegida pelas ruínas de uma velha muralha. Vivia ali com sua filha, sua esposa e uma criada. As janelas ostentavam cortinas vermelhas, de seda. Esse tipo de luxo contrastava visivelmente com os conhecidos hábitos do vinhateiro. A explicação é que a decoração, agora muito envelhecida, já fazia parte da casa quando ela fora adquirida.

A senhora Grandet era uma mulher seca e magra, amarela como um marmelo, desajeitada e lerda – uma daquelas criaturas que parecem feitas para serem tiranizadas. Excelente esposa, possuía pelo marido, pela casa e pela filha uma rara devoção, acompanhada por uma inalterável uniformidade de alma.

Era elogiada por todos por seu bom coração e seu rosto refletia um tipo de doçura angelical, que passara para a filha. Apesar de ser responsável, graças ao seu dote, pelo início da fortuna de Grandet, a mansidão da sua alma a impedia de reivindicar o que fosse, aceitando resignadamente a vida quase monástica a que ele a sujeitava, assim como a toda a casa.

O marido lhe dava apenas seis francos para as despesas miúdas, isso quando se lembrava. Algumas vezes, tomado de remorso ao se recordar do último dia em que dera os seis francos, destinava uns trocadinhos para a senhora Grandet comprar "seus alfinetes". E tudo ela aceitava com resignação, sem nada mais pedir. Sua única exigência era com as roupas da filha, pois esta se encontrava em idade de casar e era simplesmente a herdeira da fortuna mais lendária de toda a região.

Juntava-se à mãe e à filha uma figura que a palavra "feminina" não descreve com exatidão: a criada Grande Nanon. Assim chamada por ter mais de 1,80 metro de altura, possuía o talhe de um soldado corpulento. Mas toda a cidade invejava os Grandets por causa dela. Afeiçoada ao patrão como um cão ao dono, ela trabalhava para o tio Grandet havia 35 anos. Apesar do baixo salário que recebia, tornou-se com o tempo uma das criadas mais ricas de Saumur, pois não gastava nada, como seu patrão. Todas as outras sentiam inveja ao ver que a pobre sexagenária já havia garantido o pão da velhice, por ter aplicado tudo em rendas vitalícias.

Quando era moça, não conseguia emprego em parte alguma, por causa da aparência repugnante. Obrigada a abandonar uma fazenda incendiada, onde tomava conta das vacas, foi para Saumur procurar emprego, animada por uma coragem robusta que não refugava trabalho algum. O bom Grandet, que na ocasião já pensava em se casar, notou aquela moça rejeitada de porta em porta. Percebeu de cara o proveito que poderia tirar daquela força física, daquele Hércules de saia, daquela mulher, enfim, plantada nos próprios pés como um carvalho nas suas raízes, forte de ancas, quadrada de costas, com mãos de carroceiro e a sensibilidade de uma virgem.

Ao ser acolhida por Grandet depois de tantas negativas, Nanon chorou secretamente de alegria e apegou-se com sinceridade ao toneleiro, que a explorou sem dó. Ela fazia de tudo: cozinhava; ia até o rio lavar toda a roupa da casa e voltava carregando aquele peso nas costas; levantava com o dia e dormia tarde da noite; preparava a comida de todos os trabalhadores das vindimas do patrão e tomava conta delas como um cão fiel defendendo seu dono.

Sentia-se parte daquela família: ria quando Grandet ria, entristecia-se, enregelava-se, aquecia-se, trabalhava com ele. E o patrão nunca a censurava pelos pêssegos comidos debaixo da árvore, quando os ramos vergavam sob o peso dos frutos que, aliás, logo seriam dados aos porcos. Ela sentia isso como uma prodigalidade por parte dele. Para uma moça da roça que só colhera maus-tratos em toda parte, o riso equívoco do tio Grandet era um raio de sol que aquecia verdadeiramente seu coração. Sem alcançar a profundidade dessa carência, as pessoas diziam:

— O que os Grandet fazem à sua Grande Nanon para que ela tenha tanto apego a eles? Ela se jogaria no fogo se o senhor Grandet pedisse!

Na sala, junto à janela mais próxima da porta, havia uma cadeira com um calço, para erguer a senhora Grandet a uma altura que lhe permitisse enxergar os transeuntes. A poltrona de Eugênia ficava ao lado. E, havia quinze anos, todos os dias da mãe e da filha transcorriam pacatamente naquele lugar, em constante trabalho de costura.

Apenas com a chegada do inverno, Grandet permitia que se acendesse fogo na sala, fogo que mandava apagar no último dia da estação, sem se importar com os dias frios da primavera, nem do outono. A Grande Nanon, esperta, reservava umas brasas do fogão, alimentando com elas um pequeno fogareiro, para que as duas não se enregelassem e ao mesmo tempo não lesassem o patrão.

Se Eugênia quisesse costurar alguma coisa a mais para si mesma ou para a mãe, era obrigada a roubar algumas horas de sono, enganando o pai para ter luz. Pois ele distribuía com parcimônia uma vela por noite, assim como todas as manhãs distribuía o pão e os mantimentos na conta exata para o consumo do dia.

A cozinha estava sempre em ordem, limpa, fria, verdadeira cozinha de avarento, onde nada podia ser desperdiçado e cada cubinho de açúcar era contado. Depois de lavar a louça, guardar os restos de comida e apagar o fogo, Nanon saía da cozinha, separada da sala por um corredor, e ia costurar com as suas queridas patroazinhas.

Em razão daquela pouca iluminação, elas se aproximavam umas das outras, para fiar e conversar sobre as miudezas e as insignificâncias de mais um dia tão pobre de acontecimentos. E só por essa sala mal iluminada e sem atrativos, mas onde ficava todo o luxo da família, era possível ter uma ideia da nudez dos andares superiores.

4
O CÍRCULO SOCIAL DOS GRANDET

APENAS SEIS PESSOAS de fora frequentavam aquela casa quase sempre vazia. Elas pertenciam a duas das famílias mais importantes de Saumur: os Cruchot e os Des Grassin. E essas duas famílias criaram uma forte rivalidade entre si, uma espécie de disputa acompanhada com atenção pelos habitantes da cidade. Essa contenda girava em torno de Eugênia Grandet.

Em cada uma das famílias havia um pretendente direto para se casar com a herdeira e conseguir o dote do pai, que todos julgavam fabuloso. Além desses seis diretamente ligados a Grandet por vínculos jurídicos e comerciais, o duelo envolvia todos os parentes de cada lado, além da população local. Poderia mesmo se dizer que Saumur estava dividida entre cruchotinos e grassinistas.

Do lado dos Cruchots, o pretendente à mão de Eugênia era o sobrinho do senhor Cruchot. O velho tabelião era uma pessoa importante na cidade, e lavrava os contratos de Grandet. Esse sobrinho também se tornou figura de destaque ao ser nomeado magistrado do Tribunal de Primeira Instância de Saumur. Aos 33 anos, ele possuía o domínio de Bonfons, terras de antigos nobres, o que lhe valia uma ótima renda mensal. Ainda esperava vir a substituir o tio tabelião, e tinha a seu favor a propaganda explícita de outro tio, que era padre e uma personalidade influente na cidade, principalmente porque a senhora Grandet era uma católica muito devota.

Além de tudo isso, o sobrinho Cruchot, por conta da terra que adquirira, resolveu acrescentar o nobre Bonfons ao vulgar Cruchot. Assinava pomposamente C. de Bonfons e ai do advogado mal informado que, na corte, o chamasse de senhor Cruchot. O magistrado protegia quem se dirigisse a ele como "senhor presidente", mas brindava com os mais generosos sorrisos o bajulador que dissesse "senhor de Bonfons".

De modo que esses três Cruchots – o tio tabelião, o tio padre e o sobrinho pretendente – tinham como rivais na empreitada pela mão de Eugênia outros três fortes candidatos da família Des Grassins. A senhora Des Grassins era uma dessas mulherzinhas vivas, um tanto gorduchas, branco-rosadas e que, talvez pelo clima da província e pelos hábitos de uma vida virtuosa, permanecem jovens mesmo na maturidade. Vestia-se até bem, encomendava roupas em Paris e dava um tom chique à cidade de Saumur, oferecendo disputadas recepções.

Era mãe de Adolphe, um jovem de 23 anos, e não media esforços para aproximá-lo da herdeira, procurando para isso tornar-se íntima das Grandets, mãe e filha. O rapaz era alto e louro, de modos distintos, tímido na aparência, e nos últimos tempos torrara com bastante prodigalidade o dinheiro dos pais na cidade de Paris, onde tinha ido estudar Direito. Participou vivamente da vida social da capital, dos salões e conheceu muita gente importante.

As manobras da senhora Des Grassins eram apoiadas com vigor pelo marido, o senhor Des Grassins, banqueiro, ex-militar de alta patente da Guarda Imperial, gravemente ferido na batalha de Austerlitz, quando Napoleão derrotou temíveis adversários austríacos e russos e consolidou o seu poder.

É fácil imaginar o quanto essa luta secreta entre Cruchots e Des Grassin despertava paixões nas diversas rodas da provinciana Saumur. Não havia quem não tomasse partido de uma ou outra família. Alguns notavam que a entrada da casa estava aberta para o senhor Cruchot de Bonfons a qualquer hora, enquanto seu rival Adolphe só era recebido aos domingos.

Os grassinistas replicavam que os Des Grassins eram nobres, muitíssimo ricos, que Adolphe era um gentilíssimo cavalheiro e isso era mais do que podia imaginar para sua filha um antigo toneleiro, apesar de toda a sua riqueza.

Para os cruchotinos, o padre Cruchot era o homem mais cativante do mundo e sua influência sobre as devotas Grandets iria pesar no final; enquanto para os grassinistas a influência mais forte era justamente a da senhora Des Grassins, também muito ligada às duas mulheres da família, podendo sempre inculcar ideias naquelas inocentes criaturas.

— Partida de mulher contra padre dá empate — dizia um espirituoso da cidade. — Estão pau a pau!

Mas havia um terceiro segmento que alegava o seguinte: com aquela sua esperteza, o senhor Grandet não deixaria que os bens saíssem da família e a mão de Eugênia seria dada ao primo Charles, filho do irmão de Grandet, conhecido simplesmente como o senhor Grandet de Paris, pois ali vivia muito bem como um rico atacadista de vinhos.

A essa perigosa ameaça, cruchotinos e grassinistas uniram-se para responder:

— Isso é ridículo! Os dois irmãos não se encontraram uma única vez nos últimos trinta anos, nem trocaram uma mísera carta. Além disso, o senhor Grandet de Paris é orgulhoso e renega os Grandets da província. E mais: ele tem grandes pretensões para seu filho Charles. Quer que ele se una a alguma família ducal com as graças de Napoleão!

Assim, tudo se mantinha no terreno da especulação. Mas, no início de 1818, os cruchotinos obtiveram uma considerável vantagem sobre os grassinistas. As terras de Froidfond, que pertenciam a um jovem marquês descapitalizado, foram postas à venda. Havia nelas um grande parque, um maravilhoso castelo, quintas, rios, lagos e florestas, somando tudo uns 3 milhões. A família Cruchot mobilizou imediatamente suas forças para convencer o nobre a não vender aquela propriedade em pequenos lotes.

Acabaram incluindo o senhor Grandet nas conversações, como a única pessoa de toda a região capaz de adquirir as terras em dinheiro vivo, o que era verdade. Sempre por trás das negociações, o bom Grandet conseguiu afinal amealhar a esplêndida propriedade, e com desconto! Tal notícia extravasou a fronteira de Saumur e repercutiu em Nantes e Orléans, e aumentou a fama de negociador astuto do ex-toneleiro.

Portanto Eugênia, vivendo sua vidinha sem graça, cerzindo meias naquela sala mal iluminada e mal aquecida, era herdeira também de um castelo! E já se falava dela de Angers a Blois e quiçá em Paris, com aquela rapidez com que tais notícias envolvendo dinheiro costumam correr.

Os grassinistas acusaram o golpe, mas ainda assim se defendiam dizendo que o senhor Des Grassins, banqueiro importante, com muitos contatos em Paris, era pessoa muito mais útil ao senhor Grandet do que todos os Cruchots juntos, e que Froidfond fora tão somente um bom negócio. E tinham certa razão: para encher de novo seu cofre quase esvaziado por aquela compra, tio Grandet decidiu derrubar todas as árvores de seus recém-adquiridos bosques e florestas e tirar o máximo proveito dos choupos de seus prados.

5
O ANIVERSÁRIO DE EUGÊNIA

NO COMEÇO DO INVERNO de 1819, a Grande Nanon acendeu a lareira pela primeira vez. O outono havia sido lindo. Aquele era um dia especial, bem conhecido de cruchotinos e grassinistas. Logo cedinho, toda Saumur vira as duas Grandet, acompanhadas de Nanon, a caminho da igreja para ouvir a missa. E todos se lembraram de que era o dia do natalício de Eugênia.

Antes disso, o senhor Grandet, com gestos solenes, fora acordá-la para lhe entregar o mesmo presente que lhe dava havia exatos treze anos: uma moeda de ouro. Ele também fazia esse ritual no primeiro dia do ano. E fazia questão absoluta de que a filha lhe mostrasse toda a coleção. Permanecia horas admirando aquele tesouro com olhar embevecido, pois o ouro tinha para ele um encanto muito profundo, mais até do que o dinheiro em papel ou em títulos e letras. O bom Grandet amava verdadeiramente o brilho daquele metal. E depois, apesar de ser um dote para a filha, aquele ouro todo ainda estava na família, apenas havia passado de um cofre para outro.

À noite, enquanto se preparavam para receber as costumeiras visitas, a senhora Grandet presenteou a filha com um vestido novo. Esse era outro ritual familiar que se repetia no inverno e no verão. E todos: o pai, a mãe e Grande Nanon foram unânimes em afirmar que naquele ano a menina iria se casar, com toda certeza! Ela estava completando seus 23 anos.

Logo vieram os velhos combatentes. Os Cruchots se adiantaram, calculando astutamente a hora em que o jantar familiar acabaria. Os três: o tio padre, o tio tabelião e o sobrinho magistrado apareceram sorridentes, trazendo enormes buquês colhidos em suas estufas, todos envolvidos artisticamente em fitas de cetim branco.

Mas foram surpreendidos pela chegada triunfal dos rivais. O senhor Des Grassins, com a energia de um velho militar, demonstrava sempre ar de superioridade, com o qual procurava esmagar os Cruchots. Autoridade que provinha do seu sentido de nobreza, aliado ao fato de ser um herói da pátria e um rico banqueiro.

Já sua mulher preferia evitar o combate direto e atacar o flanco mais sensível: as mulheres da casa. Abraçou Eugênia com grande afetuosidade, apertou-lhe a mão demonstrando uma intimidade calorosa e disse risonha:

— Querida, meu filho Adolphe vai lhe dar a minha lembrancinha...

Adolphe, com seu porte elegante e gestos educados, adiantou-se, beijou as duas faces da aniversariante e lhe ofereceu uma caixinha de costura com as iniciais dela gravadas na tampa em letras góticas. O presente estava definitivamente muito longe de ser um objeto fino, era mesmo uma lembrancinha.

Por isso, a reação da moça espantou a todos os presentes. A herdeira da fortuna de Grandet foi tomada por uma alegria inesperada e desproporcional à qualidade daquele estojo. Ruborizou, abriu um sorriso radiante e voltou os olhos para o pai, como pedindo permissão para aceitar. O senhor Grandet disse um "Aceite, minha filha", com uma inflexão que faria a fama de um ator dramático.

— Nunca na vida fiquei tão contente — disse Eugênia. — Nunca vi nada tão bonito!

— Foi Adolphe que escolheu! — cochichou-lhe a senhora Des Grassins.

Os três Cruchots ficaram estupefatos. Não puderam acreditar no sorriso radiante que Eugênia dirigiu ao jovem Adolphe. E o pior de tudo foi o olhar que o senhor Des Grassins lançou para os três, depois de limpar o pozinho de rapé que havia caído na fita da sua Legião de Honra. Um olhar que dizia claramente: "Aparem esse golpe!".

O padre, que dos três Cruchots era o mais perceptivo, acabou por entender que aquela menina, filha de um homem sovina, acostumada a viver sem nada, a economizar velas e lenhas, só podia mesmo ter uma reação daquelas ao ganhar uma ninharia com suas iniciais gravadas. E pensou: "Meu sobrinho é muito lerdo! Ele podia ter inventado uma bobagenzinha dessas!". Em seguida, para diminuir os efeitos da cena, puxou o senhor Grandet para um canto e, conhecendo bem o caráter do anfitrião, sussurrou:

— Essa gente joga dinheiro pela janela!

— Que mal há nisso, se vem cair na minha adega? — replicou o vinhateiro, achatando mais ainda o moral dos cruchotinos.

Passada essa emoção inicial, a noite se desenvolveu como de costume, com todos sentando-se em volta da mesa para jogar. Risos e observações joviais tomaram conta do aposento. A alegria familiar, na velha sala cinzenta, mal iluminada por dois castiçais, era acompanhada pelo ruído da roca da Grande Nanon, que também ria contente por tomar parte, mesmo que de forma marginal, naquela cena efusiva.

Mas todos aqueles risos só possuíam sinceridade nos lábios de Eugênia, de sua mãe e da Grande Nanon. Nos demais, eles mal disfarçavam os cálculos feitos em segredo, os rancores íntimos cevados pela velha rivalidade, toda aquela pequenez somada a tão grandes interesses. A expressão do rosto de Grandet – que, como sempre, não participava dos jogos de cartas, mas examinava um por um todos os presentes – resumia bem aquela cena tristemente cômica. Sua fisionomia de bronze parecia ser a tradução desse deus moderno chamado dinheiro. "Todos vêm aqui se entediar por causa da minha filha e atrás do meu dinheiro. Pois bem. Ela não será de nenhum deles, e toda essa gente me serve de anzol para pescar!", era o que o toneleiro pensava com seus botões.

Então, a noite do natalício de Eugênia, tão previsível, tomou um rumo inesperado. No exato momento em que a senhora Grandet ganhava o maior prêmio posto em jogo naquela sala, e a Grande Nanon ria com gosto ao ver a querida patroa embolsar dezesseis soldos, um golpe de aldrava ressoou na porta da casa, fazendo tamanho barulho que as mulheres pularam de susto nas cadeiras.

— Que diabo é isso? — escandalizou-se Grandet.

— Não é gente de Saumur, batendo assim! — disse o Cruchot tabelião.

— Essa martelada me parece mal-intencionada... — concordou o senhor Des Grassins.

Nanon apanhou uma das duas velas e foi abrir a porta, acompanhada por Grandet. Iniciou-se um grande rebuliço na sala, com a senhora Grandet extremamente apreensiva. O senhor Des Grassins, que fora dar uma olhada, voltou com a novidade:

— É gente de fora. Deve ter vindo de Paris!

6
O PRIMO CHARLES

AFINAL, TUDO SE ESCLARECEU e do modo mais surpreendente: o sobrinho do bom Grandet, filho do Grandet de Paris, o jovem Charles, chegara de surpresa em Saumur para passar uns tempos na província, a pedido do pai. Acabara de descer da carruagem, com o contínuo do Serviço de Diligências carregando duas malas enormes e arrastando sacos de viagens que logo foram transferidos para os ombros e braços da Grande Nanon.

Por fim, o senhor Grandet voltou para a sala trazendo consigo o sobrinho e uma carta lacrada. A espantosa chegada do elegantíssimo Charles naquela sala poderia ser comparada à entrada de um pavão num obscuro galinheiro.

— Sente-se junto ao fogo! — disse o vinhateiro, enquanto abria com expressão preocupada a carta, cujo remetente era seu irmão de Paris.

— Papai! Este senhor pode estar precisando de alguma coisa... — Eugênia exclamou.

— Ta-ta-tá! Mu... mulheres! — tartamudeou tio Grandet, ainda às voltas com a carta. — Ele te... tem língua!

Só o estrangeiro se espantou com a rudeza do tio que havia acabado de conhecer. As demais pessoas estavam tão acostumadas aos modos despóticos do bom Grandet que não se incomodaram nem mesmo quando ele apanhou a única luz da mesa para ler melhor a carta, sem se importar em lançar a todos numa semiescuridão.

Assim, o jovem se apresentou, cumprimentando graciosamente a assembleia e Eugênia soube afinal que aquele era seu primo de Paris. Charles Grandet, um belo jovem de 22 anos, contrastava com os provincianos que o cercavam e em quem seus maneirismos aristocráticos já causavam alguma antipatia. Todos na sala levantaram o nariz para examiná-lo com a curiosidade que teriam demonstrado por uma girafa. E o estudavam para poder zombar dele depois, com o humor ácido característico daquela gente. Ele mesmo, para falar a verdade, não sabia bem o que estava fazendo ali.

Alguns dias antes, seu pai, sem dar maiores explicações, mandara-lhe passar uns meses na casa do irmão em Saumur, um rico vinhateiro, agora dono de uma exuberante propriedade chamada Froidfond, cujas terras continham nada menos do que um castelo! A viagem também viera a calhar por conta de um escândalo na vida do rapaz. Ele mantivera um caso com uma grande dama da sociedade parisiense, chamada Annette. A falada senhora também resolvera, de sua parte, embarcar numa viagem com o marido para a Escócia, com o intuito de dissipar rumores. Charles tinha planos secretos de se encontrar com ela na estância de Baden, depois de passar algum tempo em Saumur.

E como o jovem parisiense caía pela primeira vez na província, teve a ideia de se mostrar com a superioridade de um homem da moda, de impressionar a todos com o seu jeito sofisticado e de levar para aquela gente provinciana as novidades da vida de Paris. Afinal, ele imaginava encontrar muitas pessoas nas terras do tio, caçar com cães nas florestas dele – enfim, viver uma vida de castelo.

Quando chegou à cidade de Tours, ao pedir informações sobre Froidfond, soube que o tio estava em Saumur e achou por bem visitá-lo. Julgando estar indo ao encontro de um parente milionário que, além de um castelo, possuía na cidade alguma mansão condizente com sua fortuna, o jovem resolveu se aprumar em grande estilo. Foi a um cabeleireiro frisar seus belos cabelos castanhos e trocou de roupa, usando o traje mais elegante e afetado da bagagem. O casaco sofisticadíssimo terminava numa vistosa gola redonda e escura que, além de combinar com a gravata de seda, emoldurava um rosto de mancebo, cujo sorriso o tornava muito atraente.

Agora é fácil imaginar o espanto recíproco: dos demais, admirando o estrangeiro, e dele, admirando aquele ambiente ensombrecido e as pessoas mais estranhas que poderia encontrar. O contraste daquele mundo com sua vida de Paris não poderia ter sido mais impactante. Só Eugênia não parecia escandalizada, pois desconhecia aquele tipo de beleza, tanto no modo de se vestir como na pessoa, e acreditava estar vendo no primo alguma criatura descida de regiões celestiais.

Fato inteiramente compreensível, pois a jovem passara a vida a consertar meias e remendar o guarda-roupa do pai, debaixo daquele teto manchado, cercada de cores desbotadas, sem ver mais do que uma pessoa desinteressante passar na rua a cada hora. Por isso, a imagem do primo fez nascer em seu coração emoções ao mesmo tempo fortes e sutis, que a dominaram instantaneamente.

A Grande Nanon, vinda dos fundos e arfando ainda pelo peso da bagagem, interrompeu aquele momento de pasmo coletivo com seu jeito tosco e prático:

— Patroa, vou precisar de lençóis para fazer a cama deste senhor.

A senhora Grandet saiu com Nanon. Eugênia, impulsionada por aqueles sentimentos nascentes, foi atrás das duas. Na sala, o carteado não fazia mais o menor sentido, tanto pela novidade da presença do estrangeiro como pela falta de jogadores e, principalmente, de luz. Todos apanharam de volta seus soldos no velho pratinho desbeiçado em que os tinham depositado e foram para perto da lareira, rodeando o jovem Charles. No meio disso tudo, tio Grandet continuava lendo a carta com uma atenção cada vez mais concentrada.

Enquanto o recém-chegado procurava responder como podia a um interrogatório implacável, Eugênia tomou para si a tarefa de tornar a estada do seu primo a mais confortável possível, mesmo sabendo de todas as limitações impostas pelo pai. Possuída por um súbito senso empreendedor, que nem ela mesma conhecia, pediu à Grande Nanon que passasse o ferro com brasas sobre os lençóis, para deixá-los aquecidos. Cobriu pessoalmente a velha mesa com um centrinho e recomendou que Nanon o trocasse todas as manhãs. Convenceu a pobre mãe, apavorada com aquela situação nova, da necessidade de acender o fogo da lareira e ordenou a Nanon que trouxesse lenha, sem dizer nada ao pai.

Depois de enfeitar o quarto do hóspede com tudo o que encontrara de melhor pela casa, Eugênia lembrou:

— Meu primo não vai suportar o cheiro dessas velas de sebo. E se comprássemos velas de cera?

E, sem aguardar resposta, foi correndo apanhar umas economias, que deu a Nanon.

— Vai, Nanon, depressa! Compre açúcar e vela de cera e volte logo.

A senhora Grandet estava cada vez mais aterrorizada:

— Açúcar! O que seu pai vai dizer disso tudo?

— E fica bem o sobrinho dele não poder beber um copo de água com açúcar?

Depois, para maior escândalo da mãe, apanhou um açucareiro de porcelana antiga, que Grandet havia trazido de Froidfond, um copo de cristal de seis faces e uma colherinha dourada, depositando tudo, alegremente, num canto da lareira. Ela tivera, naqueles poucos minutos, mais ideias do que em sua vida inteira.

Na sala, Charles continuava desajustado, longe do imenso castelo e da vida luxuosa que supunha para o tio. Apenas a senhora Des Grassins e o filho lhe traziam algum eco da vida parisiense. Aliás, Adolphe o havia encontrado rapidamente numa recepção na capital e comentou o encontro.

Sua risonha mãe, percebendo isso, carregou o visitante pelo braço para um canto e lhe disse ao ouvido algumas maledicências sobre o tio sovina e a prima sem graça, com a estratégica intenção de envenenar qualquer aproximação dos dois. Convidou o jovem para frequentar o seu salão, onde seria bem recebido pelo melhor da nobreza e do alto comércio local.

De longe, o padre Cruchot, com um sorrisinho finório, parecia estar adivinhando o conteúdo daquela conversa. E o aprovava: era o momento de cruchotinos e grassinistas se unirem em torno de um objetivo comum. Aqueles grandes calculistas sentiram, todos ao mesmo tempo, a necessidade de uma aliança temporária contra um inimigo comum. Deveriam envidar todos os esforços para impedir que Eugênia amasse seu primo e que ele pensasse na prima com propósitos casamenteiros.

E assim, nessa suspensão repleta de ansiedade, encerrou-se o natalício de Eugênia. As visitas se foram, pisando no calçamento de pedras irregulares das ruazinhas antigas de Saumur. E um sinal dos novos tempos: adiante do grupo, de braços dados, caminhavam no mesmo passo o padre Cruchot e a senhora Des Grassins, trocando as mais sutis e ferinas observações.

Na casa, o senhor Grandet, ainda com a carta nas mãos, disse ao sobrinho:

— Está na hora de dormir. É tarde demais para falar sobre os assuntos que o trouxeram aqui. Amanhã conversaremos. Nosso regime aqui é o seguinte: almoçamos às oito horas. Ao meio-dia, comemos uma fruta ou outra, beliscamos um pedaço de pão em pé e tomamos um copo de vinho branco. Jantamos às cinco, como os parisienses, estou certo? Essa é a ordem da casa. Se quiser conhecer a cidade e os arredores, sinta-se à vontade. Só não posso acompanhá-lo, por causa dos meus negócios. O senhor ouvirá talvez, pela cidade, que sou um homem rico. Não dê ouvidos, não tenho um tostão...

Depois de se lamuriar, mostrou o caminho do quarto para a visita. Quando Charles viu as paredes amareladas e descascadas do vão da escada que levava ao seu aposento, o corrimão cheio de carunchos e os degraus que tremiam sob os passos pesados do tio, sua decepção foi aumentando. "Que diabo meu pai me mandou fazer aqui?", refletia. "Meu pai nunca foi um tolo, esta viagem deve ter algum objetivo!".

"Minha Nossa Senhora! Como meu primo é bonito!", pensou por sua vez Eugênia em seu quarto, interrompendo suas orações, que, naquela noite, não foram concluídas. E a casa logo afundou numa escuridão profunda e num silêncio absoluto.

7
A CARTA

ENQUANTO TODOS DORMIAM ou procuravam conciliar o sono, ruminando pensamentos obscuros, o senhor Grandet, fechado em seu gabinete, continuava a ler e reler, e a refletir sobre a terrível carta que havia recebido.

Aquele gabinete era, como já foi dito, um recinto sagrado em que ninguém, nem mesmo a senhora Grandet, tinha permissão para entrar. E não havia outro modo de chegar até ele, senão pelo quarto do vinhateiro. A única janela que o iluminava durante o dia ficava do lado do pátio e era protegida por uma grade de ferro com barras muito grossas. Ali, o bom Grandet gostava de ficar sozinho, como um alquimista em seu laboratório. Lá havia balanças precisas para pesar moedas e, com certeza, algum esconderijo na parede, onde ele mantinha seus títulos de propriedade.

Naquele escuro gabinete eram feitos, no silêncio das madrugadas e sempre em segredo, quitações, recibos e principalmente cálculos tão precisos que os homens de negócios, vendo Grandet sempre pronto para tudo, imaginavam se ele teria a seu serviço alguma fada ou demônio. Era sempre ali, quando todos dormiam profundamente, que o velho toneleiro se fechava para acariciar, acalentar, apascentar seu amado ouro.

Naquele momento dramático, ele olhava para a porta forrada de metal por dentro e pensava: "Que ideia essa do meu irmão de me legar seu filho! Bela herança! Não tenho vinte escudos para dar. E o que seriam vinte escudos para essa criança mimada no luxo?". E voltava a ler a carta, com o semblante carregado.

A carta enviada pelo seu irmão Victor-Guillaume, comerciante de vinhos de Paris, não podia ser mais horrível: o pobre homem se encontrava arruinado por uma dívida de milhões de francos, que não iria conseguir saldar. E, como não desejava viver a vergonha profunda de uma falência, com tudo o que se seguiria, havia optado por tirar a própria vida. No momento em que Grandet lia essas linhas, seu irmão não mais existia neste mundo.

O pobre Charles havia trazido a carta lacrada, a pedido do pai, e não fazia a menor ideia da tragédia que se abateria sobre sua vida. E era por ele que o irmão de Grandet pedia, lembrando as obrigações familiares, fazendo ver que o menino, muito bem educado e acostumado ao melhor da vida, talvez não suportasse a miséria que cairia inevitavelmente sobre ele, tanto material como moralmente, pois levaria consigo para sempre a maldição de ser filho de um falido.

Victor Grandet pedia encarecidamente ao irmão de Saumur que preparasse o filho para a vida, pois apenas com o trabalho ele poderia um dia voltar a ser um homem respeitável. Sugeria que o irmão lhe emprestasse um capital inicial para que o jovem fosse para as Índias, como era costume então, construir uma fortuna inteiramente sua. Elogiava as qualidades morais de Charles e pedia que Grandet o aconselhasse a renunciar a todos os direitos de herdeiro e a não se unir aos credores, o que só aumentaria a desgraça sobre o nome da casa Grandet de Paris.

A carta era uma avalanche de sentimentos derramados, desespero, amargura. O lobinho na narina do vinhateiro tremia levemente por causa da respiração pesada, entrecortada. Grandet não havia gostado de uma insinuação de que fora sua colheita abundante que causara problemas no estoque do Grandet de Paris. E havia também algo mais profundo, que poderia ter algum impacto na opinião das pessoas que o julgavam dono de grande fortuna: por que ele não socorrera o irmão?

Calculando as consequências daquela carta dolorosa — na verdade, um testamento — para sua vida, Grandet caminhava de lá para cá em seu gabinete, talvez mais agitado do que o próprio irmão quando a escreveu.

8
A NOTÍCIA

MADRUGADORA COMO TODAS as moças da província, Eugênia levantou-se com as primeiras claridades do dia, fez sua oração e deu início à toalete, ocupação que parecia ter adquirido um novo sentido para ela. Penteou com cuidado os cabelos, para que eles realçassem a juventude do seu rosto. Desejando pela primeira vez na vida parecer bonita, ficou feliz por ter um vestido novo que a tornasse mais atraente.

Logo que terminou de se vestir, ouviu o campanário bater as sete horas e se surpreendeu por ter se arrumado bem antes do que costumava fazer. Sentou-se à janela, ansiosa, e contemplou o patiozinho tão familiar, o jardim estreito e os terraços altos, protetores, que o dominavam. Era uma visão melancólica, mas não desprovida de misteriosas belezas comuns a lugares solitários.

Nascia um dia límpido de inverno, e Eugênia descobriu novos encantos no aspecto daquelas coisas tão comuns. Pensamentos confusos brotavam na sua alma, e tantos quantos os raios de sol que acendiam aquela manhã: era como se as harmonias do seu coração se alinhassem com as da natureza. Foi possuída por uma sensação vaga, inexplicável, algo que parecia envolver seu ser espiritual como uma nuvem envolve um objeto físico.

Então, despertou bruscamente da letargia e correu até um espelho. "Não sou bonita o bastante para ele!", pensou, antecipando toda uma angústia. Eugênia era alta, robusta e, embora não tivesse a beleza óbvia que chama os olhares para si, possuía certa formosura. Havia nela um tipo de pureza virginal que poderia muito bem servir de modelo para a pintura de uma Madona.

Depois de ajeitar uma mecha ou outra, foi até o corredor para ver se ouvia algum ruído no quarto do primo, algo que indicasse que ele estivesse despertando. Mas o que ouviu foi a vibração da velha escada sob os passos enérgicos do pai, pronto para organizar um novo dia. Não desejando que ele flagrasse em sua expressão nada do que estivesse sentindo, fugiu para o jardim, assustada. Sentiu um terror ao perceber nele o senhor do seu destino e acreditou-se em pecado por ter ocultado seus pensamentos.

Permaneceu perambulando por ali, enquanto ouvia o bom Grandet conversando com Nanon, delegando tarefas, distribuindo alimentos, negando que ela apanhasse mais açúcar por causa do convidado.

— Patrão, preciso de farinha e manteiga, vou fazer um bolo para as crianças...

— Agora vai saquear a despensa por causa do meu sobrinho?

Pela primeira vez Eugênia sentiu dor diante daquela penúria da casa paterna, pois não conseguia harmonizá-la com a elegância do seu primo. Sentia vontade de fazer alguma coisa por ele, mas não atinava mais com nada, pois tudo ali se encontrava trancafiado, contado para as necessidades básicas de cada dia.

Então seu pai apareceu no jardim, foi lhe abraçar e disse:

— Quer ir passear nos meus prados na beira do rio Loire? Preciso ver algumas coisas por lá.

Os dois desceram a rua tortuosa que dava na praça quando se depararam com o Cruchot tabelião, que carregava o jornal do dia debaixo do braço. Grandet sabia que aquele encontro não tinha nada de casual. Os dois passaram a caminhar, conversando sobre negócios, enquanto a herdeira devaneava um passo atrás. Ouvia, sem prestar atenção, seu pai gaguejar, como sempre fazia numa conversa de negócios. Era mais um traço singular do caráter daquele homem: ao negociar ou discutir um assunto, o bom Grandet perdia a articulação e como que tartamudeava, deixando seu interlocutor exasperado. Muitas vezes, ele era acometido também por uma inesperada surdez.

Na verdade, isso era um truque que havia aprendido na juventude, ao fazer negócio com um comerciante muito astuto que adotava essa técnica. Como era velho, o tal negociante fazia-se de fraco de audição, pondo as mãos no ouvido como para melhorar a acústica. Com isso, ele obrigava os interlocutores a terminarem seu raciocínio, até que falassem o que ele queria ouvir. Grandet saiu daquela conversa fazendo o pior negócio da sua vida. Mas aprendeu a lição.

— Nesse renque eu tinha uns... quantos... tre... trezentos choupos... perdi tudo, ouviu Cru... chot? Então su... suponha... mos... quan... to?

— Está bem! — Cruchot disse, para abreviar a conta que o exasperava.
— Mil fardos desse feno custam mais ou menos seiscentos francos...

Eugênia observava distraída e encantada a sublime paisagem do rio Loire e suas margens, sem se ater aos detalhes entediantes daquela conversa. Até que uma frase dita por Cruchot arrebatou totalmente sua atenção:

— Bem, meu caro Grandet, pelo visto você mandou buscar um genro em Paris! Não se fala de outra coisa aqui em Saumur, só do seu sobrinho elegante. Creio que vou precisar lavrar um contrato de casamento logo, logo, hein?

Eugênia retesou-se como que eletrificada. E as palavras do pai caíram sobre ela com um peso de chumbo:

— E você despertou cedinho pra a... averiguar, he... hein? Pois be... em, meu velho amigo, vou lhe dizer: Pre... feria jogar a minha filha no riiio Loire a dá-la ao pri... primo. Pode ir dizendo isso para to... do mundo que en... encontrar, viu?

Aquela resposta causou uma súbita vertigem em Eugênia. Todas as expectativas floridas foram ceifadas de um golpe só. Pediu licença ao pai e voltou para casa, trêmula. Grandet, que não percebera nada daquele movimento sutil na alma da filha, ia retomar a conversa com Cruchot. Mas este havia passado os olhos no jornal que trazia consigo e exclamou horrorizado:

— Meu Deus!

— O que foi?

Cruchot mostrou o jornal, onde havia um artigo anunciando o suicídio do Grandet de Paris. O artigo, que os dois leram em silêncio, lamentava que Victor Grandet, um homem honrado, tenha cedido a um primeiro ímpeto de desespero, pois ele poderia ter conseguido algum socorro.

— Eu já sabia — o velho vinhateiro disse.

Essas palavras deixaram o tabelião horrorizado. Apesar de conhecer bem o caráter de Grandet, sua avareza e dureza nos negócios, ficou imaginando se o Grandet de Paris haveria ou não implorado ajuda ao irmão de Saumur.

— E o filho dele... tão alegrinho ontem...

— Ele não sabe de nada ainda, Cruchot.

Cruchot, ladino como era, entendeu imediatamente toda a extensão daquela notícia na vida do vinhateiro. Despediu-se, deixou o jornal com Grandet e foi correndo avisar ao sobrinho que as esperanças em torno da herdeira ainda não estavam de todo perdidas.

Remoendo cálculos, Grandet voltou para casa e encontrou Eugênia, que havia acabado de chegar, abraçada à mãe, pálida. Nanon veio dos fundos:

— É melhor vocês comerem — disse. — O rapazinho ainda está dormindo. Parece um anjinho de olhos fechados! Entrei, chamei... Nada!

— É melhor deixar ele dormindo por enquanto — Grandet ordenou. — Nunca é tarde para acordar e receber terríveis notícias.

— O que aconteceu? — adiantou-se Eugênia.

— O pai dele deu um tiro na cabeça!

— Meu tio?! — exclamou Eugênia.

E, sentindo romper dentro de si uma grande compaixão pelo primo, começou a chorar.

— Vo... você nem conhecia seu tio... Por que está chorando? — fuzilou Grandet, com uns olhos penetrantes sobre a filha.

— Pobre do moço! — choramingou a senhora Grandet.

— Pobre mesmo! Não tem mais nenhum tostão furado! E ouçam bem, tenho que sair para ver umas obras. Não contem nada a ele. Volto ao meio-dia e converso com meu sobrinho sobre os seus negócios! E a senhora, dona Eugênia, se está chorando por causa daquele mimadinho, pode parar. Ele vai para as Índias, aprender a ganhar o dinheiro dele. Nunca mais vai vê-lo!

Dizendo isso, o vinhateiro colocou suas luvas com a calma habitual e saiu, deixando a atmosfera carregada. Eugênia virou-se para a mãe:

— Ai, mamãe! Nunca sofri tanto! Estou sufocando!

As duas se abraçaram sob os olhares da Grande Nanon, que disse num tom choroso:

— E ele está dormindo como se fosse o rei da Terra, o anjinho!

A senhora Grandet segurou o rosto de Eugênia com as mãos e, olhando nos olhos dela, vislumbrou o fundo do coração da filha com uma clara intuição materna. Voltou a apoiar a cabeça da jovem contra o peito.

— Minha pobre menina!

— Por que mandá-lo para as Índias, mamãe? Se está infeliz, não tem que ficar com sua família... receber nosso apoio?

— Seu pai sabe o que faz... Ele deve ter razões...

As duas voltaram a sentar-se nas cadeiras de costume e retomaram a costura. Eugênia, mesmo sofrendo por dentro, olhou para a mãe com gratidão por sentir que, mesmo sem dizer nada, ela havia compreendido toda a extensão dos seus sentimentos.

— Obrigada, mamãe... A senhora é muito boa.

E o rosto da senhora Grandet, seco e enrugado por tantos anos de dor, abriu-se num sorriso.

9
O DESESPERO DE CHARLES

ENTÃO, EUGÊNIA FOI ATACADA repentinamente por outro ímpeto de agradar ao primo. Largou a costura e passou a articular, com o auxílio de sua mãe aflita e de uma Grande Nanon excitadíssima, o café da manhã de Charles. Pediu à criada que fosse comprar ovos e pó de café, para preparar cremes e café bem forte, como ouvira dizer que tomavam em Paris.

— E se o patrão me pega? — Nanon exclamou.

— Ele foi para a direção dos prados.

— Mas ele vai saber. Toda a cidade está sabendo das nossas escapadas.

— Nanon está certa — ponderou a mãe. — Se ele perceber alguma coisa, podemos até levar uma surra!

— Apanharemos de joelhos! — Eugênia exclamou, decidida.

E prosseguiu sua tarefa, assistida de longe pela mãe, que não conseguia acompanhar seu ritmo e tudo o que fazia era erguer os olhos para o céu a cada novidade: Eugênia pôs a toalha branca na mesa, foi buscar uns cachos de uva no celeiro, arrumou-os com graça no centro da mesa, roubou umas peras contadas para o dia e as perfilou em forma de pirâmide entre as uvas. Ia, vinha, saltitava, queria saquear toda a casa do pai – mas ele tinha as chaves de tudo.

Conseguiu preparar um desjejum simples, mas que contrariava terrivelmente os hábitos da casa. Admirou a mesa posta próxima ao fogo, a garrafa de vinho branco e o açúcar amontoado num pratinho. Tremeu inteira só de pensar no olhar com que o pai a fulminaria se entrasse naquele momento. A mãe, percebendo sua ansiedade, procurou tranquilizá-la, embora também estivesse apavorada com aquela perspectiva:

— Se seu pai chegar, eu assumo a responsabilidade!

Eugênia não conseguiu conter uma lágrima, tão intensos e contraditórios eram os seus sentimentos: havia amor, piedade, e a alegria convivia com a tristeza.

E então o primo finalmente desceu, cantarolando, afável e sorridente, cumprimentando com jovialidade as mulheres.

— Deve estar com fome, primo. Sente-se à mesa!

— Nunca almoço antes do meio-dia em Paris, mas comi tão mal durante a viagem que aceitaria uma coisinha de nada, uma ave, uma perdiz...

— Minha nossa! — exclamou Nanon e saiu correndo para buscar os ovos.

— Moram sempre aqui? — Charles perguntou, olhando para aquela sala, que parecia ainda mais feia à luz do dia.

Passaram a conversar sobre os hábitos da vida provinciana, e o rapaz não cansando de espantar-se com o fato de elas nunca terem ido a um teatro. Nanon interrompeu a conversa trazendo os ovos.

— Aqui está, meu senhor — disse, triunfalmente. — Aqui servimos frango na casca.

— Ah! Ovos frescos! É delicioso! Teria manteiga também?

— Ah! Manteiga... — Nanon lançou um olhar para as duas. — Então vamos ficar sem bolo...

— Ah! Sirva a manteiga, Nanon! — ordenou Eugênia.

Enquanto costurava, Eugênia dirigia olhares de contentamento por ver o primo comendo com satisfação e com os modos refinados de alguém criado na opulência por mãe fina e aperfeiçoados por uma exigente mulher da moda. Ele, vendo-se alvo da atenção da prima, percebendo a atitude inocente dela, a claridade mágica dos seus olhos, sentiu-se inundado por aqueles sentimentos, e devolveu a ela um olhar que parecia sorrir:

— Juro, prima... Vestida de gala, num camarote da Ópera, você causaria inveja em muitas mulheres!

O elogio deixou o coração de Eugênia oprimido e, ao mesmo tempo, palpitando com uma alegria desconhecida.

— O primo está querendo brincar com uma pobre provinciana...

— Eu detesto brincadeiras de mau gosto, coisas que ferem os sentimentos.

Eugênia sorriu e gostou desse comentário, prova de um bom coração. Continuaram uma conversa tranquila que foi interrompida pela batida da aldrava na porta da frente, ruído que elas conheciam bem.

— É papai! — disse Eugênia, pálida.

Eugênia sabia como o pai controlava o açúcar mais do que tudo. Ele mesmo cortava os pequenos cubos açucarados em pedaços ainda menores com seu canivete afiado. Então correu para esconder o pratinho, mas acabou deixando alguns pedacinhos na toalha. Enquanto isso, Nanon levou embora o prato de ovos. Parecendo uma gazela assustada, a senhora Grandet dava passos nervosos pela sala.

— Mas o que as senhoras têm? — espantou-se Charles.

— Meu pai está chegando!

— E daí?...

O senhor Grandet entrou e num olhar de relance percebeu tudo. Disse, sem gaguejar:

— Fizeram uma festa para o sobrinho aqui, hein? Muitíssimo bem... Dormem os gatos, dançam os ratos!

"Festa?", pensou Charles, que não podia sequer imaginar o rigor do regime em que vivia aquela casa.

— Traga meu vinho, Nanon — disse o velhote, observando o sobrinho que fazia caretas ao tomar café.

— O que você quer, hein, sobrinho?

— Açúcar. O café está amargo.

— Misture leite. Assim o café fica doce.

Eugênia, então, apanhou de volta o pratinho com açúcar e colocou-o de novo na mesa, mirando o pai com ar calmo. Depois ofereceu uva para ele, audaciosa:

— Experimente, pai. Fui buscar especialmente para o senhor.

Grandet fulminou a filha com o olhar e virou-se para o sobrinho:

— Se não pomos algum freio nessas moças, elas saqueiam Saumur inteira por sua causa, sobrinho. Mas venha comigo até o jardim. Tenho uma coisa nada açucarada que preciso te dizer.

Charles flagrou o olhar que Eugênia e a mãe trocaram e sentiu imediatamente a mudança súbita do clima.

— Venha! — disse Grandet.

O avarento acabou de beber o vinho branco e saiu.

— Coragem, primo... — Eugênia falou num tom que deixou Charles enregelado.

Ele seguiu o tio até o jardim, enquanto Eugênia, a mãe e Nanon se dirigiram até a cozinha, mortificadas de curiosidade para ouvir a conversa.

— Tio... O que houve? — Charles perguntou, dominado por uma grande ansiedade.

Grandet não tinha o menor constrangimento em dar a notícia da morte do pai. Mas sentia uma espécie de compaixão pelo fato de o jovem não ter mais dinheiro algum e procurava palavras que pudessem amenizar a crua realidade.

— Pois bem, rapaz... Tenho más notícias. Seu pai está passando mal...

— Meu pai? E o que eu estou fazendo aqui? Nanon! Quero arrumar algum cavalo... Talvez eu ainda encontre alguma carruagem para Paris na região, eu...

— É inútil! — Grandet falou com um tom seco, neutro, que calou Charles e o deixou com o olhar fixo no tio.

— É isso mesmo. Você adivinhou... Ele já está morto. Mas... o mais grave é que... ele se matou com um tiro na cabeça.

— Meu pai?

— É... Veja por você mesmo...

Grandet esticou o jornal para o sobrinho. Conforme o jovem ia lendo aquelas linhas frias, seus olhos formavam uma expressão tão aterradora que deixou o vinhateiro assustado. Por fim, ele atirou o jornal no chão e caiu num choro sentido, inundado de lágrimas.

Mais aliviado por essa reação humana, Grandet prosseguiu:

— E isso não é nada... Ele o arruinou. Você está sem dinheiro... Você...

— E o que tem isso? Meu pai! Onde está o meu pai?

O choro convulsivo e seus soluços ecoavam entre os muros do acanhado jardim. Contagiadas por aquele som, as três mulheres também choravam na cozinha. Charles, sem conseguir acompanhar as explicações do tio sobre falências e negócios, correu para dentro, subiu para seu quarto saltando os degraus e atirou-se atravessado na cama, com o rosto enterrado nos lençóis.

— É bom deixar passar o primeiro aguaceiro — disse Grandet, ao voltar para a sala e encontrar mãe e filha costurando, com as mãos trêmulas, depois de terem enxugado os olhos rapidamente.

— Mas esse rapaz é um inútil! — prosseguiu o vinhateiro. — Está mais preocupado com os mortos do que com seu dinheiro...

Eugênia teve um calafrio ao ouvir aquelas palavras. A partir daquele momento, começou a julgar o pai. O choro de Charles, mesmo abafado, ressoava pela casa toda.

— Pobre rapaz! — lamentou a senhora Grandet.

Tio Grandet, então, se lembrou do açucareiro.

— Ah, sim... — disse no seu tom habitual, sem pressa. — Espero que a senhora não continue com suas generosidades, senhora Grandet. Não lhe dou meu dinheiro para que fique entupindo esse mimado de açúcar!

— Não foi ela, papai. Fui eu que...

— Só porque é maior quer me contrariar?

— Papai... O filho de seu irmão... Na sua casa...

— Tá-tá-tá! Filho do meu irmão aqui, meu sobrinho de lá... Charles não é nada para nós. E depois, não tem um tostão furado, o pai dele faliu! Falir é a ação mais vergonhosa que alguém pode cometer!

— Papai, o senhor não poderia ter impedido essa desgraça?

— Meu irmão não me consultou, só fiquei sabendo depois. Além do mais, ele estava devendo coisa de mais de 4 milhões! O certo é: depois que esse mimado tiver chorado à vontade, vai dar o fora daqui. Não quero que ele revolucione a minha casa, estão entendendo?

— Mas o que vai acontecer com ele?

— Vai para as Índias... Era a vontade do pai. Pago a viagem dele até... Nantes.

— Ah... Papai, o senhor é bom!

Eugênia, agarrando-se àquele lampejo de generosidade paterna, abraçou-o de um modo tão enternecido que quase envergonhou Grandet, incomodado pela consciência.

Então, um soluço mais alto veio lá de cima e gelou mãe e filha.

— Nanon, vá lá em cima ver se ele não está se matando — disse Grandet, no tom mais prático possível. — Ah, sim. Vou sair agora, porque tenho uma questão muito importante para resolver... Depois vou falar com Cruchot e trocar algumas ideias com ele sobre isso tudo. E vocês duas... nada de asneiras, hein?

As duas sentiram-se aliviadas quando a porta se fechou. Eugênia, pela primeira vez na vida, começou a pensar na fortuna do pai e a fazer contas com base nas conversas que ouvia, sobre as vinhas, as propriedades, Froidfond...

— Papai deve ser muito rico, não, mamãe?

— Talvez... Mas a compra de Froidfond... Cruchot disse que...

As duas foram interrompidas por Nanon, que vinha de cima.

— O menino nem me viu, coitado. Está jogado na cama, chorando feito Maria Madalena, o que é uma verdadeira bênção. Que desgosto esse... Um moço tão lindo...

— Vamos lá, mãe. Vamos consolar meu primo. Se alguém bater, nós descemos.

A senhora Grandet não teve defesas contra a autoridade na voz da filha, um tom que era o de uma mulher, e não mais da menina que conhecia.

As duas pararam na porta do quarto, e Charles voltou-se para elas.

— Perdi meu pai! Meu pobre pai! Ele podia ter me contado sobre sua desgraça. Eu teria ajudado... Tinha tanta certeza de que iria encontrá-lo de novo que me despedi com um abraço frio...

E os soluços cortaram o resto da fala.

— Vamos rezar por ele... — disse a senhora Grandet. — Conforme-se com a vontade de Deus.

— Primo... — adiantou-se Eugênia, ansiando por tirá-lo daquela dor imensa. — Tenha coragem. Isso não tem volta. Você precisa agora pensar em salvar sua honra!

— Minha honra? — gritou Charles. — É verdade... O tio disse que papai faliu. Deixe-me, prima, deixe-me! Meu Deus! Meu Deus! Perdoe meu pai... Ele deve ter sofrido tanto...

Havia algo de horrível e ao mesmo tempo tocante naquela dor jovem, autêntica, sem cálculos, sem segundas intenções. Nunca um acontecimento tão grave, um espetáculo tão dramático, havia atingido aquelas duas mulheres mergulhadas numa rotina de calma e solidão. E aquele pranto profundo, que parecia vir da entranha da terra, só cessou com a noite, depois de ir diminuindo gradativamente.

10
OS NEGÓCIOS DE GRANDET

ENQUANTO PUXAVA OS PONTOS da sua costura, tudo o que Eugênia ansiava era voltar para a companhia do primo, compartilhar o luto dele. Ela e a mãe costuravam em silêncio, no lugar de sempre ao lado da janela, atentas a qualquer ruído que viesse do quarto de Charles. A noite fora terrível pois, ao se despedir do sobrinho, Grandet acabou vendo todas as pequenas mudanças feitas pela filha, inclusive o uso de velas de cera. E discutiu com as duas. Todos foram dormir em estado de grande aflição, principalmente a senhora Grandet.

Durante a madrugada, sem conseguir conciliar o sono, Eugênia teve certeza de ouvir uma terrível exclamação vir do quarto de hóspedes. Logo ao amanhecer, vestiu-se e correu com passos leves para junto de Charles, que deixara a porta aberta. Era uma incrível ousadia para uma moça da província, ainda mais uma senhorita recatada e religiosa como Eugênia, entrar no quarto de um homem, mesmo que fosse um primo.

Encontrou-o vencido pelo cansaço. Dormia vestido, sentado numa poltrona, e com a cabeça reclinada sobre a cama. Eugênia admirou aquele rosto jovem e belo, marcado pela dor, os olhos inchados de tanto chorar. Charles percebeu a presença de Eugênia, abriu os olhos e viu sua expressão enternecida.

— Desculpe, prima — disse, sem saber que horas eram ou onde se encontrava.

— Nós nos preocupamos com você... Queria que soubesse disso.

Charles não pôde deixar de sentir naquele momento uma profunda ternura por aquele interesse generoso. Conhecia bem o mundo de que vinha, a sociedade parisiense que frequentara desde menino, para saber que ali só teria encontrado corações indiferentes ou frios. E Eugênia lhe apareceu em todo o esplendor da sua beleza especial, da sua inocência autêntica.

— Por que não se deita, primo? Vai se cansar assim.

— É verdade.

— Então até logo.

E ela saiu com passos rápidos, feliz por ter ido. Em seu quarto, repreendeu-se: "Que ideia ele vai ter de mim? Vai achar que eu o amo".

Mas era isso mesmo o que ela mais desejava que ele acreditasse. E era nisso que pensava, horas depois, enquanto costurava como sempre, ao lado da mãe.

Tio Grandet, então – para surpresa das duas, depois da tempestade noturna –, chegou da rua em ótimo estado de humor. Esfregava as mãos, andando de um lado para o outro.

— Mulher — disse, sem gaguejar —, apanhei todos eles... Nosso vinho está vendido! O belga está desesperado. Estou sendo pago em ouro!

E disse tudo isso em um tom calmo e tão irônico que teria escandalizado os cidadãos de Saumur. Pois todos os vinhateiros da região se encontravam reunidos àquela mesma hora na praça da cidade, espantados pela venda que acabara de ser feita por Grandet e que havia apanhado a todos de surpresa. E o veredito era que o bom Grandet havia cometido uma traição muito grave, passando por cima do interesse geral.

— E de quanto foi o seu lucro, papai?

— Ora, senhorita... Algo em torno de 200 mil moedas de vinte soldos.

— Que bom, papai. Então o senhor vai poder ajudar Charles sem dificuldades.

A alegria contida do velho toneleiro transmudou-se para espanto e depois cólera ao ouvir essas palavras ditas de modo inocente.

— Oras! Desde que esse menino mimado pôs os pés na minha casa, tudo virou pelo avesso, não? Tudo virou uma festa por aqui! Não quero essas coisas, entenderam? Na minha idade, acho que não preciso de conselhos de ninguém, muito menos de minha filha. Vou fazer pelo meu sobrinho o que for conveniente. Quanto a você, Eugênia, se continuar insistindo nessa bobagem, vai para a abadia de Noyers, com a Nanon. E amanhã mesmo!

E, deixando as duas aturdidas, foi para seu gabinete, onde se trancou a fim de refletir sobre os negócios. Era ali, próximo a tudo o que possuía, ao seu tesouro acumulado, que Grandet urdia suas tramas. Em geral, dormia pouco, pois passava metade da noite naqueles cálculos que conferiam uma exatidão espantosa a seus pontos de vista, suas observações, seus planos, garantindo aquele sucesso constante nos negócios que deixava os habitantes de Saumur estupefatos. Nele, como em todos os avarentos, havia uma necessidade imperiosa de pregar peças nos outros homens, de ganhar ilegalmente o dinheiro deles.

E as ideias do bom Grandet estavam tomando outro rumo. Andava urdindo uma trama para ridicularizar, enrolar, enganar os credores parisienses do irmão, divertir-se com eles, fazê-los suar em suas mãos rudes de velho toneleiro. Ao mesmo tempo, era um plano que poderia melhorar seu conceito perante a comunidade, gravemente abalado tanto pelo suicídio do Grandet de Paris como pela traição na venda do vinho.

O plano que engendrava consistia em salvar a honra do irmão morto, sem que isso custasse um tostão, é claro, nem a ele, nem ao sobrinho. Queria triturar os credores parisienses em benefício de Charles, mostrando-se excelente irmão por um preço módico. Para isso, precisaria da ajuda dos Cruchots, mas não queria procurá-los. Desejava que eles viessem até sua casa e que fosse naquela noite mesmo.

Depois de muito pensar sobre toda aquela questão da falência e de seus prolongamentos, desceu a escada carunchosa com passos decididos.

— Nanon, prepare aquele coelho que trouxeram hoje de Froidfond para o jantar. Vamos regalar os Cruchots.

— Ah! Bom. E onde vou achar toucinhos e temperos? — a criada indagou.

— Mulher! Dê seis francos a Nanon. Vou até a adega procurar um bom vinho.

Quando o marido saiu, a senhora Grandet comentou com Eugênia:

— Alguma coisa muito estranha está acontecendo. Desde que nos casamos, esta será a terceira vez que seu pai oferece um jantar.

11 O JANTAR

MAL EUGÊNIA E A MÃE terminaram de pôr a mesa para seis pessoas, Charles desceu pela primeira vez do quarto. Estava pálido. Todos os seus gestos, atitudes, expressões e mesmo o tom da voz refletiam um pesar no qual não faltava alguma beleza. Ele sofria de verdade e aquela tristeza dava-lhe uma profundidade de sentimentos que agradava às mulheres. Eugênia, ao menos, amou-o ainda mais. E, de certo modo, aquela desventura o havia aproximado mais dela. Charles naquele momento era apenas um parente mergulhado numa terrível dor, e não o rapaz rico e bonito flutuando numa esfera inacessível.

Grandet também chegou com algumas garrafas de vinho excelente, do tipo que a gente da província guarda com amor. A cidade de Saumur, que na véspera comentara chocada a venda da colheita do vinhateiro, considerada um crime de alta traição, agora não falava de outra coisa senão daquele jantar oferecido por Grandet aos Cruchots. Os Des Grassins, sabendo do suicídio do pai de Charles, também resolveram por conta própria ir mais tarde à casa de Grandet, para dar os pêsames. E, claro, para bisbilhotar os motivos que o levaram a convidar os Cruchots para um jantar naquela circunstância tão dramática.

Tão logo bateram cinco horas, dois Cruchots chegaram emperiquitados como nunca: o Cruchot tabelião e seu sobrinho, o magistrado C. de Bonfons. Os convivas sentaram-se à mesa e comeram com apetite, mas em silêncio, em respeito à dor de Charles. Este, ao terminar, levantou-se e dirigiu-se aos tios:

— Peço licença para me retirar. Tenho uma longa e triste correspondência para pôr em dia.

— Esteja à vontade, sobrinho...

As mulheres da casa também saíram, deixando os três homens livres para conversarem sobre negócios. Quando Grandet começou a falar, nunca sua gagueira e sua surdez foram tão exageradas.

— Se... se... nhor... pre... pre... sidente! Ca... ca... ro, senhor de Bon... bon... fons...

Os dois Cruchots se aproximaram do interlocutor, fazendo caretas pelo esforço de entender o que ele dizia. Para o Cruchot sobrinho, foi uma agradável surpresa, de qualquer modo, ser chamado de "senhor de Bonfons". Era a segunda vez em três anos que tal coisa acontecia. E ele tomou isso como um sinal de que podia estar sendo eleito para genro do velhote.

A conversa naquela noite foi longa e mesmo extenuante. Os Cruchots, desesperados com aquele tartamudeio, eram obrigados muitas vezes a terminar as frases em que o vinhateiro emperrava por prazer. Assim, ele obrigou o magistrado a falar da sua própria boca conceitos que fingia desconhecer, como a diferença entre falência e liquidação.

— Veja, senhor Grandet... Liquidar não é falir! Na falência, um homem fica desonrado, o que foi infelizmente o caso do seu irmão...

— Meeeu... irmão... si... sim...

— Mas liquidando seus bens, ele continua honesto. E por que esse interesse? O senhor pretende liquidar os bens de seu irmão?

— Isso seria sublime da sua parte — interrompeu o Cruchot tabelião. — Mostraria que existe honra nas províncias.

— E também estaria salvando o nome Grandet!

O ex-toneleiro, sempre torturando os convidados com sua gagueira, e pondo a mão em forma de cone no ouvido, confirmou sua intenção de liquidar os bens do irmão. Mas adotando uma postura humilde, de uma pessoa muito simples, disse que tinha medo de ser enganado pelos "credores espertinhos de Paris".

C. de Bonfons, cada vez mais animado com a confiança que o homem mais rico da cidade lhe dava, pai de uma herdeira com quem desejava contrair alianças, procurou aplainar o terreno e explicar as minúcias legais daquele processo complicadíssimo:

— Em suma, caro Grandet, se o senhor vier a possuir os títulos de todos os débitos da casa Grandet de Paris, seu irmão ou seus herdeiros não deverão nada a ninguém.

— Ce... certo... Ma... mas eu te... tenho lá te... tempo, ou di... dinheiro para ir a Paris? So... sou um mero fa... fazendeiro... preciso cui... cuidar das co... colheitas...

— Bem — exaltou-se o Cruchot sobrinho, ansiando por se mostrar mais solícito ainda —, eu me ofereço para ir a Paris cuidar dos seus negócios! Claro, o senhor custearia a viagem, que é uma ninharia. Aí eu reúno os credores, falo com eles da sua boa intenção, tudo para que o senhor possa ficar com os títulos de crédito... E depois...

— Sobrinho! — o tio Cruchot interrompeu bruscamente a frase.

— Que foi, titio?

— Vamos deixar que o senhor Grandet nos informe mais claramente quais são suas intenções. Afinal, é um mandato importante…

O lobinho na narina de Grandet estremeceu levemente, pois ele ficou irritado de ver o tio brecar uma perspectiva tão promissora. A verdade é que o prudente tabelião achava um tanto inadequado que um magistrado como seu sobrinho, presidente de tribunal de primeira instância, fosse a Paris como pau-mandado fazer pactos com credores, num trabalho cujo objetivo lhe parecia obscuro.

Seu zelo de tio foi facilitado por uma batida na aldrava: eram os Des Grassins chegando. Ele puxou o sobrinho para um canto e disse baixinho:

— Calma! Você já se exibiu bastante. Chega de tanto zelo… É tanta sua vontade de ganhar a mão da herdeira? Não vá metendo os pés pelas mãos. Deixe que eu conduzo o barco agora…

Mas não terminou de falar, pois sua atenção se voltou para a fala sempre firme do senhor Des Grassins.

— Grandet, ficamos sabendo da terrível desgraça que se abateu sobre sua família. Fizemos questão de vir aqui expressar nossa solidariedade.

— A única desgraça — o Cruchot tabelião interveio, com medo de que o rival ganhasse algum terreno — é a morte do senhor Victor Grandet. E ele não se mataria se tivesse tido a ideia de pedir socorro ao irmão, nosso nobre senhor Grandet. Pois saiba que ele agora mesmo nos revelou seu plano de liquidar as dívidas da casa Grandet de Paris! Meu sobrinho aqui se ofereceu para ir imediatamente a Paris falar com os credores.

Os três Des Grassins não esperavam por aquilo de modo algum, conhecendo como conheciam o caráter do anfitrião. Na verdade, eles tinham vindo pelo caminho falando mal da avareza de Grandet, quase o acusando de fratricídio. Entretanto, o patriarca dos Des Grassins se recuperou prontamente do susto. E tomou a dianteira:

— Ah! Bem que eu imaginava… O que foi que eu lhe disse pelo caminho, minha senhora? Grandet tem honra até a raiz dos cabelos! Existe honra em nossas províncias… Bom, muito bom! Bom, não… Sublime!

— Ah… ma… mas o su… sublime sai ca… caro… e de… depois eu não po… posso sa… sair daqui. Então o senhor magistrado me pedia as despesas da viagem — Grandet não gaguejou nesta última frase, e a senhora Des Grassins, atentíssima a tudo, não perdeu a deixa:

— Ora! Mas é um prazer ir a Paris! Eu até pagaria por isso. Meu marido pode fazer isso com a maior satisfação!

Ela fez um sinal para o marido e em seguida lançou um olhar irônico para os dois Cruchots, que ficaram com cara de coitados.

— Claro! — confirmou o senhor Des Grassins. — Este é um assunto comercial que pede a presença de um negociante, e não de um magistrado, que tem mais coisas para resolver por aqui.

Atônitos por ver o jogo virar repentinamente, os dois Cruchots permaneceram impotentes ouvindo as combinações entre o esperto tio Grandet e os vitoriosos Des Grassins.

— Então está combinado, Grandet! — o senhor Des Grassins disse com sua voz de comando militar. — Parto amanhã mesmo com a diligência.

E então todos passaram a se despedir do senhor Grandet:

— Bom... é ta... tarde mesmo... Eu vou me re... retirar para a mi... minha sala de de... deliberações, como diria aí o nosso Cruchot — disse referindo-se ao sobrinho magistrado.

As famílias rivais saíram juntas. Ninguém mais pensava na traição aos vinhateiros da região, cometida por Grandet, mas refletiam sobre quais seriam suas reais intenções naquele negócio inesperado. Afinal, despediram-se, cada qual tomando seu rumo.

— Você viu, tio... — disse o Cruchot sobrinho para o Cruchot tabelião. — Comecei como senhor de Bonfons e terminei apenas como Cruchot.

— Fique sossegado, meu amigo. Hoje o vento foi favorável aos Des Grassins. Deixe que eles embarquem nessa aventura... Nem por isso Eugênia vai deixar de ser sua mulher!

Bastaram alguns instantes para a notícia da magnânima decisão do bom Grandet se espalhar pela cidade. A cidade de Saumur passou a reverenciar aquele exemplo de devoção fraterna, esquecida já do episódio tão recente da venda feita sem consideração pelo juramento dos proprietários. Seriam os seres coletivos desprovidos de memória?

12
O TESOURO DE EUGÊNIA

PORÉM A NOITE ainda não havia terminado para Grandet. Uma grande agitação tomou conta da casa, envolvendo o velho vinhateiro, a Grande

Nanon e o caseiro Cornoiller, um dos rendeiros das terras recém-adquiridas de Froidfond. Este último veio com uma carroça, enquanto Nanon, bufando, ajudava o ex-toneleiro a carregar um barril.

— Nossa Senhora, patrão! Que pesado! — disse a criada, em voz baixa.

— Pena que sejam apenas moedinhas sem muito valor! — respondeu Grandet de modo evasivo.

Com a ajuda do caseiro, eles puseram aquele barril e alguns outros na carroça.

— Nanon, diga para minha mulher que fui ao campo. Volto para jantar. Vamos, Cornoiller, corra o mais rápido que puder. Quero chegar a Angers antes das nove.

O carro se foi. Nanon trancou a casa, soltou o cachorro feroz e foi deitar-se com as costas doendo pelo esforço. Nenhum vizinho percebeu a partida de Grandet e nem de longe suporia qual o objetivo daquela viagem. A discrição do velhote era absoluta. Ninguém nunca via um tostão naquela casa cheia de ouro.

O fato é que ele ouvira, pela manhã, que alguns especuladores haviam chegado a Angers justamente para comprar ouro. E também que o preço daquele metal havia duplicado. Assim, o bom Grandet, apenas emprestando uma carroça de seus rendeiros, conseguiu vender parte de seu ouro com um lucro considerável, trazendo de volta a quantia necessária para o negócio que empreenderia em Paris.

Eugênia, do alto da escada, presenciara parte da cena. Preocupada, achou que seu pai estava levando o primo embora e ficou aliviada ao ver apenas Grandet e Cornoiller partirem. Não havia dormido direito por julgar ouvir gemidos do quarto de Charles: da última vez que o vira, parecia desesperado! Seus passos praticamente a levaram até o aposento dele, atraída pela luz, que, filtrada pelo vão da porta, projetava sombras no corredor.

Empurrou a porta de leve e encontrou uma vez mais a mesma cena: o primo dormindo, exausto, com a cabeça pendendo para fora da poltrona. Sua mão soltara a pluma que usava para escrever as correspondências e quase tocava o chão. Por todo lado havia cartas seladas. A respiração do jovem, arquejante, assustou Eugênia, que se aproximou para ver se ele estava bem. Admirou Charles e, com muita leveza, ajeitou ternamente a cabeça dele no espaldar da poltrona. O jovem se deixou levar quase como uma criança que recebe cuidados maternos sem despertar.

Depois, a jovem passou a olhar para as cartas seladas e seus endereços. Não conhecia nenhum daqueles destinatários. Até que duas cartas ainda abertas chamaram sua atenção. As palavras que iniciavam uma delas, "Minha querida Annette...", causaram-lhe um estremecimento. Seu coração deu um salto e os pés pregaram no chão.

"Então existe uma Annette...", pensou. "Ele ama... e é amado! Não tenho esperanças..." Relutava em ceder à vontade violenta de ler aquela carta, pois um demônio parecia gritar aos seus ouvidos: "Querida Annette!", sem cessar. Até aquele dia, Eugênia jamais precisara se envergonhar de qualquer ação na vida e agora o bem e o mal se defrontavam em seu coração. A paixão e a curiosidade venceram. Ela apanhou a carta, aproximou-se de uma vela e começou a ler.

Charles realmente havia escrito uma carta confessando seu amor por aquela conhecida dama da sociedade parisiense – que, entretanto, era apenas um nome de mulher para Eugênia. O jovem narrava seu desespero pela perda do pai, pela miséria moral e real em que sua vida se transformaria a partir daquele momento. Não desejava retornar a Paris, onde teria que suportar afrontas, frieza e desprezo como homem arruinado, filho de um falido. Com certeza, morreria num duelo pela honra na primeira semana. Por isso, decidira tomar uma atitude adulta e ir atrás de fortuna em terras estrangeiras, na América ou na Índia, e talvez voltar algum dia.

Duas passagens da dramática carta interessaram a Eugênia. A primeira quando ele renunciava em termos categóricos ao relacionamento agora sem futuro com Annette. "Ele está se separando dela!", ela pensou, sem conter um sorriso de felicidade e um gesto involuntário de alegria que, para seu horror, quase despertou o primo. Ao ver que ele prosseguia dormindo, voltou a ler com interesse a parte final, onde Charles falava dela, Eugênia, com carinho. Dizia que no futuro precisaria pensar em se casar e havia encontrado em Saumur, na casa do tio, uma prima dotada de modos, aparência e espírito que agradariam a Annette...

Mas neste ponto a carta se interrompia, como se o sono o tivesse vencido. E justamente na frase: "... ela me parece ter...". Eugênia olhou-o, projetando apenas o amor que sentia por ele, passando por cima de todo o cálculo e até mesmo a frieza que havia naquelas letras em relação a ela. Com seu horizonte de moça da província, e uma experiência de vida bastante limitada, ela não conseguia entender o quanto o primo já havia sido moldado pelos costumes da capital, pela própria Annette. Charles seria para sempre um filho daquele mundo no qual que ele crescera, calculando tudo, buscando acima de tudo o interesse pessoal, velho já, sob a máscara de jovem.

Eugênia então apanhou a outra carta ainda aberta. Era destinada a um amigo parisiense de Charles, de nome Alphonse. Ele encarregava esse amigo, que devia ser muito íntimo, de cuidar dos seus negócios, vender tudo o que pudesse, e lhe enviar alguns objetos de valor. Seria o capital inicial da viagem para as terras distantes...

Tudo aquilo comoveu Eugênia profundamente. E tomando uma resolução súbita e definitiva, saiu com passos leves para não despertar o primo e foi para seu quarto. Abriu a gaveta do seu velho móvel de carvalho, onde apanhou todo o ouro que tinha ganhado do pai ao longo dos anos. Aquele tesouro, guardado numa bolsa de veludo vermelho, herança da avó, continha moeda novas e virgens. Eram objetos de adoração de Grandet, que, a cada ano novo ou aniversário da filha, pedia para admirá-los como se aquela coleção pertencesse a ele próprio e estivesse apenas sendo guardada por Eugênia.

No total, devia ter ali mais de 5 mil francos! Diante daquela riqueza, ela começou a bater palmas, como uma criança que precisa dissipar o excesso de alegria com movimentos corporais. Voltou ao quarto do primo e, assim que entrou, Charles despertou espantado com a presença dela:

— Primo... — ela disse com voz emocionada. — Quero pedir perdão por uma falta grave... Deus me perdoará este pecado, se você quiser esquecê-lo.

— Mas o que é? — Charles perguntou, esfregando os olhos com as mãos.

— Li essas duas cartas.

Charles corou.

— Mas estou tentada a não me arrepender disso. Porque essas cartas me mostraram melhor seu coração, sua alma, seus planos, sua necessidade de dinheiro.

— Prima, querida...

— Shh... Não fale tão alto. Não vamos acordar a casa. Veja... — Eugênia abriu a bolsa de veludo, com todo o seu tesouro acumulado. — Aqui estão as economias de uma pobre moça que não tem necessidade de nada. Aceite, por favor. Um primo é quase um irmão... Você pode muito bem aceitar um empréstimo da sua irmã, não pode?

Charles apenas olhou o conteúdo, sem nada dizer, permanecendo em silêncio. Eugênia não estava preparada para uma recusa. Aquela hesitação do primo a humilhou e ela dobrou os joelhos:

— Não me levanto enquanto você não pegar este ouro. Primo... Por favor, me dê uma resposta, seja generoso, eu preciso saber se me estima...

Ele, então, ainda sem nada dizer, deixou cair algumas lágrimas sobre as mãos da prima.

— Então é sim, não é? — ela disse, também chorando de alegria. — Não receie! Você vai ser rico. Este ouro vai trazer muita sorte para você. Um dia você devolve... Melhor ainda! Seremos sócios. Enfim... Aceito todas as condições que você quiser. Mas não deve dar tanto valor a este presente.

— Está bem, Eugênia... Eu precisaria ser uma alma mesquinha demais para não aceitar. Mas faremos uma troca...

— Como assim?

— Escute, prima... Tenho ali sobre a cômoda um estojo que para mim é tão precioso quanto a vida. Foi um presente de minha falecida mãe. É muito valioso. Se ela pudesse sair do túmulo, tenho certeza de que venderia este ouro para me ajudar, mas esta ação realizada por mim pareceria um sacrilégio.

Eugênia apertou as mãos do primo ao ouvir essas palavras.

— Eu não quero vender este estojo, nem arriscá-lo nas minhas viagens. Você vai ser a depositária dele. E nunca um amigo confiou a outro nada de mais sagrado. Julgue você mesma...

Ele apanhou o estojo e o mostrou à prima com ar triste. Era uma obra maravilhosa, na qual o ouro competia com o trabalho artístico e que deu a Eugênia a verdadeira dimensão daquela caixinha de costura que ganhara dias antes de Adolphe des Grassins. No estojo, sob um fundo falso, havia duas pinturas em miniatura do pai e da mãe de Charles.

— Estes são seus tios, que você não chegou a conhecer. — Os dois primos se fitavam agora com os olhos úmidos. — Eu lhe suplico de joelhos que cuide bem deste tesouro. Se eu morrer na viagem e perder esta sua pequena fortuna, este ouro aqui lhe servirá de indenização. E só com você eu posso deixar esses dois retratos. Você é digna de ficar com eles, prima. Não quero que eles caiam em nenhuma outra mão.

Eugênia observava maravilhada aquela peça, sem nada dizer.

— Então, é sim, não? Só entre nós, certo? O dinheiro nunca será nada. Só o sentimento é que vale... — Charles segurou as mãos de Eugênia entre as suas.

Ao ouvir essas palavras, ela lhe dirigiu um olhar em que pela primeira vez se revelou como mulher, e não como prima. Por fim, disse:

— Vamos, Charles, deite-se. Você deve estar exausto. Até amanhã.

Desvencilhou-se devagar das mãos do primo e ele acompanhou-a até a porta do quarto, iluminando o caminho com uma vela.

13
O PEQUENO JARDIM

NA MANHÃ SEGUINTE, a senhora Grandet encontrou a filha passeando em companhia de Charles, antes do almoço. O rapaz ainda estava triste, como alguém que tivesse descido ao fundo do abismo e estivesse sentindo o peso da vida futura. Notando a preocupação estampada no rosto da mãe ao ver os dois, Eugênia procurou acalmá-la:

— Meu pai só volta para o jantar...

E durante os dias que se seguiram, até a partida de Charles, os dois puderam ficar bastante tempo na companhia um do outro. Grandet quase não parava em casa, sempre resolvendo seus negócios. O senhor Des Grassins passou para falar com ele no dia seguinte ao jantar, recebeu algumas recomendações e partiu para Paris a fim de resolver as questões da liquidação. Charles ficou comovido quando soube que o tio poria em ordem os negócios e salvaria a honra da casa Grandet de Paris, e Eugênia contemplou o pai com admiração.

Aliás, o bom Grandet parecia mais alegre e extrovertido do que de costume, o que causou estranheza na própria mulher e na Grande Nanon. O velho vinhateiro, satisfeito em sua avareza e certo de que logo veria o sobrinho "mimado" tomar o caminho de terras distantes, sem que precisasse lhe pagar nada além da viagem até Nantes, tornou-se indiferente à presença de Charles na casa.

Deixou as "duas crianças" livres para se comportarem como quisessem sob os olhares da senhora Grandet, em quem tinha inteira confiança. Sabia que a mulher devota cuidaria bem da moral daquela casa. E aí começou para Eugênia a primavera do seu amor. Cúmplices do mesmo segredo, dos tesouros trocados na calada da noite, os primos olhavam-se com expressão de mútuo entendimento. Isso aprofundava seus sentimentos, tornando-os mais unidos, mais íntimos, elevando-os a um plano fora da vida comum.

Charles ainda não conseguira entender como o tio podia ter fama de pessoa tão rica morando naquela casa envelhecida, com tanta carência de tudo o que para ele significava os sinais externos da riqueza. Conversava com Eugênia sobre isso e, por mais que ela lhe falasse das vindimas do pai, de Froidfond, ele achava que tudo aquilo devia valer muito pouco.

— Misérias... — comentava com ar desdenhoso. — Se seu pai tivesse pelo menos 20 mil libras de renda, você dormiria naquele quarto frio e nu?

E tampouco ela sabia explicar melhor, pois desconhecia tudo o que se relacionasse aos negócios paternos. Ainda assim, talvez por nascer de um grande pesar, a união e o amor nascente dos dois primos harmonizava-se com a simplicidade provinciana daquela casa em ruínas.

Os dias transcorriam de forma simples e tranquila. E, ao trocar algumas palavras com a prima à beira do poço, naquele pátio silencioso; ou ficarem os dois no jardinzinho, sentados juntos no banco musgoso até o pôr do sol, dizendo ninharias; ou, ainda, recolhidos na calma que reinava entre a muralha e a casa, Charles entendeu o lado mais puro do amor. Pois a verdade é que com sua querida Annette só havia conhecido o aspecto mais conturbado, mais tormentoso da relação entre dois amantes.

Recuperando-se de uma grande dor, passou a apreciar aquela casa, cujos costumes, tão diferentes daqueles de sua vida parisiense, já não lhe pareciam tão ridículos. Toda manhã, descia cedo para conversar com Eugênia, antes que Grandet iniciasse a tarefa de distribuir rigorosamente as provisões do dia.

E quando, depois do almoço, o tio saía para vistoriar a produção das propriedades, Charles deixava-se ficar entre a mãe e a filha, sentindo um prazer desconhecido em ajudá-las com os fios das costuras, em ver as duas trabalharem tão bem juntas, sentadas diante da janela, ou em ouvi-las tagarelar sobre as coisas da cidade.

A simplicidade daquela vida quase monástica lhe revelou as belezas ocultas daquelas almas que desconheciam o grande mundo do qual ele viera. E isso o tocou vivamente.

A cada dia, um pequeno acontecimento lhes recordava de que a separação estava se aproximando. Charles foi com o tio até o tribunal de primeira instância para assinar uma renúncia à sucessão do pai, gesto necessário para que Grandet pudesse dar continuidade ao trabalho de liquidar os bens do irmão. Tudo feito com a solenidade que a gente da província atribui a tais atos. Além disso, foi preciso cumprir as formalidades necessárias para obter o passaporte para o exterior.

— Então você vai embora mesmo... — Eugênia comentou uma tarde, enquanto conversavam no pequeno jardim, misturando no olhar tristeza e admiração.

— É preciso — disse ele, abaixando a cabeça.

Havia alguns dias, o comportamento de Charles era de alguém angustiado, ou forçado a amadurecer depressa diante dos desafios que tinha pela frente. Já não suspirava tanto: tornara-se homem. Eugênia percebeu essa mudança ao vê-lo descer em suas roupas de pano preto para assistir com as duas a uma missa de réquiem celebrada na paróquia pela alma do finado Victor-Guillaume Grandet, seu pai.

Agora, naquele jardim que se tornara o recanto preferido dos primos, ele parecia determinado:

— Soube que em Nantes há um navio de carga que parte para Java daqui a cinco dias. Então... Precisamos dizer adeus para sempre, Eugênia. Ou, talvez, pelo menos por muito tempo. Não posso pensar em voltar antes de vários anos... Prima, querida, não faça a sua vida depender da minha; eu posso morrer, talvez lhe apareça um casamento rico...

— Você me ama? — perguntou ela.

— Amo, sim. Muito! — ele respondeu, num tom que revelava igual profundidade de sentimento.

— Então eu espero, Charles. Meu Deus! — Eugênia exclamou, olhando para cima. — Meu pai está na janela.

Os dois fugiram para o lado interno da casa, chegando a um corredor próximo do cubículo onde a Grande Nanon dormia. Ali, naquele recanto ensombrecido, Charles segurou a mão de Eugênia e atraiu-a para si, abraçando-a pela cintura. Ela, então, não resistiu. Deram o mais puro, suave e completo beijo.

— Querida Eugênia, ser primo é melhor do que ser irmão. Um primo pode se casar com você.

— Assim seja! — exclamou a Grande Nanon, abrindo a porta do seu aposento.

Os dois, apavorados, fugiram para a sala, onde Eugênia retomou a costura e Charles, compenetradíssimo, pôs-se a ler as ladainhas da Virgem no missal da senhora Grandet.

— Ora vejam — disse Nanon ao entrar na sala. — Estamos todos fazendo as nossas preces.

14
A PARTIDA DE CHARLES

TÃO LOGO CHARLES ANUNCIOU a partida, Grandet começou a agir, procurando passar a impressão de que se interessava muito pelo sobrinho. Tratou até de contratar um encaixotador, mas disse que o homem estava pedindo demais. Pondo em prática seu antigo ofício de toneleiro, arregaçou as mangas e decidiu fazer os caixotes pessoalmente. Usou velhas tábuas e levantou-se cedo para desempenar, ajustar, aplainar e pregar suas ripas. Confeccionou ótimos caixotes, nos quais acondicionou todos os objetos de Charles e encarregou-se de expedi-los em tempo hábil para Nantes, de onde o sobrinho apanharia o navio.

Nesse meio tempo, o amigo parisiense de Charles, Alphonse, também foi bastante eficiente: conseguiu vender todos os pertences e saldou suas dívidas particulares. Expediu o que sobrou para Nantes, de modo que tudo se encaminhava bem para a viagem.

Da enorme bagagem que tinha trazido para Saumur, Charles separou algumas joias de valor que resolveu deixar de lembrança. Eugênia, encantada, recebeu um bracelete com presilhas de diamante. Para a tia, ele deu um dedal de ouro, peça de estimação que havia pertencido à mãe. Até Nanon ganhou um roupão dourado que ela havia elogiado e uma cruz para prender na gargantilha.

— Esse senhorzinho tão bonito vai viajar pelo mar. Deus o guie! — a criada disse, comovida com os presentes.

Para o tio Grandet, deu umas abotoaduras e também pediu-lhe que avaliasse o restante das joias. O velho toneleiro lançou um olhar guloso para aquele ouro, estendeu a manzorra e o levou ao seu gabinete para avaliá-lo. Desceu dizendo que tudo valia aproximadamente mil francos e que ele mesmo lhe daria o dinheiro equivalente, para poupar ao sobrinho o constrangimento de sair por Saumur procurando compradores, gesto que o jovem agradeceu bastante.

Depois, Grandet olhou com avidez os presentes que Eugênia e sua mulher haviam ganhado.

— Um dedal de ouro? E você, minha filha, presilhas de diamantes? Menino... Você não deve se despojar desse jeito.

E, talvez por algum incômodo na consciência, talvez porque tivesse lucrado alguma coisa a mais com as joias do rapaz, o vinhateiro resolveu por fim pagar a passagem de Charles para as Índias e não somente até Nantes, como combinado.

— Mil e quinhentos francos e estamos conversados. Vou pegar o dinheiro emprestado com Cruchot, porque, você sabe, aqui não tenho um tostão furado.

E, enfiando as luvas, saiu, deixando Charles conversando sobre seu futuro com as mulheres da casa.

Para Eugênia, depois daquele beijo dado no corredor, as horas fugiam com assustadora rapidez. Algumas vezes, pensou em ir com o primo. Ela frequentemente chorava ao passear pelo jardim, agora pequeno demais, como pareciam pequenos o pátio, a casa e a própria cidade de Saumur, perto da vasta extensão dos mares em que o primo iria se aventurar.

Chegou a véspera da partida. O precioso estojo que Eugênia ganhara de Charles, com um voto de confiança, foi depositado na única gaveta do baú que se fechava com chave, juntamente com a bolsa de veludo, que agora estava vazia. Ela pôs a chave da gaveta entre os seios, como prova da sua fidelidade.

— Ela não vai sair daí.

Num impulso, Charles beijou-a naquele lugar e disse:

— Meu coração sempre vai estar aí!

— Ah, Charles, isto não está certo — ela disse, num tom de repreensão.

— Por que não? Não estamos casados? Você me deu sua palavra. Eu lhe dou a minha!

— Juntos para sempre! — prometeram e fizeram outras juras românticas.

No dia seguinte, às dez e meia, a família acompanhou Charles até a diligência que o levaria a Nantes. A Grande Nanon soltou o cachorro, fechou a porta e quis carregar a mala de mão do jovem. Todos os comerciantes da velha rua apareceram à porta de seus negócios para assistir à passagem do cortejo. Cruchot juntou-se a eles quando chegaram à praça.

— Não vá chorar, Eugênia — sussurrou a mãe.

Todos permaneceram conversando diante da diligência. Quando ela partiu, Eugênia e a mãe foram até um ponto da plataforma de onde ainda era possível avistá-la e agitaram lenços brancos, sinal que Charles respondeu agitando seu lenço até desaparecer na lonjura.

15
OS NEGÓCIOS DE GRANDET EM PARIS

ENQUANTO AGUARDAVA A DILIGÊNCIA partir, houve uma despedida entre Charles e o tio, na qual este disse:

— Querido sobrinho, está partindo pobre, mas volte rico. Encontrará salva a honra de seu pai. Eu assumo, mas então só caberá a você…

Charles interrompeu o tio para abraçá-lo, sem atinar com o alcance das palavras de Grandet. Aliás, apenas uma pessoa ali admirou a esperteza do vinhateiro, e riu. Era o tabelião Cruchot. É que ele sabia bem que aquele velho avarento talvez nunca liquidasse realmente o principal da dívida do irmão. De fato, por meio de manobras secretas em fundos públicos, usando inclusive a própria Nanon para efetuá-las, o bom Grandet – com aquela calma característica da gente da província para tratar de negócios, em que não faltava um sorriso finório – conseguiu lucros e rolou a dívida do irmão por vários anos.

O ex-militar e banqueiro senhor Des Grassins foi o tempo todo a pessoa responsável pelas negociações com os credores em Paris. O crédito de que gozava o Grandet de Saumur, cuja fortuna era conhecida, e a confiança que ele derramou no coração daqueles credores por meio de Des Grassins facilitaram as transações – que, afinal, nunca se completariam.

Vinte e três meses depois da morte do irmão de Grandet, muitos comerciantes envolvidos haviam esquecido as cobranças ou só pensavam no assunto para comentar com Des Grassins:

— Esse homenzinho está brincando com o senhor e conosco!

Ao que tio Grandet, sem se abalar, de casa respondia:

— Esses parisienses!

E soltava uma praga. Ele contava com a força do tempo, que, segundo dizia, é um bom diabo. Ao fim do quarto ano daquele processo aparentemente interminável, a dívida girava em torno de 1 milhão e 200 mil francos. Quando a pressão aumentava, Grandet respondia aos liquidantes que Charles fizera fortuna nas Índias e manifestara a intenção de pagar integralmente a dívida do pai. E que diante disso ele nada podia fazer sem consultar previamente o sobrinho.

No quinto ano, os credores ainda estavam de mãos atadas, aguardando um retorno improvável do filho do falido, de quem Grandet na verdade nunca mais recebera nenhuma notícia. Enquanto isso, continuava a lucrar com os fundos públicos, de modo que nada perdeu e não chegou a pagar o que havia prometido para limpar o nome do irmão, tarefa que deixou mesmo para que seu sobrinho fizesse – se um dia voltasse da aventura.

Durante esses anos todos, Des Grassins permaneceu na capital. Obviamente, não apenas a serviço de Grandet. É que nesse meio tempo ele se tornou deputado. E acabou se engraçando com uma das atrizes mais conhecidas do teatro parisiense — ele, distinto pai de família. Talvez o velho sangue militar reclamasse aventura ou ele estivesse enfadado da vidinha em Saumur. Claro que sua conduta foi considerada imoral na província. A senhora Des Grassins, entretanto, muito prática, sentiu-se feliz por estar casada com separação de bens e por ter cabeça boa para dirigir os negócios da família. Assim, ela pôde reparar de algum modo os rombos feitos em sua fortuna pelas loucuras do marido em Paris.

Os cruchotinos é que se deram bem. Espalharam por toda a região uma rede de maledicências bem urdida, envolvendo os rivais. O resultado foi que a senhora Des Grassins acabou casando mal a filha. E pior: precisou desistir de vez da desejada aliança entre seu filho Adolphe e Eugênia Grandet. O jovem foi, então, se encontrar com o pai em Paris, tornando-se ali, segundo algumas línguas, um péssimo sujeito. De modo que os Cruchots venceram o duelo familiar. Afinal, o magistrado Cruchot de Bonfons havia se desvencilhado de rivais próximos e aguardava pacientemente um dia poder finalmente desposar a riquíssima herdeira Grandet.

16
O SEGREDO DE EUGÊNIA

MAS PARA EUGÊNIA, no dia seguinte à partida do primo, só havia a lembrança daquele amor fugaz e da promessa que fizeram juntos. Sem que o pai soubesse, quis que o quarto de Charles permanecesse no mesmo estado em que o jovem o havia deixado, contando para isso com a cumplicidade da mãe e de Nanon.

— Quem sabe ele não volta antes? — dizia.

— Ah! Queria que ele ainda estivesse por aqui! — respondia a Grande Nanon. — Até que me acostumei com ele, patroa. Tão bonzinho, tão educado. Bonito mesmo, de cabelo crespinho que nem menina...

Ao voltar da missa, Eugênia comprou na livraria da cidade um mapa-múndi e o pregou ao lado do espelho, a fim de seguir o primo na rota para as Índias. Até sua beleza ganhou um novo caráter. Os graves pensamentos de amor que lentamente invadiam sua alma, o sentimento íntimo de ser uma mulher amada, conferiram a seus traços uma espécie de esplendor.

Passava as manhãs debaixo da nogueira, pensativa, sentada no banco de madeira carcomido de carunchos e coberto por um musgo cinzento, onde haviam conversado sobre tantas coisas boas e ninharias. Onde haviam construído no ar o castelo de um lindo casamento. Ela passava as tardes projetando o futuro pela nesga de céu que os muros lhe permitiam abarcar. Por fim, ficou um amor solitário, verdadeiro, que se transformou no estofo da sua vida.

Todas as noites e manhãs ela abria o rico estojo de Charles e contemplava o retrato da mãe dele, sua tia, cujos traços recordavam as feições do primo. Certa manhã, foi surpreendida nesse ritual pela mãe. A senhora Grandet foi iniciada então no terrível segredo da troca feita pelo viajante com o tesouro de Eugênia.

— Você deu todo seu ouro para ele? — apavorou-se a pobre mulher. — O que vai dizer a seu pai no dia de ano novo, quando ele pedir para ver o tesouro, como sempre faz?

Eugênia nada disse, permanecendo com o olhar fixo. As duas mulheres passaram metade da manhã com um medo mortal, pois dali a três dias terminaria o ano de 1819. Para piorar a aflição da senhora Grandet, ela não conseguiu terminar as mangas de lã que precisaria para o inverno, fato este que teve tristes consequências para a saúde dela. Aquele foi um dos invernos mais rigorosos da época: a neve acumulava-se nos telhados e o vento assobiava pelas frestas. O frio intenso e o pavor constante da reação do marido a deixaram num estado permanentemente febril.

O senhor Grandet, ainda alheio a tudo isso, parecia estar mais alegre do que nunca. A razão daquele contentamento que o tornava jovial era justamente o sucesso daquelas especulações em fundos públicos. Acumulara um grande capital, mas estava sem ouro, que para ele era o bem mais seguro que existia. Queria voltar a ter algum ouro guardado no seu gabinete.

Por isso, na manhã do dia 1° de janeiro de 1820, o vinhateiro entrou na sala com a firme determinação de falar com a filha. Desejou para as mulheres um bom ano-novo, abraçou-as feliz e disse, depois de beijar as faces de Eugênia:

— Ah, filha... Quero sua felicidade. E é preciso dinheiro para ser feliz. Sem dinheiro, nada feito! Tome esta moeda. Mandei vir de Paris, viu? Agora você é a única que tem ouro nesta casa. Mostre seu ouro, filhinha!

As duas conseguiram ainda prorrogar a sentença, convencendo Grandet que era melhor almoçarem antes. Mas tão logo a mesa foi retirada por Nanon, ele voltou à carga, implacável:

— Escute, Eugênia... Vou precisar do seu ouro. Não vai recusar isso ao papaizinho, hein, filhinha? Não tenho mais ouro. Tinha, não tenho mais nenhum. Vou lhe dar 6 mil francos em libras e ensinar a você como aplicar para ele render bastante. Vamos! Vá buscar aquelas belezinhas que você guarda...

Eugênia levantou-se, deu alguns passos em direção à porta e parou. Voltou-se bruscamente e, olhando o pai de frente, disse:

— Não tenho mais ouro.

— Não tem mais ouro! — exclamou Grandet dando um pulo da cadeira.

— Não. Não tenho.

— Deve estar enganada! Como…

— Não.

— Pela foice do meu pai!

Quando o velho toneleiro praguejava, a casa toda tremia.

— Santo Deus! A patroa ficou branca! — gritou Nanon.

— Grandet… A sua ira vai me matar! — disse a velha mulher.

Grandet se espantou com a palidez que tomou conta do rosto da esposa, havia pouco tão amarelo.

— Nanon, venha me ajudar a deitar… Estou morrendo — suplicou a mãe, com voz fraca.

A Grande Nanon deu o braço à patroa e Eugênia fez o mesmo. E só com muita dificuldade conseguiram fazê-la subir até o quarto, pois ela desfalecia a cada degrau. Grandet ficou sozinho, agitado. Subiu alguns degraus e gritou:

— Dona Eugênia, quando sua mãe estiver deitada, a senhora desça!

Ela não demorou a vir, depois de tranquilizar a mãe.

— A senhora, minha filha, vai me dizer onde está o seu tesouro!

— Meu pai… Se o senhor me dá presentes e eu não sou dona deles, então pegue de volta — ela respondeu friamente, indo apanhar em cima da lareira a moeda que ganhara havia pouco. Grandet agarrou a moeda com rapidez e enfiou-a no bolsinho do colete.

— Estou mesmo achando que não lhe darei mais nada! Onde está seu ouro?

— Está bem aplicado…

— Onde?

— É um segredo! O senhor não tem segredos?

— Eu sou o chefe desta família. E tenho meus negócios. Diga pelo menos quando deu o seu ouro.

Eugênia fez um sinal negativo com a cabeça. A voz do pai foi crescendo gradualmente até ressoar por toda a casa.

— Como! Aqui na minha própria casa, alguém pegou o seu ouro! O único ouro que havia. A senhora o deu a alguém, hein?

Eugênia permaneceu impassível.

— Maldita filha serpente! Ah! Raça ruim! Você sabe que gosto de você e ainda abusa. Está matando o seu pai! Se foi a Charles que… Não! Não é possível! Como! Aquele menino mimado de uma figa me depenou?

Olhou para a filha, que continuava calada e fria.

— Eugênia, você está me ofendendo no que eu mais prezo! Vá para o seu quarto. Vá ficar lá até que eu permita que saia. Nanon lhe levará pão e água, ouviu? Ande!

Eugênia, então, desatou a chorar e fugiu para perto da mãe. Depois de dar umas voltas pelo jardim no meio da neve, sem ligar para o frio, tal era seu estado de nervos, Grandet desconfiou que Eugênia estivesse no quarto da sua mulher. Escalou os degraus e, com a agilidade de um gato, abriu a porta no momento em que a mãe acariciava os cabelos da filha. Esta chorava com o rosto mergulhado no peito materno.

— Console-se, querida, seu pai vai se acalmar... — dizia a mãe.

— Ela não tem mais pai! — berrou Grandet. — Bela educação religiosa a senhora deu para a sua filha. Pois bem, senhorita, para o seu quarto. Para a prisão!

— O senhor quer me privar da minha filha? — exclamou a senhora Grandet, mostrando um rosto ardendo de febre.

— Se quiser ficar com ela, leve-a embora, ponham-se as duas para fora dessa casa, raios! Onde está o ouro, o que é do ouro?

Eugênia levantou-se, olhou para o pai com arrogância e foi para o seu quarto.

— Nanon! — gritou Grandet. — Apague o fogo da sala!

— Senhor, sua filha o ama... Está muito frio, o senhor vai lhe causar alguma doença grave. E se quiser me matar também, é só continuar assim.

— Eu me retiro! Minha casa está insuportável. Arre! Que péssimo dia de ano-novo as senhoras me deram!

Ainda no corredor, gritou de fazer tremer as paredes:

— Eugênia! Vai ver o que vale aquele seu Charles com suas botas de marroquim e aquele ar superior, de filhinho de papai! Ele não tem coração nem alma, porque concordou em levar embora o tesouro de uma pobre moça, sem pedir autorização para os pais dela!

Grandet jantou sozinho naquela noite pela primeira vez em 24 anos. Depois que o vinhateiro foi dormir, Nanon foi pé ante pé até o quarto de Eugênia e lhe mostrou uma torta feita na panela.

— Tome, patroazinha. O Cornoiller trouxe esta lebre de Froidfond e eu fiz uma torta. A menina come tão pouco que vai durar bem uns oito dias. Pelo menos, não passa a pão seco!

Eugênia agradeceu comovida e a Grande Nanon escapuliu, acreditando ter ouvido passos do patrão.

17
A DOENÇA DA SENHORA GRANDET

DURANTE ALGUNS MESES, o vinhateiro ia sempre ver a mulher, em diferentes horas do dia. Ressentido, jamais pronunciava o nome da filha, nem fazia a menor alusão a ela. A senhora Grandet não saiu mais do quarto. Dia a dia, seu estado de saúde piorava. Mas nem isso dobrou o velho toneleiro. Ele prosseguiu com seus hábitos, inflexível, ríspido, frio como um bloco de granito. No entanto, deixou de gaguejar, tornou-se mais duro nos negócios e, vez ou outra, cometia algum erro nas contas.

— Está acontecendo alguma coisa estranha na casa dos Grandets — cochichavam cruchotinos e grassinistas.

As duas famílias rivais haviam estado na casa de Grandet na noite da grande briga e estranharam a ausência da mãe e da filha na sala. A senhora Des Grassins chegou a subir para ver a amiga e desceu alarmada com o estado de saúde dela. Entretanto, ao cabo de dois meses ficou impossível esconder o que se passava. E sem que ninguém soubesse quem revelou o segredo, toda Saumur ficou sabendo que a senhorita Grandet estava trancada no quarto, a pão e água e sem fogo; que Nanon lhe alimentava secretamente durante as noites; e que a jovem só podia ver a mãe quando o pai estivesse ausente.

A cidade inteira passou a julgar Grandet com severidade, as suas velhas traições nos negócios foram recordadas e ele foi, por assim dizer, excomungado. Quando descia a rua, todos o apontavam, cochichando. E quando a filha ia à missa ou às vésperas, acompanhada de Nanon, todos se assombravam com seu semblante, no qual uma profunda melancolia se mesclava a uma suavidade angelical. Algo parecido ocorria com a mãe. Vencida pela doença, sua expressão parecia reflexo direto da sua alma, como se as qualidades morais florescessem na face diretamente. As duas procuravam se consolar mutuamente nos poucos momentos em que ficavam juntas.

Certa vez, a senhora Grandet se sentiu obrigada a perguntar, referindo-se a Charles:

— Onde ele está? Por que não escreve?

Mas Eugênia preferia pensar nele a falar sobre ele com quem quer que fosse, guardando no santuário da sua memória os doces momentos que passara com o primo no pequeno quintal, o beijo e as promessas. E ela também recusava que tanto os Cruchots como os Des Grassins interferissem por elas, acatando resignadamente as ordens paternas. Mas a mãe a convenceu de que o mestre Cruchot, o tabelião, que conhecia bem o pai, talvez cuidasse do assunto.

Assim, em um belo dia de junho, aquele homem traquejado foi encontrar Grandet em seu pequeno jardim, espiando Eugênia pentear-se na janela do quarto. Era um momento solitário, em que o ex-toneleiro, apesar do seu caráter de bronze, sentia desejo de ir abraçar a filha, desejo sempre reprimido pelo orgulho.

— Que bons ventos o trazem, mestre Cruchot? — disse Grandet.

— Vim falar da sua mulher e da sua filha.

— Ta-ta-tá! Por que se mete? Cada um é rei na sua casa!

— Sua mulher está muito doente, meu amigo. Você deveria procurar o senhor Bergerin.

— Esses médicos! Uma vez que entram na sua casa, não saem mais... Ela tem uma saúde de ferro, que herdou da família dela. Vai se recuperar...

— Bem, faça como bem entender, Grandet. Mas não foi só isso que me trouxe aqui. Trata-se de algo mais grave para você, eu creio. Pense em que situação você ficaria diante de sua filha, se a senhora Grandet morresse.

— Como assim?

— Ora, você está casado em comunhão de bens. Eugênia terá o direito de exigir a partilha da sua fortuna, de querer a venda de Froidfond, por exemplo.

Essas palavras caíram como um raio sobre Grandet, que não era bom em leis como era com os negócios. Não lhe havia sequer ocorrido uma licitação.

— Por isso, eu aconselho você a tratar bem a sua filha — disse Cruchot para terminar a conversa.

Grandet ainda tentou sensibilizar o amigo notário, falando sobre a traição de Eugênia, cujo ouro dado tão inocentemente ao primo valia em torno de 6 mil francos. Mas foi lembrado por Cruchot que um inventário litigioso e a partilha dos bens da mulher poderiam sair para ele algo em torno de 200 mil francos — até 400 mil, dependendo do tempo que levasse, assim como de outras circunstâncias.

O fato é que, depois daquela conversa, Grandet subiu imediatamente ao quarto da mulher e disse, sorrindo:

— Pronto, mamãe, pode passar o dia com a sua filha. Sejam boazinhas as duas. E como hoje é o nosso aniversário de casamento, tome aqui dez escudos para um altarzinho do Santíssimo Sacramento. Você não queria construir um? Pois faça bom proveito. Divirtam-se, alegrem-se! Viva a alegria!

— Como o senhor meu marido pensa em receber Deus misericordioso em casa se mantém a filha exilada em seu coração? — respondeu a devota mulher, com voz débil.

— Ta-ta-tá! Vamos ver isso.

— Deus seja louvado! — gritou a mãe, corando de alegria. — Eugênia, venha abraçar seu pai. Ele a perdoa!

Mas o bom Grandet já tinha desaparecido, saindo como sempre para cuidar dos seus negócios e pôr em ordem as ideias convulsionadas pelas últimas notícias. O que o afligia terrivelmente era a possibilidade de declarar sua fortuna para a filha, inventariar a totalidade dos seus bens para uma licitação. Seria o mesmo que se degolar... Era o que pensava em voz alta enquanto vistoriava uma das suas propriedades.

Aquele pensamento doloroso, de perder a rédea de seus milhões, fez com que ele voltasse para jantar decidido a se inclinar diante de Eugênia, afagá-la, fazer o que o fosse preciso para que ela abrisse mão da sucessão de sua mãe.

Pensando assim, mal chegou em sua casa escalou a escada com passos de gato e encontrou as duas admirando o estojo de Charles e o retrato dos pais dele. O velhote, ao ver o brilho do ouro, atirou-se como um tigre esfomeado, arrebatou o objeto e foi para perto da janela a fim de examinar melhor aquela peça valiosíssima.

— O que é isto? — exclamava. — Ouro? Ouro do bom! Muito ouro! Deve pesar umas duas libras!

Grandet já contava, nessa época, com mais de setenta anos. Nos últimos tempos sua famosa avareza aumentara. E crescera nele uma ideia dominante, uma monomania, por assim dizer. Ver ouro, possuir ouro, transformava-se para o vinhateiro cada vez mais numa obsessão. Eugênia, ao ver aquele estojo para ela tão sagrado nas mãos do pai, tremia da cabeça aos pés.

— Isto deve ser de Charles, não é, filhinha? Ah! Então ele lhe deu isto em troca do seu tesouro. Bom negócio... Bem se vê que você é realmente minha filha!

— Papai! Este objeto não me pertence... É um penhor...

— Ta-ta-tá... — Grandet mal ouvia as palavras da filha, empenhado em examinar avidamente o estojo.

Quis pegar seu canivete para retirar uma placa de ouro e para isso foi obrigado e depositar o estojo numa cadeira. Eugênia precipitou-se para pegá-lo de volta, mas o toneleiro, que vigiava ao mesmo tempo a filha e o estojo, esticou o braço para impedir que ela o apanhasse. Fez o gesto com tanto vigor que ela foi cair na cama da mãe.

— Senhor, senhor! — gritava a mãe.

— Papai... Em nome de tudo o que há de mais sagrado, não toque nisso! — Eugênia gritou com voz tão estridente que Nanon subiu, assustada. A moça, em transe, apanhou uma faca que estava ao seu alcance.

— Papai... Se o senhor tirar um pedacinho que for desse ouro, me mato com esta faca!

Grandet mantinha o canivete sobre o estojo e olhava hesitante para a filha. Então a senhora Grandet desmaiou.

— Patrão! A senhora está morrendo! — gritou Nanon.

A morte iminente da esposa lhe fez recordar o porquê da sua vinda para casa. E o receio de passar toda a sua fortuna para a filha fez com que ele atirasse o estojo ainda intacto sobre a cama.

— Veja só, filhinha, estamos brigando por causa de um estojo! Nanon! Vá chamar o senhor Bergerin!

Enquanto a Grande Nanon desabalava pela escada, Grandet correu até seu gabinete e voltou com um punhado de moedas que espalhou pela cama.

— Tome, Eugênia... Tome, mulher! É para vocês! Veja... Cem moedas de ouro para Eugênia! Essas aí você não vai dar, hein, filhinha?

A senhora Grandet e Eugênia se olharam, assombradas.

— Papai! Pegue isso de volta. Só precisamos do seu carinho!

— Bom, se é assim... — respondeu o vinhateiro, embolsando as moedas. — Vamos viver como bons amigos.

E abraçou a mulher e a filha, dizendo palavras calorosas, ternas, até que o senhor Bergerin, o médico mais famoso de Saumur, chegasse, trazido às pressas pela prestimosa Nanon.

18
EUGÊNIA HERDEIRA

CONTUDO, APESAR DE TODOS os esforços e cuidados que foram tomados a partir de então, era tarde demais para a senhora Grandet. Ela avançou rapidamente para a morte. A cada dia enfraquecia, definhava. Seus últimos olhares foram na direção da filha querida. Temia deixar Eugênia sozinha no meio de um mundo frio e egoísta.

— Minha criança — disse para a filha, antes de expirar —, só existe felicidade verdadeira no céu, um dia você saberá.

No mês de outubro de 1822, ela se extinguiu sem deixar escapar queixa alguma, uma morte digna e coerente com sua vida devota. A tristeza de perder a mãe fez Eugênia se apegar ainda mais à casa onde nascera. Contemplava o vão da janela onde sua querida companheira de todos os dias costumava sentar-se para costurar e se derramava em lágrimas. Mas notou com espanto a radical mudança de atitude do pai para com ela, o que a fez pensar que não conhecia bem a alma dele.

O bom Grandet vinha lhe dar o braço para descerem para o almoço e a admirava com um olhar quase bondoso por horas inteiras. Enfim, ele a contemplava como se a filha fosse de ouro. Estava tão mudado na sua habitual secura que Nanon e os cruchotinos deram de cismar se ele não estaria variando por causa da idade. Somente o tabelião Cruchot conhecia o porquê daquelas atitudes derramadas.

Até que, passado algum tempo do luto, o próprio Cruchot foi convidado para jantar na casa de Grandet e este chamou a filha para uma conversa séria, tão logo a mesa foi retirada e as portas cuidadosamente fechadas.

— Filhinha querida, precisamos conversar... Você agora é herdeira da sua mãe, e nós temos umas questões para resolver em família, não é mesmo, Cruchot?

Cruchot, então, explicou à jovem que seu pai não gostaria de partilhar, nem de vender seus bens. E para isso seria necessário deixar de fazer o inventário de toda a fortuna. Procurou entrar em detalhes, mas Eugênia não demonstrava a menor paciência com todos aqueles arrazoados legais.

— Diga logo, senhor Cruchot, o que eu preciso fazer?

— A senhorita precisaria assinar este documento, renunciando à sucessão da senhora sua mãe, deixando para o seu pai o usofruto de todos os bens indivisos...

— Não entendo nada do que o senhor está dizendo. Me mostre o documento e diga onde eu tenho que assinar.

Tio Grandet olhava para o documento e para a filha e desta novamente para o documento, dominado por uma emoção tão violenta que precisou enxugar umas lágrimas de suor que brotaram da testa.

— Filhinha... Em vez de assinar esse documento que vai sair caro para registrar, você poderia renunciar simplesmente à sucessão de sua pobre e saudosa mamãe e confiar em mim para o futuro... Eu preferia que fosse assim... Eu lhe daria todos os meses uma boa renda de cem francos...

— Faço tudo o que o senhor quiser, papai.

— Senhorita — alarmou-se o tabelião —, é meu dever alertá-la para o fato de que a senhorita se despoja...

— Chega, Cruchot! — adiantou-se o pai. — Veja como ela está exausta dessa conversa que não lhe interessa. O que está feito, está feito!

No dia seguinte, por volta do meio-dia, Eugênia assinou a declaração na qual realizava a própria espoliação. E, apesar da palavra dada, ao fim do primeiro ano o velho toneleiro ainda não dera uma moeda sequer dos cem francos mensais prometidos. Quando a filha tocou no assunto com bom humor, ele corou e subiu correndo ao gabinete, voltando com um terço das joias que tomara do sobrinho antes de ele partir.

— São dele! — disse, procurando explorar os sentimentos da filha.

Depois disso, o velhote sentiu necessidade de iniciar a filha nos segredos da administração da casa. Nos anos seguintes, fez que ela organizasse o cardápio do dia, como ele mesmo costumava fazer. Ensinou-a a receber os arrendamentos das terras que possuía e os nomes e as áreas de todas as suas quintas e vinhas. Com o tempo, a filha acabou adquirindo aqueles hábitos arraigados do avarento e ele passou a lhe confiar, sem medo, as chaves da despensa e a constituiu, afinal, em dona da casa.

19
A MORTE DE GRANDET

QUANDO ESTAVA COM 82 anos, no fim do ano de 1827, o bom Grandet foi acometido por uma paralisia que fez rápidos progressos. Foi desenganado pelo senhor Bergerin. Percebendo que ficaria sozinha no mundo, Eugênia achegou-se mais ao pai, estreitou aqueles últimos laços de afeição, percebendo que as faculdades mentais do velho vinhateiro começavam a fraquejar, embora a avareza teimasse em persistir como a nota dominante daquele caráter de bronze.

Logo de manhã, ele pedia que empurrassem sua cadeira de rodas do quarto até a porta do gabinete, decerto cheio de ouro. Permanecia imóvel, olhando fixamente para aquela porta chapeada de ferro. Mandava a filha abri-la e vigiava os menores ruídos da casa com ansiedade. Ela amontoava pessoalmente os sacos de dinheiro, fechava a porta e lhe devolvia a chave preciosa. Ele então a colocava no bolsinho do colete, e permanecia o tempo todo a apalpando, como para se certificar de que permanecia ali.

Quando a doença se agravou, o vigário da paróquia foi chamado para lhe administrar a extrema-unção. Seus olhos, aparentemente mortos havia horas, abriram-se ao sentir os relampejos dourados e prateados do crucifixo. No momento em que o padre aproximou o crucifixo para que ele beijasse, Grandet fez um movimento medonho para agarrá-lo, e nesse esforço soltou seu último suspiro.

Eugênia viu-se, então, sozinha no mundo. E permaneceu naquela casa com Nanon, a única pessoa que a compreendia. A Grande Nanon, sempre presente. Por isso, ela deixou de ser criada, tornando-se uma humilde amiga. Era para essa confidente que Eugênia suspirava:

— Onde estará meu primo, Nanon?

— Se eu soubesse onde o menino está, eu ia a pé até lá!

— Entre nós está o mar, Nanon...

Enquanto a infeliz herdeira assim chorava em companhia de Nanon, naquela casa fria e escura que era todo o seu mundo, todas as pessoas de Nantes a Orléans só falavam do seu patrimônio. De fato, feitas as contas, Eugênia ouviu de mestre Cruchot, o confiável tabelião, a notícia de que a estimativa total de seus bens somava quase 20 milhões.

Um dos seus primeiros atos foi dar para Nanon uma bela renda vitalícia que, somada ao que esta já possuía por causa de suas aplicações mínimas através dos anos, fizeram da antiga criada de Grandet um ótimo partido, apesar de seus traços rústicos. Mesmo estando com quase sessenta anos, Nanon aparentava uns quarenta, talvez por causa do regime monástico imposto pelo ex-toneleiro naquela casa.

Com isso, ela conseguiu um bom casamento com o velho Cornoiller, que, por sua vez, foi nomeado guarda geral das terras e das propriedades da senhorita Grandet. Corada e com a saúde de ferro, a Grande Nanon parecia exuberante no dia do casamento. Ao sair da velha casa vestida modestamente de noiva, ela trazia no rosto uma expressão de felicidade indestrutível. Amada por toda a vizinhança, só recebeu elogios enquanto descia a rua tortuosa para ir à igreja. Como presente de casamento, Eugênia lhe deu três dúzias de talheres. Cornoiller, surpreso com tamanha magnificência, só falava na patroa com lágrimas nos olhos e deixaria se esquartejar por ela.

Apesar da nova condição, a agora senhora Cornoiller prosseguiu trabalhando na velha casa como mulher de confiança, com autonomia para abrir e fechar a despensa e distribuir provisões, exatamente como fazia seu finado patrão. Além disso, passou a ter sob sua responsabilidade ambas domésticas, uma cozinheira e uma criada de quarto, encarregada da roupa da casa, ótimas pessoas escolhidas a dedo em Saumur. A senhorita Grandet tinha assim, a seu serviço, criados e ajudantes de um devotamento sem limites para ajudá-la com a casa e com as muitas propriedades que herdara do pai.

Aos trinta anos, Eugênia ainda não havia conhecido nenhuma das felicidades da vida. Sua infância pálida e triste transcorrera aos pés da mãe naquela casa vazia. Seu primeiro e único amor era agora motivo de melancolia e incerteza. Após um par de beijos furtivos, ele partira pondo um mundo inteiro entre os dois. Ela recolhia-se em si mesma, amando e acreditando-se amada. Seu tesouro secreto não eram os milhões que possuía, mas aquele pequeno estojo que guardava com carinho, assim como o resto das joias de Charles resgatadas do pai.

A família Cruchot, percebendo essa melancolia que as pessoas atribuíam ao luto e, sabiamente orientada pelo tio padre, contentou-se em cercar a herdeira das mais afetuosas atenções. E foram trazendo outros convivas para aquela casa que logo se encheu de uma sociedade composta dos mais calorosos e devotados cruchotinos, todos entoando louvores para a herdeira.

Uma verdadeira corte de aduladores a tratava como a uma rainha, gabando sua beleza e seus modos. Aquele concerto de elogios, novidade para a modesta Eugênia, no início a deixava acanhada. Com o tempo, entretanto, acostumou-se às lisonjas que passaram a fazer parte da sua relação com aquela verdadeira matilha que continuava perseguindo seus milhões. E o herói daquele círculo não podia ser outro senão o magistrado, o senhor de Bonfons, esperança de todos os Cruchots.

A senhora Des Grassins, agora sem armas nesse combate, bem que tentou perturbar o avanço irresistível dos cruchotinos. No começo da primavera, veio ter com Eugênia, falando sobre o marquês de Froidfond, aquele mesmo que, arruinado financeiramente, vendera suas terras a Grandet. A esperta senhora sugeriu à herdeira que aquele homem, pertencente à nobreza, poderia se reerguer caso a herdeira concordasse em lhe devolver as terras por meio de um contrato de casamento. A filha do toneleiro se transformaria numa marquesa!

Mas a todas essas manobras de cruchotinos e grassinistas Eugênia respondia com um sorriso de desdém que, entretanto, muitas vezes era confundido com aprovação, gerando esperanças e especulações. Apenas Nanon, a Grande Nanon, sabia bem o que se passava no coração da patroa. Uma noite, antes de ir se deitar, ouviu de Eugênia a seguinte pergunta, referindo-se ao primo:

— Nanon... Como é que ele não me escreve nem uma vez em sete anos?

20
OUTRO CHARLES

ENQUANTO ESSAS COISAS ocorriam em Saumur e esses anos todos se passavam, Charles fazia fortuna nas Índias. O tesouro de Eugênia foi de ajuda inestimável no início. Com ele, juntou uma soma de 6 mil dólares, com os quais pôde dar partida a uma vida de negócios e aventuras. Na trajetória pelos continentes, perdeu preconceitos e percebeu que o melhor meio de ficar rico nas regiões intertropicais era negociar homens.

Foi então para as costas da África e traficou negros, juntando a esse comércio de homens o de mercadorias que pudessem lhe dar mais lucros. Tornou-se duro, ganancioso. Vendeu chineses, negros, crianças, artistas e também iguarias apreciadas em várias partes do mundo. Suas andanças o deixaram cético, seu coração contraiu-se, esfriou, secou. O sangue dos Grandets não renegou seu destino.

Foi dominado pela ideia de reaparecer em Paris cercado do esplendor de uma grande fortuna e numa posição mais brilhante do que aquela que gozava antes de seu pai falir. Tudo isso apagou completamente a lembrança da prima de Saumur, da casa, do banco, do beijo no corredor, das juras. Recordava-se vez ou outra do jardinzinho cercado de velhos muros, porque ali havia iniciado sua jornada incerta. Mas renegava a família: o tio Grandet era um velho cão que lhe rapinara as joias. E Eugênia não ocupava seu coração, nem seus pensamentos. Mas não esquecera que ainda lhe devia o capital inicial que lhe possibilitou iniciar seus negócios.

Em 1827, depois de enriquecer, resolveu voltar para a França no navio Marie-Caroline, chegando não por Nantes, de onde havia partido, mas por Bordeaux. Entretanto, durante a travessia conheceu uma família de nobres falidos, que desejavam casar sua filha com alguma fortuna, fornecendo em troca para o provável marido um título de nobreza, mais precisamente da família Aubrion de Buch. A senhorita Aubrion, oferecida a Charles de um modo até despudorado, era uma donzelinha feiosa, comprida, magra, franzina, mas que aprendera com a mãe modos refinados.

Embriagado pela ambição, Charles foi seduzido pela vontade de retornar a Paris não apenas como um homem rico, mas como conde de Aubrion, possuindo ao mesmo tempo riqueza e nobreza. E tão logo a notícia do retorno do filho de Victor Grandet se espalhou por Paris, muitos quiseram revê-lo. Reencontrou antigos conhecidos, entre eles Annette. Sua antiga amante, como mulher da alta sociedade que era, aconselhou-o a contrair aquela aliança, reforçando a decisão de Charles. Na verdade, ela estava radiante por fazê-lo se casar com aquela mocinha sem graça, pois reencontrara um Charles muito sedutor. Sua pele se amorenara, suas maneiras se tornaram as de um homem resoluto, ousado, habituado a decidir, dominar, vencer.

Com aquele reencontro, Charles passou a respirar mais à vontade em Paris. Acreditando que os negócios de seu pai haviam sido acertados pelo tio, segundo promessa que este lhe havia feito antes da partida, não esperava se deparar logo no início da sua estada na capital com o senhor Des Grassins, que mal reconheceu, pois havia tido muito pouco contato com ele em sua breve estada em Saumur.

Ora, o senhor Des Grassins, logo que soube do retorno do sobrinho de Grandet e tendo notícia de que o agora homem Charles havia retornado rico, foi procurá-lo. Queria que ele afinal liquidasse os negócios de seu pai, que o bom Grandet de Saumur não fizera senão rolar indefinidamente, sem nunca pagar nem a dívida — que agora orçava em torno de 1 milhão e 200 mil francos —, nem os honorários do senhor Des Grassins, como procurador.

Charles recebeu o banqueiro do modo mais frio possível, e depois de ouvi-lo impacientemente, respondeu sem entender muito bem do que se tratava:

— Sou muito grato, cavalheiro, pelo trabalho que o senhor teve. Mas entenda... Os negócios de meu pai não são os meus! Não suei para conseguir meus 2 milhões para despejá-los na cabeça dos credores de meu pai. E depois, daqui a alguns dias eu me chamarei conde de Aubrion e tudo isso me será perfeitamente indiferente.

O senhor Des Grassins saiu furioso daquela entrevista, tanto pelo tratamento recebido como por ter perdido todos aqueles anos numa aventura que não lhe dera o menor retorno financeiro. Mas ele tinha uma carta na manga que Charles não havia previsto: na hora em que a família Aubrion soubesse que o futuro marido era filho de um falido, com certeza impediria o casamento. E resolveu agir.

21
A RESPOSTA DE CHARLES

NO COMEÇO DE AGOSTO daquele ano, Eugênia se encontrava sentada no mesmo banco de madeira cheio de carunchos onde o primo havia lhe jurado amor eterno e onde ela ia almoçar nos dias bonitos. A Grande Nanon, agora senhora Cornoiller, apareceu correndo com uma carta na mão e a entregou à patroa.

— Paris? É dele, Nanon! Ele voltou!

Eugênia empalideceu e permaneceu um tempo segurando a carta entre as mãos. Seu coração palpitava demais para que ela pudesse ler.

— Leia, patroazinha! — incitava Nanon.

— Ah, Nanon... Por que ele voltou por Paris, se foi por Saumur? Por que não veio me ver?

— Leia e ficará sabendo.

Eugênia abriu a carta, tremendo. Logo caiu um cheque, que Nanon apanhou.

— Prezada senhora prima... — começou a ler e pensou: "Já não sou Eugênia".

E leu toda a carta com o coração cada vez mais apertado. Nela, o primo falava das suas aventuras e de como conseguiu sucesso nos negócios, graças entre outras coisas ao empréstimo que ela lhe fizera, empréstimo que ele estava quitando com aquele cheque. Ele também sentia a morte do pai de Eugênia, procurando consolá-la. E então falava no relacionamento dos dois e nas promessas de amor que fizeram juntos.

Eugênia levantou-se como se a madeira do banco estivesse em brasas e foi sentar-se num dos degraus do pátio. Cada vez mais pálida, sentia as palavras do primo como frias, depois daqueles anos todos de expectativa pelo retorno dele. Ele dizia que a amizade dela fora importante e que, no início, ele olhava as nuvens na hora combinada e todas aquelas criancices de sete anos atrás. Ainda assim, ele não desejava trair aquela amizade, para ele sagrada. Mas dizia ter amadurecido e aprendido que o amor no casamento é uma ilusão. Ele via o casamento como uma conveniência social e falava do seu próximo enlace com a senhorita de Aubrion, a quem confessava estar longe de amar. Mas via naquela situação vantagens futuras que abririam muitas portas para os filhos que viesse a ter... E, uma vez que com aquele cheque havia acertado sua dívida, pedia à prima que lhe devolvesse o estojo, o famoso estojo, pela diligência.

— Pela diligência! — exclamou Eugênia. — Uma coisa pela qual eu teria dado a minha vida!

A carta foi um terrível e completo desastre. Foi esse o sentimento de Eugênia ao terminar de ler aquelas frases horríveis, geladas, calculistas. Olhou para o céu, lembrando-se das palavras da mãe. Caminhou lentamente do jardim para a sala, sentindo que todas as suas melhores expectativas e esperanças estavam destruídas.

22
A RESOLUÇÃO DE EUGÊNIA

NAQUELA MESMA MANHÃ, antes que ela pudesse se recuperar do terrível baque, o padre Cruchot veio lhe visitar. Tratava-se ainda da embaixada que os cruchotinos nunca deixaram de fazer, almejando um enlace entre o senhor magistrado Cruchot de Bonfons e a herdeira Grandet.

O vigário veio lembrar a Eugênia seu dever, como mulher cristã, de contrair matrimônio e ter filhos. Mas não esperava encontrar a jovem num estado de tamanha angústia.

— Padre, foi Deus quem o enviou... Estou precisando ouvir uma voz amiga. Não quero mais as coisas do mundo, quero dizer adeus ao mundo e viver só para Deus, no recolhimento...

— Minha filha! Mas a senhora tem grandes obrigações para cumprir perante a sociedade. Sua fortuna tem ajudado tanta gente pobre aqui em Saumur, enterrar-se num convento seria egoísmo da sua parte!

A conversa foi interrompida pela chegada intempestiva da senhora Des Grassins. A mulherzinha parecia dominada por um sentimento de vingança e desespero. Ela trazia na mão a carta do senhor Des Grassins, seu ex-marido, que também falava de Charles. E criou-se um constrangimento pela presença do padre.

— Pode falar diante do vigário... Ele é o meu orientador — disse Eugênia.

— Pois bem... Acabei de receber esta carta pelo correio. É melhor você mesma ler...

Eugênia apanhou aquela nova carta, escrita por Des Grassins e que se iniciava deste modo: "Minha cara mulher, Charles Grandet chegou das Índias e está em Paris há um mês...".

Naquele ponto, Eugênia deixou a mão tombar num gesto de desânimo absoluto. "Um mês!", pensou. Depois, retomou a leitura. Soube então de tudo: seu pai não quitara as dívidas de seu tio e, quando isso viesse à tona, Charles não conseguiria afinal se casar com a senhorita de Aubrion. O banqueiro também resmungava contra o "crocodilo velho do Grandet", que o havia enfiado naquele negócio...

Nessa altura, Eugênia, pálida, devolveu friamente a carta, sem terminar de ler.

— Agradecida... — disse à senhora Des Grassins. — Vamos ver isso...

— Agora a senhora falou com a voz de seu pai — respondeu a senhora Des Grassins, que ainda não perdoara Grandet por ter enviado o marido naquela aventura infrutífera e, para ela, nefasta.

— Senhor Vigário... — Eugênia disse repentinamente. — Seria pecado continuar em estado de virgindade no casamento?

A pergunta causou um estranhamento e o vigário ficou de consultar alguns tratados, saindo em seguida com a senhora Des Grassins, ambos impressionados com a reação altiva e esquisita de Eugênia. Os dois e Grande Nanon foram responsáveis por espalhar as novidades. Logo, Saumur inteira sabia do retorno e da estúpida traição de Charles. À noite, o salão da casa ficou mais cheio do que de costume. Eugênia havia permanecido sozinha o dia inteiro no antigo gabinete do pai, fazendo contas. Não desceu nem para jantar, apesar da insistência de Nanon.

Mas apareceu bem vestida para receber os convivas de sempre, com um semblante risonho e soube cobrir sua dor sob os véus da cortesia. Mais tarde, quando todos se preparavam para deixar a casa, aconteceu um lance teatral, que repercutiu por toda Saumur e até nas cidades próximas. Eugênia, ao ver o senhor de Bonfons apanhar sua bengala, disse:

— Fique, senhor. Queria lhe falar...

Todos souberam naquele instante que se tratava, enfim, do casamento tão aguardado. E todos se comoveram. Voltaram para casa fazendo comentários divertidos sobre o gesto inusitado, cheios de expectativa. Mas, na velha sala, o senhor de Bonfons espantou-se mais do que todos com aquela proposta:

— Senhor juiz presidente... — disse Eugênia, com voz emocionada, quando ficaram sozinhos. — Sei o que lhe agrada em mim. Jure que me deixará livre e que não cobrará nenhum dos direitos que um marido tem sobre a sua mulher, e minha mão será sua. Oh! Não se ajoelhe ainda... Não terminei! Não quero enganá-lo. Tenho no meu coração um sentimento que nada, nem ninguém, poderá fazer desaparecer, sentimento ao qual eu desejo permanecer fiel. Tudo o que poderei lhe oferecer é a amizade. Mas o senhor só terá a minha mão e a minha fortuna em troca de um imenso serviço.

— Estou disposto a tudo! — respondeu o magistrado.

Então, Eugênia lhe trouxe do gabinete uma carta lacrada e um comprovante de cem ações do Banco da França, equivalentes a 1 milhão e 500 mil francos, o suficiente para liquidar de vez as dívidas do tio e para honrar os dividendos do senhor Des Grassins. Exigiu que o senhor de Bonfons fosse a Paris imediatamente procurar pelo senhor Des Grassins para que ele, por sua vez, contatasse todos os credores e encerrasse de vez o lamentável episódio, salvaguardando o nome da família Grandet. E também que, depois de tudo feito, entregasse o documento da liquidação e uma carta ao primo Charles.

— Serei seu escravo!

O magistrado, apesar de todas aquelas absurdas imposições, caiu aos pés da rica herdeira, palpitando de alegria e também de angústia, pois entendeu que só teria para si a senhorita Grandet e sua fortuna graças a um despeito amoroso. Por isso, queria executar aquelas ordens com a maior rapidez, com receio de que, no meio tempo, pudesse haver uma reconciliação entre os primos.

Quando ele saiu, Eugênia atirou-se na poltrona, e se desfez em lágrimas. Tudo estava consumado. O senhor de Bonfons pegou a primeira diligência e chegou a Paris no dia seguinte, ao cair da noite. Foi logo ter com o senhor Des Grassins e os dois tomaram as providências necessárias, quitando todas as dívidas. Depois de pagar o devido ao senhor Des Grassins, o magistrado dirigiu-se ao palacete Aubrion, onde encontrou Charles justamente no momento em que ele acabara de ter uma discussão terrível com o futuro sogro. O velho marquês de Aubrion havia sido categórico: não daria a mão da sua filha a não ser que todos os credores de Victor Grandet fossem pagos.

E foi com misto de espanto e alegria que Charles leu a carta da prima:

"Senhor meu primo, o juiz presidente de Bonfons encarregou-se de lhe entregar a quitação de todos os valores devidos por meu tio. Falaram-me de falência. Imaginei que o filho de um falido não poderia, talvez, casar-se com a senhorita de Aubrion. Seja feliz, segundo as convenções sociais pelas quais sacrifica nosso primeiro amor. Para tornar completa a sua felicidade, só posso lhe oferecer a honra de seu pai. Adeus. Terá sempre uma amiga fiel nesta sua prima. Eugênia."

Ainda surpreso, Charles soube que Eugênia iria se casar com aquele homem à sua frente.

— Bom, fico contente... — disse perplexo. — É uma boa moça. Mas... Então... Eugênia é rica?

O magistrado sorriu daquela exclamação do futuro conde, para quem as lembranças de Saumur eram as de uma casa sombria e de uma vida miserável. O senhor de Bonfons não pôde evitar um ar zombeteiro ao responder:

— Há quatro dias, ela possuía 19 milhões. Depois desta ajuda, ela possui apenas dezessete...

— Dezessete...

— Sim, 17 milhões!

E dizendo isso, foi embora, deixando Charles boquiaberto.

23
O CASAMENTO DE EUGÊNIA

DE VOLTA A SAUMUR, o senhor Cruchot de Bonfons publicou os proclamas de seu casamento com Eugênia Grandet. Seis meses depois, foi nomeado conselheiro da Corte Régia de Angers. A agora senhora de Bonfons, antes de sair de Saumur, mandou fundir o ouro das joias de seu primo, por tanto tempo preciosas para ela, destinando-as, assim como aquele cheque que Charles enviara, para obras na mesma igreja em que tanto havia rezado por ele!

Passou a dividir o tempo entre Angers e Saumur, com o marido. As ferinas línguas locais logo começaram a sussurrar sobre o fato de ela nunca engravidar, e não dar um herdeiro para o pobre juiz presidente. O que essas línguas não sabiam é que, no contrato de casamento que o próprio marido redigiu com muita habilidade jurídica, havia uma cláusula sobre esse assunto. Nessa cláusula estava previsto que, se o casal não tivesse filhos, no caso da morte de um deles toda a fortuna passaria para o outro sem a necessidade de inventários.

Talvez essa cláusula possa explicar o profundo respeito que o senhor magistrado sempre teve pelas vontades e pela solidão da senhora de Bonfons, sua esposa. Eugênia, dotada do fino tato que o solitário exercita em suas perpétuas meditações, sabia que, bem no fundo, o marido desejava sua morte para tomar posse daquela fortuna, aumentada agora pela herança dos dois outros Cruchots, o padre e o tabelião, que Deus houve por bem chamar para si.

E depois, a carreira do senhor de Bonfons parecia não parar de progredir. Tornou-se presidente da Câmara do Tribunal de Apelação, após uns dois anos. Em seguida, conseguiu um assento na Câmara dos Deputados. E ambicionava voos mais altos ainda. No entanto, o senhor de Bonfons, que àquela altura havia enfim abolido o prenome Cruchot, não conseguiu realizar esses projetos ambiciosos. Morreu oito dias depois de nomeado deputado de Saumur.

A senhora de Bonfons, portanto, ficou viúva aos 33 anos. Dona de imensa fortuna, e com uma beleza madura e serena, voltou para a sua velha casa de Saumur. Ali continua a viver como lhe ensinou o pai e a vestir-se como a mãe. Acende a lareira na mesma data de sempre e a apaga conforme o programa em vigor nos anos da juventude. As línguas sempre afiadas da cidade afirmam que ela agora se tornou tão avarenta quanto o velho Grandet, o que é uma enorme injustiça. De fato, ela acumula cuidadosamente seus rendimentos, mas Saumur é prova da sua natureza sentimental e generosa. A rica herdeira financiou escolas cristãs, fundações filantrópicas, além de um asilo para velhinhos e de uma biblioteca pública ricamente dotada. Muitas famílias pobres contam com seu auxílio.

Mas permanece só naquela casa sem sol, sem calor, melancólica, no alto da rua tortuosa que desce até a praça, fiel a uma promessa trocada no pequeno jardim e a um beijo no corredor. De vez em quando, costura alguma coisa para passar o tempo, na mesma cadeira de sempre, olhando pela janela um transeunte subir ou descer a rua.

— Só você gosta de mim — diz, às vezes, para Nanon.

Este desfecho talvez frustre a curiosidade, mas isso ocorre com todos os desfechos verdadeiros. Esta é a história de uma mulher que viveu no mundo, sem pertencer ao mundo. De uma alma sensível feita para ser uma esplêndida esposa e mãe, e que não teve marido, filhos nem família.

Na verdade, as pessoas de Saumur falam de um novo casamento para ela com o senhor marquês de Froidfond, cujos familiares começam a rodear a rica viúva como antes fizeram os Cruchots e os Des Grassins. Dizem mesmo que Nanon e o marido Cornoiller defendem os interesses do marquês. Nada mais falso. Os dois são muito ingênuos para entender as corrupções do mundo.

ORGULHO E PRECONCEITO

Jane Austen

Adaptação de Dionisio Jacob

JANE AUSTEN.

Inglesa, nasceu em Steventon em 1775 e faleceu em Winchester em 1817. Era filha do reverendo George Austen, que, para complementar a renda doméstica, aceitava a tutoria de alunos residentes em seu lar. Jane e a irmã mais velha, Cassandra, eram as únicas filhas dentre oito irmãos. Havia entre elas uma forte camaradagem, comprovada por correspondências.

A maior parte da educação formal de Jane veio de seu pai. O reverendo possuía vasta biblioteca e, como ela mesma afirmou em suas cartas, todos na família eram "ávidos leitores de romances, e não se envergonhavam disso".

Desde a adolescência, Jane montava esquetes teatrais, escrevia pequenas narrativas e elaborava a primeira versão de um romance. Depois que se mudou para a propriedade de seu irmão Edward, concluiu Razão e sensibilidade, *publicado em 1811 por um editor que exigiu que a autora assumisse os riscos da publicação. Ela assinou o livro como* By a lady *(por uma dama). Apesar do anonimato, o livro teve boas críticas e rendeu-lhe a quantia de 140 libras. Animada pelo sucesso, publicou* Orgulho e preconceito *em 1813.*

Quem negociava seus romances era seu irmão Henry, que vivia em Londres. Com o tempo, ela começou a abrir mão do anonimato. Certa vez, Henry recebeu um pedido peculiar: o príncipe regente, que muito admirava os romances da autora, pediu que ela lhe dedicasse o próximo livro. Em 1816, o livro Emma *foi dedicado a Jorge IV.*

Jane morreu em 1817 e seu irmão Henry preparou os originais de Persuasão *e* Northanger Abbey, *publicados postumamente. O testamento da escritora legou seus direitos autorais à irmã Cassandra.*

A biografia de Jane Austen é de uma austeridade que se relaciona à frase de Albert Camus (1913-1960): "A imaginação oferece às pessoas consolação por aquilo que não podem ser e humor por aquilo que efetivamente são". Sem a riqueza interior e o imenso talento narrativo, Jane Austen seria apenas uma solteirona recatada e insossa do interior britânico. Os grandes temas de seus romances são o matrimônio e o sufocante jogo social que se arma em torno da impossibilidade. Ela própria certamente foi vítima desse esquema, tendo recusado alguns pretendentes e visto ruir a chance de felicidade doméstica de Cassandra por impossibilidades financeiras e por um destino injusto. Mesmo assim, nunca deixou de colocar, na boca de suas personagens, a crítica à hipócrita "boa educação" feminina e de ridicularizar as mulheres que, como a senhora Bennet, fazem do casamento a "única razão de viver".

Por meio de seus livros, Jane Austen foi capaz de alcançar a glória literária e seduzir milhares de leitores com um retrato arguto da sociedade rural inglesa e de suas personagens aparentemente ingênuas, mas de bem-humorado senso crítico, como é o caso de Elizabeth (ou Lizzy), protagonista de Orgulho e preconceito.

1
A FAMÍLIA BENNET

É UMA VERDADE universalmente reconhecida que um homem solteiro em posse de boa fortuna deve estar necessitado de uma esposa. No início do século XIX, na Inglaterra, essa verdade se encontrava tão enraizada na mente das famílias que um homem como o descrito acima, ao se mudar para um novo ambiente, era logo considerado propriedade das moças do lugar.

Por isso, quando o senhor Bingley, um rapaz rico do norte do país, resolveu alugar uma aprazível propriedade de campo conhecida como Netherfield Park, na vizinhança de Longbourn, o fato ocasionou um inevitável alvoroço na comunidade local.

A senhora Bennet, mãe de cinco filhas solteiras, foi, sem dúvida alguma, a pessoa mais entusiasmada com a novidade. Num estado de grande euforia e aflição, ela correu até a biblioteca, onde seu marido gostava de permanecer na companhia de seus livros.

— Meu caro marido, esse jovem está morando atualmente em Londres, mas ficou encantado com Netherfield Park! Assim que viu a propriedade, fechou o negócio no mesmo instante! Deve se instalar logo... — A senhora Bennet falava depressa, gesticulando muito, com a respiração entrecortada, num estado de ansiedade que contrastava com a tranquilidade do marido.

— Como ele se chama? — o senhor Bennet perguntou, sem aparentar grande interesse pelo assunto.

— Bingley! É solteiro! E de grande fortuna... 4 ou 5 mil libras por ano! Que ótimo para as nossas meninas!

— Como isso pode afetá-las?

— Ora, meu caro marido! Como pode ser tão irritante? Deve saber que estou pensando em casá-lo com uma delas! Por isso, o senhor deve visitá-lo assim que ele chegar!

— Isso é mais do que sou capaz de prometer!

— Senhor Bennet! Não me deixe nervosa! Outras famílias, como os Lucas, estão decididas a ir pelo mesmo motivo. E eles também têm uma filha, a Charlotte, em idade de casar. E, como sabe, nós não poderemos visitar o senhor Bingley se o senhor não o fizer antes.

A senhora Bennet estava certa: era uma convenção da época que precisava ser respeitada. Se o marido não fosse saudar o novo vizinho, as moças da casa não teriam esse direito, e por isso o aparente desinteresse do marido deixava a esposa tão irritada.

— O senhor não tem compaixão pelos meus pobres nervos!

— Engano seu! Tenho o maior respeito pelos seus nervos. Eles têm sido meus companheiros diários nos últimos vinte anos!

— O senhor não sabe como eu sofro...

— Mas espero que se recupere e viva o suficiente para ver dezenas de rapazes com renda anual de 4 mil libras chegarem à vizinhança.

— O que adianta vinte deles chegarem se o senhor não se dispõe a visitá-los?!

— Pode ter certeza, minha cara, de que, quando houver vinte deles, visitarei a todos!

A essa resposta irreverente, a senhora Bennet se retirou bufando e batendo a porta. O senhor Bennet era uma mistura tão singular de rapidez de raciocínio, humor sarcástico e retraimento, que todos aqueles anos de casamento não foram suficientes para que a esposa lhe compreendesse o caráter. Ela era uma mulher muito simples, de poucos conhecimentos e temperamento instável. Quando contrariada, fazia-se de nervosa. E o objetivo máximo da sua vida era casar as filhas.

Mas isso tinha uma razão de ser: naquele tempo, uma moça não possuía nenhuma perspectiva de futuro a não ser um bom casamento. E, no caso da família Bennet, havia outro agravante. Como o senhor Bennet não tivera nenhum herdeiro do sexo masculino, a lei da época ditava que sua propriedade em Longbourn fosse transferida ao parente homem mais próximo — no caso, um primo distante do senhor Bennet, de nome Collins.

A senhora Bennet se revoltava ao pensar que as filhas poderiam ficar sem aquele patrimônio depois da morte do pai. Por isso, desejava vê-las bem casadas e contava com a reconhecida beleza das moças. Jane Bennet era a mais velha, com seus 22 anos. Considerada a jovem mais bela do local, possuía também um caráter doce, sensível, sem malícia. Via sempre o lado bom das pessoas.

Em seguida vinha Elizabeth, a Lizzy, de vinte anos. Bonita, inteligente, alegre e, sobretudo, extremamente sincera em suas opiniões, era com certeza a filha preferida do senhor Bennet. Ele apreciava conversar com ela, pois admirava sua perspicácia e os dois tinham muitas coisas em comum, como o senso crítico aguçado. Entretanto, por conta desse temperamento em tudo oposto ao de Jane, Elizabeth tinha a tendência de julgar as pessoas pelas primeiras impressões.

Mary Bennet, a filha do meio e talvez a menos bela, esforçava-se para se instruir, lendo muito e estudando piano, mas não possuía grande talento natural para a música, nem a inteligência exuberante de Lizzy.

E tudo o que as duas menores desejavam era falar sobre roupas e possíveis pretendentes. Ficaram eufóricas quando souberam que uma tropa repleta de militares fardados iria se alojar na cidade de Meryton, distante somente uma milha de Longbourn.

Lydia Bennet, a mais jovem, de quinze anos, possuía uma forte ascendência sobre sua irmã, Catherine, a Kitty, de dezessete anos. As duas viviam rindo pelos cantos e eram motivo do maior desconsolo para o senhor Bennet — cuja opinião sobre elas, mesmo sendo suas filhas, era a de que se tratavam das moças mais tolas e frívolas da região.

E as duas foram as que mais apoiaram o ressentimento da mãe pelo fato de o pai teimar em não ir se apresentar ao distinto senhor Bingley. Acontece que o senhor Bennet foi um dos primeiros a se apresentar ao novo proprietário de Netherfield Park. Na verdade, ele sempre pretendera visitá-lo, embora continuasse negando para a esposa até o fim, talvez por teima. E, mesmo depois de consumada a visita, a pobre mulher ainda não tinha conhecimento do fato.

Até que, numa conversa em família, ele acabou por revelar seu gesto, causando em todas as filhas e na esposa primeiro perplexidade e, logo em seguida, uma explosão de euforia. Apenas Elizabeth sorriu daquele prazer que o pai tinha em enervar a mãe. É que ele não suportava os arroubos histéricos da mulher, pois a senhora Bennet decididamente não conhecia limites quando se entusiasmava por alguma coisa:

— Que pai maravilhoso vocês têm, meninas! Lydia, minha querida, embora você seja a mais jovem, talvez o senhor Bingley dance com você no próximo baile!

— Oh! — disse Lydia. — Não tenho medo pois, apesar de ser a mais moça, sou a mais alta!

E não pararam de fazer conjecturas sobre quando o senhor Bingley retribuiria a visita do pai e qual seria afinal sua aparência. E, como não conseguiram arrancar nada do pai, tiveram a curiosidade satisfeita por lady Lucas, vizinha dos Bennet. Ela e seu marido, sir William Lucas, tinham ficado encantados com o rapaz. A vizinha descreveu-o para as amigas como alguém bastante jovem, muitíssimo bonito e agradável ao extremo. Para culminar, ele pretendia comparecer ao próximo baile com suas irmãs e amigos. Nada poderia ser mais encantador! Gostar de dançar era um passo certo na direção de se apaixonar e era nos bailes que os jovens podiam conversar e iniciar um namoro. Grandes esperanças foram acalentadas em relação ao coração do senhor Bingley. Para desconsolo do senhor Bennet, a esposa vivia numa espiral de alegria.

— Se eu puder ao menos ver uma de minhas filhas instalada e feliz em Netherfield Park... e todas as outras igualmente casadas, nada mais terei a desejar!

Em poucos dias, o senhor Bingley retribuiu a visita do senhor Bennet, como mandava a etiqueta, e passou com ele dez minutos na biblioteca. Ficou frustrado por não ter visto nenhuma das senhoritas Bennet, de cuja beleza muito ouvira falar. Mas as moças foram mais felizes, pois tiveram a vantagem de vislumbrar o visitante por uma janela no andar superior. Comentaram sua elegância com aquele casaco azul e seu porte ao montar um cavalo negro. E tudo isso só fez aumentar ainda mais a expectativa para o baile.

2
O SENHOR DARCY

O SENHOR BINGLEY chegou ao baile acompanhado de suas duas irmãs, a senhorita Caroline Bingley e lady Hurst, que estava com o marido. Além deles, havia também um amigo muito íntimo de Bingley, o senhor Darcy. As duas mulheres eram belas e aparentavam indubitável elegância. O senhor Bingley estava bonito e também tinha ares de cavalheiro. Mas, ao contrário das irmãs, suas maneiras eram descontraídas e sem afetação. Seu rosto agradável e simpático cativava ao primeiro olhar.

Seu cunhado, o senhor Hurst, parecia apenas um cavalheiro comum, sem nada de especial. Em compensação, o senhor Darcy logo chamou a atenção de todo o salão pela figura muito alta e elegante, pelos belos traços, pelo ar nobre e, principalmente, pelo rumor que circulou por toda a parte, cinco minutos após sua entrada, de que sua renda chegava a 10 mil libras por ano.

Os cavalheiros presentes admiraram a postura do senhor Darcy, e as senhoras declararam que ele era muito mais bonito do que o senhor Bingley. Ele foi minuciosamente observado e analisado por todos até meados da noite, quando suas maneiras provocaram uma decepção geral, que mudou o curso da sua popularidade: descobriu-se que era orgulhoso, parecia considerar-se superior aos demais e, pior de tudo, era incapaz de se sentir bem naquele ambiente.

Já o senhor Bingley logo travou boas relações com todos. Era cheio de vida e extrovertido, participou de todas as danças, aborreceu-se ao ver o baile terminar tão cedo e prometeu dar outro baile em sua propriedade recém-alugada, Netherfield Park, o que provocou uma onda de entusiasmo e simpatia. Isso piorou ainda mais a imagem do senhor Darcy, que não foi sequer considerado digno de comparação com o amigo. Com uma expressão fechada, dançou apenas com as irmãs de Bingley e não quis ser apresentado a nenhuma outra moça.

Portanto, seu caráter já estava definido: ele era o homem mais orgulhoso, mais desagradável do mundo, e todos esperavam que nunca mais aparecesse ali. Entre as opiniões mais violentas a seu respeito, estava a da senhora Bennet, cujo desagrado exacerbou-se a ponto de se transformar em ressentimento pessoal, por causa de uma atitude de desrespeito para com uma de suas filhas.

Elizabeth Bennet, a bela Lizzy, fora obrigada, pela escassez de cavalheiros no salão, a ficar sentada em duas danças. Durante parte desse tempo, o senhor Darcy estivera perto dela o suficiente para que Elizabeth ouvisse claramente parte de uma conversa dele com o senhor Bingley.

Este insistia, inutilmente, para que o amigo tomasse parte das danças.

— Você sabe muito bem que eu detesto dançar com um par que eu não conheça muito bem. E depois, você está dançando com a única moça bonita do salão! — disse Darcy, referindo-se a Jane Bennet.

— Ah! Ela é a criatura mais bela que já vi! Mas uma de suas irmãs, sentada aí bem atrás de você, é muito bonita também e uma pessoa muito agradável.

— De quem você está falando? — Darcy perguntou e, dando meia volta, lançou um rápido olhar para Elizabeth. E, quando ela retribuiu o olhar, ele desviou o seu e comentou com frieza: — Ela é aceitável. Mas não bonita o bastante para me tentar. Não estou com disposição para dar atenção a mocinhas deixadas de lado por outros homens. Você está perdendo seu tempo comigo, Bingley. É melhor voltar para sua dama.

Bingley aceitou o conselho e Darcy também saiu de onde estava, deixando Elizabeth com sentimentos não muito cordiais em relação a ele. Entretanto, como ela tinha um temperamento vivo e brincalhão, que se deliciava com tudo o que fosse ridículo, contou a história com muita graça para as amigas.

Apesar desse incidente, a noite acabou sendo agradável para a família Bennet. O senhor Bingley tirou Jane duas vezes para dançar, fato que foi notado por todos. As irmãs dele também a trataram com amabilidade, e Elizabeth percebeu o quanto a irmã estava feliz com isso. Voltaram, portanto, de bom humor para Longbourn, a aldeia em que viviam.

— Oh, senhor Bennet! — disse a mulher para o marido ao entrar na sala. — Tivemos uma noite das mais encantadoras, um baile dos mais excepcionais. Jane foi muito admirada! O senhor Bingley a achou muito bonita e dançou com ela duas vezes! O único ponto fraco foi um tal senhor Darcy. Saiba que esse homem chegou mesmo a desprezar nossa Lizzy, disse que não era bonita o bastante para dançar com ele! Gostaria que o senhor estivesse lá para lhe dar uma de suas respostas atravessadas... Detesto mesmo aquele homem.

Quando Jane e Elizabeth se viram sozinhas, puderam falar mais abertamente sobre a noite. As duas eram muito ligadas, talvez por serem as mais velhas, e possuíam uma cumplicidade que não tinham com as demais irmãs. Muitas vezes, antes de dormir, passavam horas conversando na cama sobre assuntos de interesse das duas. Jane estava encantada com as novas amizades, notadamente com o senhor Bingley e as irmãs.

— Ele é exatamente como um rapaz deve ser — disse ela —, é sensato, bem-humorado, jovial! Nunca vi maneiras tão corretas, tanta naturalidade e, ao mesmo tempo, uma educação tão apurada.

— E bonito — retrucou Elizabeth —, o que um rapaz também deve ser, sempre que possível. Bem, ele é sem dúvida muito agradável e eu lhe dou permissão para gostar dele. Você já gostou de criaturas mais estúpidas.

— Lizzy!

— É verdade. Você sabe que tem uma tendência para gostar das pessoas em geral. Nunca vê defeito em ninguém. O mundo todo é bom e agradável aos seus olhos! Você também não gostou das irmãs dele? E elas são bem diferentes do senhor Bingley... Pareceram-me um tanto esnobes.

— Mas são muito agradáveis quando se conversa com elas. A senhorita Bingley vai morar com o irmão em Netherfield Park. Acho que teremos uma vizinha encantadora, Lizzy.

Elizabeth escutou em silêncio, mas não estava nem um pouco convencida. Dotada de um poder de observação aguçado e de um senso crítico despojado de qualquer benevolência para consigo mesma, não parecia inclinada a aprovar os modos daquelas mulheres. Extremamente orgulhosas da sua posição familiar e financeira, elas afetavam um ar de superioridade que lhe recordava o senhor Darcy.

3
OUTRAS FAMÍLIAS

A SENHORA BENNET tinha dois irmãos. Sua irmã, a senhora Phillips, morava com o marido na cidade de Meryton. Já seu irmão, o senhor Gardiner, era funcionário de uma respeitável empresa comercial em Londres, onde vivia com a esposa.

Mas as relações mais estreitas dos Bennet eram com uma família que morava não muito distante, os Lucas. Sir William Lucas tivera negócios em Meryton, onde fez razoável fortuna, sendo alçado à dignidade de cavaleiro. Essa distinção talvez tenha lhe subido à cabeça. Passou a sentir-se insatisfeito com sua loja e com sua residência numa tacanha cidade comercial. Abandonando ambas, mudou-se com a família para uma casa a uma milha de Meryton, conhecida como Lucas Lodge. A partir de então, desvinculado do comércio e vivendo de rendas, podia dedicar-se a refletir com prazer sobre sua própria importância e ocupar-se apenas em ser cordial com as pessoas. Era conhecido por sua natureza amigável, prestativa e cortês.

Já sua esposa, lady Lucas, não era mulher culta, nem sofisticada. Talvez por isso mesmo tornara-se grande amiga da senhora Bennet, as conversas das duas sempre girando sobre as respectivas famílias e, principalmente, sobre possíveis casamentos — ainda mais depois da chegada dos Bingley a

Netherfield Park. O casal Lucas também tinha vários filhos. A mais velha, Charlotte, era uma moça sensata e inteligente, beirando os 27 anos, amiga íntima de Elizabeth.

Assim como as respectivas mães, as duas viviam juntas conversando e Elizabeth levava muito em consideração as opiniões da amiga. Obviamente, o assunto agora recaía sobre o famoso baile e tudo o que aconteceu. Como os demais, não se cansavam de falar sobre a evidente atração entre o senhor Bingley e Jane Bennet. Afinal, saltava aos olhos de todos que os dois pareciam apaixonados. Isso deixava a senhora Bennet extremamente radiante, projetando um futuro maravilhoso para a primogênita.

As duas também falavam muito sobre o orgulhoso senhor Darcy e seu comportamento distante. Mas o que Elizabeth nem de longe suspeitava é que começava a se tornar objeto de interesse para aquele jovem. Se, a princípio, o senhor Darcy mal quis admitir que ela fosse bonita, aos poucos começou a achar que seus belos olhos escuros lhe davam um ar de excepcional inteligência. A cada novo encontro, ele sentia-se secretamente atraído pela jovialidade de Elizabeth.

De tudo isso, a moça nem tinha ideia: para ela, Darcy era apenas um homem que, apesar de muito bonito, não fazia questão de ser agradável com ninguém e, principalmente, não a considerara atraente o bastante para ser tirada para dançar.

Certa vez, numa reunião em Lucas Lodge em que se encontravam todos os vizinhos, Elizabeth notou essa atenção do senhor Darcy para com ela, o que a deixou irritada, pois sua antipatia por ele era grande. A contragosto, aceitou tocar um pouco de piano, pois não se julgava grande pianista, e percebeu os olhares do jovem como uma crítica a ela ou ao seu desempenho. Foi substituída no instrumento pela sua irmã Mary, que, por ser a única sem graça das senhoritas Bennet, se esforçava por adquirir conhecimentos intelectuais e habilidades musicais, e estava sempre impaciente para exibi-los.

Mas ela não tinha grande talento, apesar da dedicação. Além disso, ostentava ar pedante e modos afetados que contrastavam com a despretensão e a calma de Elizabeth. Foi convencida pelas irmãs mais moças, Lydia e Kitty, a tocar umas árias escocesas e irlandesas que elas e algumas meninas Lucas e mais alguns oficiais passaram a dançar num canto do salão.

Tal comportamento, um tanto leviano, deixou desconfortáveis algumas pessoas na sala, entre elas as irmãs de Bingley e o senhor Darcy. A senhorita Bingley, que se julgava uma forte pretendente ao afeto de Darcy, aproximou-se dele ao vê-lo pensativo.

— Posso adivinhar o motivo do seu devaneio — ela disse baixinho, com um tom malicioso. — Deve estar pensando como seria insuportável passar muitas noites dessa maneira. Sou da mesma opinião. Nunca me aborreci tanto! A presunção de todas essas pessoas, a insipidez... O que eu não daria para ouvir suas críticas a respeito delas!

— Você está inteiramente equivocada, minha cara — ele respondeu. — Estava pensando em coisas mais agradáveis... Tenho meditado sobre o enorme prazer que proporciona um par de belos olhos no rosto de uma linda mulher.

A senhorita Bingley imediatamente fixou seus olhos nos dele, desejando que o senhor Darcy confessasse qual dama naquela sala tinha lhe inspirado tais reflexões. E ele respondeu com grande entusiasmo:

— A senhorita Elizabeth Bennet.

— A senhorita Elizabeth Bennet! — repetiu a senhorita Bingley, tomada por grande perplexidade.

4
A FEBRE DE JANE

DIAS DEPOIS, um bilhete vindo de Netherfield Park chegou até a residência dos Bennet, em Longbourn. Era para Jane, o que deixou sua mãe com os olhos brilhando de satisfação.

— Então, Jane... De quem é? Do que se trata? O que diz? Conte para nós, Jane... Rápido, por favor!

Com toda a família debruçada sobre seus ombros, Jane informou estar sendo convidada pela senhorita Caroline Bingley, irmã do anfitrião, para jantar naquela noite com ela e sua irmã Louise, ou lady Hurst. A única nota decepcionante do bilhete era que os homens da casa — notadamente o senhor Bingley — estariam jantando fora com oficiais, o que revoltou a senhora Bennet.

— Que falta de sorte! O senhor Bingley não vai estar...

— Estarão com oficiais! — Os olhos da jovem Lydia faiscaram. — Ouviu isso, Kitty? Nossa tia não nos falou a respeito disso!

— Posso levar a carruagem? — perguntou Jane, ainda emocionada com o convite inesperado.

— Não, querida... — a mãe respondeu bruscamente. — É melhor ir a cavalo.

— Mas, mãe! — interveio Elizabeth, em auxílio de Jane. — E se chover?

— Melhor ainda! — a senhora Bennet concluiu com seu senso prático. — Assim ela terá de ser convidada a passar a noite por lá. E verá o senhor Bingley! Ah, eu tenho certeza de que ele ama nossa Jane e vai se casar com ela! Estamos salvas!

Elizabeth sempre se sentia envergonhada com os estratagemas da mãe. Na noite do baile, quase morreu de vergonha quando a senhora Bennet, na tentativa de forçar o relacionamento de Jane com Bingley, chegou a ofender sua amiga Charlotte Lucas. Isso porque o senhor Bingley havia achado a moça muito simpática, comentário que a senhora Bennet retrucou na mesma hora:

— Pena que seja tão feiosinha! Com certeza vai ficar para tia.

Ruborizada, Elizabeth mudou de assunto na hora, mas viu na expressão dos presentes e, principalmente do senhor Darcy, que o estrago na reputação da família já estava feito. E agora isso! Mas como era uma mulher determinada a casar bem suas filhas, a senhora Bennet conseguiu o que queria — inclusive que chovesse!

De fato, Jane acabou pernoitando em Netherfield Park, para satisfação de sua mãe. Entretanto, logo na manhã seguinte, um bilhete dela para Lizzy informou a família ávida por notícias de que ela se encontrava indisposta, em virtude de ter se molhado muito na chuva da véspera. O senhor Bennet comentou em tom mordaz:

— Bem, minha cara esposa... Se sua filha morrer, seria um consolo saber que foi tudo para conquistar o senhor Bingley... E por ordem sua!

— Ora! Ninguém morre de um resfriadinho sem importância! Tenho certeza de que ela está sendo muito bem cuidada por lá!

Mas Elizabeth ficou preocupada e, desejando ter notícias sobre o real estado de saúde da irmã, tomou a firme decisão de ir visitá-la. Como não era boa amazona, declarou a intenção de atravessar a pé as três milhas que separavam as duas casas.

— Como pode ser tão tola?! — exclamou a senhora Bennet. — Com toda essa lama, você não estará apresentável ao chegar lá.

— Eu preciso ver minha irmã! — respondeu Lizzy, obstinada.

E assim foi feito. Suas irmãs menores, Lydia e Kitty, acompanharam-na até Meryton, pois queriam ver alguns oficiais. O resto do trajeto, Elizabeth seguiu sozinha, atravessando campo após campo a passos largos, pulando cercas, saltando poças, até se ver diante da opulenta mansão, com os tornozelos doloridos, as meias sujas, a bainha do vestido cheia de lama e o rosto afogueado pelo calor do exercício.

Sua aparição causou surpresa em todos os que estavam reunidos na saleta do café da manhã. O brilho que o exercício havia dado à pele da moça não passou despercebido ao senhor Darcy. E a senhorita Bingley, que não esquecera o comentário entusiástico sobre o "par de belos olhos" de Elizabeth, captou com sutileza que a inesperada presença da moça havia mexido com ele. Tanto que, depois que ela subiu para ver a irmã, comentou com os demais:

— Caminhar três milhas, com lama pelo tornozelo, e completamente sozinha! O que ela pretende com isso? A mim, parece demonstrar uma abominável e presunçosa independência de espírito, uma indiferença ao decoro bem típica da gente do campo.

— Pois para mim revela apenas um afeto pela irmã — respondeu o senhor Bingley. — E eu acho isso muito agradável.

— Receio, senhor Darcy — a senhorita Bingley voltou à carga num sussurro —, que essa aventura vulgar tenha afetado bastante sua admiração pelos "belos olhos" dessa moça.

— Pelo contrário! Eles brilhavam mais, graças ao exercício... — ele respondeu.

A estada de Elizabeth em Netherfield Park acabou se prolongando, pois Jane tinha mais do que uma simples indisposição. Ela se encontrava bastante febril, com fortes dores de cabeça e necessitava de acompanhamento e cuidados. Um criado foi despachado a Longbourn para avisar a família e trazer de lá um suprimento de roupas.

Durante aqueles dias, as duas foram tratadas com bastante polidez, mas Elizabeth encontrou nos modos do senhor Bingley algo mais: bom humor e amabilidade. Era visível o quanto aquele moço se interessava por Jane, cercando-a de cuidados e ordenando a presença de um médico. Lizzy passava longas horas ao lado da irmã, segurando sua mão e conversando, confidenciando sobre o interesse do senhor Bingley por ela, o que a deixava muito contente.

Quando não estava com a irmã, Elizabeth convivia com o senhor Bingley e as irmãs e com os senhores Hurst e Darcy, fazendo com eles as refeições, conversando, tocando um pouco de música depois do jantar. Iniciou-se, então, uma relação um tanto tensa entre ela e a senhorita Caroline Bingley, na qual a rivalidade da segunda era mal ocultada por uma aparente polidez e pelo verniz da sua educação londrina.

A verdade é que Elizabeth não pôde deixar de observar novamente que, com alguma frequência, os olhos do senhor Darcy se fixavam em seu rosto. E, como ela nem de longe se supunha objeto de admiração de um homem tão rico e importante, começou a achar que ele via algo repreensível em sua maneira de ser. Sabia o quanto os modos vulgares de sua família, especialmente os de sua mãe e de suas irmãs menores, haviam-no desagradado. Mas isso não a incomodava naquele momento: gostava muito pouco dele para levar em conta sua aprovação.

O que ela não sabia é que Darcy nunca estivera tão enfeitiçado por uma mulher. A senhorita Bingley, entretanto, viu ou suspeitou o bastante para sentir ciúme e mesmo uma distante ameaça, apesar do poço social que separava o senhor Darcy dos Bennet. Seu maior desejo era que Jane se recuperasse logo e fosse embora, levando consigo a indesejável irmã. Afinal, o senhor Darcy era um solteiro cobiçado por muitas casas importantes, sendo, além de um belo rapaz, dono de mais da metade da província de Derbyshire, onde possuía a majestosa mansão de Pemberley.

Talvez por isso a senhorita Bingley muitas vezes puxasse conversa com Elizabeth, provocando-a a falar bastante, pois desejava expor ao máximo seu temperamento "selvagem". E Elizabeth ajudava, pois não conseguia esconder suas opiniões, muitas vezes ferinas, até mesmo em relação a Darcy. Certa noite, a senhorita Bingley a chamou para caminharem juntas pela sala, talvez com a intenção proposital de causar uma comparação entre as duas, no modo de andar, no porte, na postura educada. Maliciosa, pediu que Elizabeth fizesse uma avaliação do senhor Darcy, ao que esta respondeu prontamente, não sem alguma ironia na voz:

— Estou absolutamente convencida de que o senhor Darcy não tem defeitos.

— Tenho defeitos de sobra… — ele respondeu, sério como de costume. — O maior deles talvez seja não conseguir esquecer facilmente as ofensas que me são feitas. Talvez possa ser chamado de rancoroso. O fato é que minha consideração por alguém, uma vez perdida, está perdida para sempre.

— Esta é, com certeza, uma falha! — Elizabeth exclamou, para delícia da senhorita Bingley.

— Creio que cada pessoa tenha tendência para um pecado… um defeito natural que nem mesmo a melhor educação pode extinguir… — ele respondeu para Elizabeth, que disparou em cima:

— O seu defeito é odiar todas as pessoas!

— E o seu — retrucou Darcy, com um sorriso — é propositalmente interpretá-las mal!

Então, resolveu-se trocar a discussão, que se tornara um tanto acalorada, por um pouco de música. Darcy começava a perceber o perigo de dar demasiada atenção a Elizabeth.

5
A MELHORA DE JANE

DEPOIS DE ALGUNS DIAS, a senhora Bennet, acompanhada de suas outras três filhas, fez uma visita a Jane. Encontraram-na em melhor estado — mas, para alegria íntima da mãe, não o suficiente ainda para voltar. Tudo o que a prestimosa mulher desejava era que Jane e Bingley ficassem juntos tempo suficiente para que ele pudesse se declarar a ela.

Mas a visita causou embaraço a Elizabeth, pois a mãe, entendendo mal uma observação de Darcy sobre a falta de vida social no campo, respondeu de modo ríspido:

— Eu, pessoalmente, não creio que Londres tenha tanta vantagem sobre o campo, com exceção das lojas e dos lugares públicos. O campo é muitíssimo mais agradável. Não é, senhor Bingley?

Todos ficaram surpresos e Darcy, depois de olhar para ela um instante, afastou-se em silêncio. A senhora Bennet viu naquele afastamento um sinal da sua vitória esmagadora. Caroline parecia deliciada, e Elizabeth não poderia estar mais constrangida. Bingley, sempre simpático e pacífico, quis pôr panos quentes.

— Quando estou no campo — respondeu polidamente —, nunca desejo deixá-lo e quando estou na cidade, ocorre o mesmo. Cada lugar tem as suas vantagens e posso ser tão feliz em um quanto no outro.

— Claro, porque o senhor tem boa índole. Mas aquele cavalheiro... — disse a senhora Bennet, olhando rancorosamente para Darcy — parece considerar que o campo não tem nenhum valor!

— A senhora está enganada, mamãe — Elizabeth resolveu falar, enrubescendo com aquela atitude materna. — Tenho certeza de que o senhor Darcy não quis dizer nada disso...

— Talvez, querida. Mas quanto a não haver muita gente nesta região, acredito que há poucas aldeias maiores que a nossa. Sei que frequentamos 24 famílias!

Esse comentário tão provinciano fez com que Caroline Bingley olhasse para o senhor Darcy com um sorriso bem expressivo, como a mostrar a que tipo de gente pertencia Elizabeth. E esta, procurando desesperadamente desviar os pensamentos da mãe, perguntou se sua amiga Charlotte Lucas havia estado em Longbourn durante sua ausência.

Depois de dar informações e voltar a comentar sobre a feiura da amiga, comparando-a com a beleza de Jane, a senhora Bennet agradeceu efusivamente pelo tratamento que sua filha estava recebendo de Bingley e de todos ali. Então, a filha mais moça dos Bennet, Lydia, se adiantou. Ela e Kitty andavam cochichando durante a visita e a menor achou por bem cobrar do senhor Bingley a promessa que ele fizera de dar um baile em Netherfield Park.

Lydia era uma mocinha decidida e bem desenvolvida para seus quinze anos, tanto que era a mais alta das irmãs. Era a favorita da mãe e a que mais se assemelhava a ela no temperamento. Bastante impulsiva e com uma autoconfiança natural, era a indicada para fazer aquela proposta ousada. A resposta do anfitrião a esse súbito ataque foi um verdadeiro deleite para os ouvidos da mãe:

— Estou inteiramente disposto a manter meu compromisso. E quando sua irmã se restabelecer, a senhorita me fará a gentileza de escolher o dia do baile!

Lydia declarou-se absolutamente satisfeita. A senhora Bennet e as filhas partiram, e Elizabeth voltou para perto de Jane, deixando o comportamento da sua família como assunto para as irmãs de Bingley e o senhor Darcy. Este, entretanto, não compartilhou das censuras, apesar de todas as ironias da senhorita Bingley a respeito de certos "belos olhos".

Jane, enfim, se restabeleceu. No domingo, logo após a missa matinal, deu-se a separação, agradável para quase todos. Em casa, as duas irmãs mais velhas não foram recebidas com cordialidade pela mãe. A senhora Bennet ainda achava que elas haviam se precipitado e podiam permanecer mais um pouco por lá. Já o pai, embora sempre lacônico em suas demonstrações de prazer, ficou realmente feliz ao vê-las.

O senhor Bennet percebera a importância de ambas para o ambiente familiar. Sem Jane e Elizabeth, as conversas noturnas haviam perdido muito de interesse e até de sentido, passando a girar exclusivamente em torno de roupas, chapéus e oficiais fardados acampados em Meryton.

6
O SENHOR COLLINS

NA MANHÃ SEGUINTE, enquanto a família novamente reunida tomava café, o senhor Bennet anunciou a chegada de um cavalheiro a Longbourn.

Depois de se divertir com a curiosidade frenética que despertara em todas aquelas mulheres à sua volta, explicou se tratar, para decepção geral, do primo William Collins, que acabara de se tornar clérigo no condado de Hunsford.

Era justamente esse primo que, quando o senhor Bennet falecesse, herdaria aquela propriedade de Longbourn e, se bem quisesse, poderia — como bem frisou o próprio senhor Bennet, para provocar os nervos da esposa — "mandar todas as herdeiras para longe dali".

— Oh, meu caro! — exclamou a senhora Bennet, revoltada. — Não brinque com isso! Nem me fale nesse homem odioso! Acho a pior coisa do mundo que seus bens sejam tomados de suas próprias filhas.

Jane e Elizabeth tentaram explicar à mãe como funcionavam as regras vigentes do legado inalienável, mas esse era um assunto a respeito do qual a senhora Bennet não conseguia raciocinar. Sempre enfurecia-se contra o que julgava uma crueldade em forma de lei, e essa era uma das razões pelas quais queria ver todas as cinco filhas bem casadas.

Mesmo as vagas promessas de reconciliação contidas na carta pela qual o senhor Collins anunciava sua chegada próxima não foram suficientes para aplacar o profundo rancor daquela mulher. Assim, ela não dispensou muitos sorrisos quando o homem apareceu pontualmente, na data marcada. Apesar disso, ele foi recebido com grande cortesia pela família.

Tratava-se de um rapaz alto e robusto, com seus 25 anos. Tinha ar grave, imponente, com modos excessivamente formais e solenes, bem de acordo com seu estilo de escrever. O senhor Bennet achara mesmo um pouco divertida a mistura de servilismo e presunção exibida em sua carta.

Durante o jantar que lhe foi oferecido, Collins teceu elogios muito elaborados, parecendo mesmo terem sido decorados, a tudo à sua volta: à beleza das moças, aos móveis e à "excelente batata", querendo saber quais das senhoritas a havia preparado.

— Caro senhor Collins — informou a mãe, um tanto ofendida —, nós temos condições de pagar por um cozinheiro. Minhas filhas não precisam gastar suas mãos numa cozinha!

Quanto aos demais elogios, principalmente aqueles referentes à casa e aos móveis, bem poderiam ter tocado o coração da senhora Bennet, não fosse a mortificante suposição de que o senhor Collins considerasse tudo aquilo sua futura propriedade.

Mas o assunto preferido daquele homem, que simplesmente não parava de falar, era lady Catherine de Bourgh, sua protetora. Ao falar daquela viúva muito rica e poderosa, assumia uma postura ainda mais solene do que de hábito e seus elogios eram tantos, e tão pródigos, que causaram reações diversas nos demais convivas.

Lydia e Kitty se desinteressaram por completo, passando a conversar baixinho. As duas não conseguiam considerar digno de atenção um homem que não usasse farda. A senhora Bennet, por sua vez, ficara interessada em saber mais sobre aquela mulher, dona de extensas terras, e sobre sua única herdeira. Já para o senhor Bennet, todas as suposições que fizera sobre o primo se concretizaram: ele parecia tão absurdo naquele modo pretensioso de falar que, apesar de ouvi-lo o tempo todo com expressão compenetrada, não se furtava de lançar, vez ou outra, um olhar divertido a Elizabeth.

Apesar de articulado, o senhor Collins não era muito inteligente, e a maior parte de sua existência transcorrera sob a orientação de um pai inculto e mesquinho. Entretanto, a humildade de seu caráter inicial se transformara numa espécie de arrogância, decorrente de uma prosperidade prematura e inesperada. Um acaso providencial o recomendara à lady Catherine de Bourgh quando o presbiterado de Hunsford se encontrava vago e ele conseguiu assim o posto de clérigo, graças à sua formação universitária, alcançada com muito esforço.

Por isso, ele possuía aquela veneração pela sua benfeitora. E esse respeito, somado ao alto conceito que tinha de si mesmo pela posição social recém-adquirida, fazia daquele homem um misto surpreendente de orgulho e subserviência, de presunção e modéstia. Possuindo agora uma boa casa e renda suficiente, pretendia se casar — no que fora encorajado por lady Catherine, pois esta julgava exemplar que o clérigo de suas posses fosse bem casado com uma moça simples e honesta.

E como o senhor Collins tinha também o objetivo de buscar a reconciliação com a família de Longbourn, interrompida por uma briga entre seu pai e o senhor Bennet, pensou que podia escolher como esposa uma de suas primas, famosas por serem moças muito bonitas. Julgava tal plano generoso e desinteressado de sua parte. E, logo naquela primeira noite com a família, sua escolha recaiu naturalmente sobre Jane, cuja beleza não cessou de admirar durante o jantar, com alguns olhares que chegaram mesmo a incomodar a jovem.

Depois da ceia, o senhor Collins ameaçou ler por uma ou duas horas os sermões de Fordyce, mas foi interrompido pela intempestividade de Lydia anunciando a todos que deveria ir a Meryton no dia seguinte. Percebendo que o clérigo havia ficado muito ofendido com a brusca interrupção, o senhor Bennet o convidou para uma partida de gamão e assim se encerrou aquela noite.

Na manhã seguinte, antes do café, o senhor Collins aproximou-se da senhora Bennet, narrando numa profusão de detalhes a natureza benevolente e liberal da sua venerada lady Catherine.

— De fato, deve ser uma senhora muito agradável... — comentou a senhora Bennet. — É uma pena que as grandes damas geralmente não se comportem como ela. Lady Catherine mora perto do senhor?

— Apenas uma alameda separa o jardim no qual se situa a minha humilde casa paroquial da rica Rosings Park, onde mora lady Catherine. Ela me convida sempre para jantar na sua propriedade!

— Creio ter ouvido dizer que ela é viúva. Tem família?

— Uma filha única, a herdeira de Rosings e suas extensíssimas terras.

— Que tipo de jovem ela é? Atraente?

— Uma senhorita muito encantadora, de fato. E talentosa também. Infelizmente, sua constituição doentia a impediu de fazer progressos em diversos setores...

— Já foi apresentada à sociedade?

— A saúde frágil a impede de ir à capital...

— Ainda assim, a situação dela é melhor do que a de muitas moças, sendo herdeira de Rosings Park — a senhora Bennet suspirou, provavelmente pensando nas suas filhas.

O senhor Collins aproveitou a deixa e confessou suas esperanças de encontrar em Longbourn uma senhorita para esposar e dividir sua casa paroquial, afirmando ter visto em Jane uma moça com todos os requisitos necessários. A senhora Bennet, procurando ser tão delicada quanto era possível, revelou que sua filha mais velha já tinha um noivo em vista.

— Mas minha filha Elizabeth não tem nenhum pretendente ainda. E ela é uma moça tão bela quanto a irmã, não acha, senhor Collins?

— Sim... Realmente... — o clérigo lançou um olhar atento para Lizzy, que acabara de chegar de fora. — Ela pode realmente ser uma agradável opção!

Aquela simples insinuação fez a senhora Bennet acalentar a esperança de ter muito em breve duas filhas casadas. Por conta disso, aquele homem, de quem ela não suportava nem ouvir falar, havia decididamente caído em suas graças.

7
O SENHOR WICKHAM

COMO A ALDEIA de Longbourn não ficava longe de Meryton, a distância era conveniente para as senhoritas Bennet, principalmente as mais moças. Elas eram tentadas a ir até lá três ou quatro vezes por semana, a fim de visitar a tia e uma chapelaria situada no caminho. Mas, naquele momento, algo mais interessante ocorria na região: um regimento militar havia chegado e deveria permanecer ali por todo o inverno, sendo Meryton o quartel-general.

Durante o café, enquanto ouvia o entusiasmo de Lydia e Kitty sobre o tema, o senhor Bennet observou com frieza:

— De tudo o que ouvi aqui, posso deduzir que vocês são as moças mais tolas do país. Eu já suspeitava disso havia algum tempo, mas agora estou inteiramente convencido!

Sem dar a mínima atenção para o sarcasmo paterno e tão logo terminaram o café, Lydia liderou uma excursão a pé até Meryton para presenciar a chegada dos soldados e oficiais. A única que ficou em casa foi Mary, fazendo companhia ao pai, que, não suportando mais a conversa empolada do primo e desejando ter novamente a biblioteca apenas para si, convenceu-o a acompanhar as moças.

Em falas pomposas e vazias por parte de Collins e polidas concordâncias das primas, eles passaram o tempo até alcançarem os limites da cidade. Mas ali chegando, o rapaz deixou de ser ouvido por Lydia e Kitty. As duas, a não ser por algum belíssimo chapéu ou um tipo novo de musselina numa vitrine, só tinham olhos para o desfile de soldados que entrava pela rua principal da cidade.

A atenção das quatro irmãs, mesmo as mais velhas, foi logo atraída para um rapaz que nunca haviam visto. A aparência cavalheiresca e a bela fisionomia do jovem impressionaram a todas e ele vinha caminhando com outro oficial conhecido delas, o senhor Denny. Decididas a descobrir quem era o tal moço, Lydia e Kitty, com uma ousadia um tanto despudorada, caminharam em direção à dupla, fazendo-se notar pelo oficial Denny.

Este não teve alternativa senão apresentar o senhor Wickham, que viera com ele da cidade e que, para sua alegria, aceitara um posto em seu regimento. Para as jovens, ele era exatamente como devia ser, pois ao rapaz só faltava um uniforme para ficar absolutamente encantador. Logo, todas elas, mais o senhor Collins, conversavam animadas com os oficiais em pé mesmo, na calçada, quando ocorreu um fato que deixou Elizabeth bastante confusa.

Um som de cavalos chamou a atenção das moças: eram Bingley e Darcy descendo a rua. Reconhecendo as senhoritas Bennet, foram cumprimentá-las Na verdade, o senhor Bingley estava mesmo se dirigindo a Longbourn para saber se Jane havia se restabelecido, além de anunciar o aguardado baile em Netherfield Park.

Foi neste momento que Elizabeth flagrou um olhar muito intenso entre o senhor Darcy e o senhor Wickham. Os dois praticamente mudaram de cor, um ficou branco e o outro vermelho. Trocaram uma saudação seca, que Darcy mal retribuiu, virando o cavalo para outra direção, com o semblante carregado.

O que poderia significar aquilo? Para Lizzy, era impossível imaginar o que fosse, assim como era impossível não desejar saber. Sua curiosidade só foi satisfeita um dia depois, numa reunião na casa de sua tia Phillips, na qual, para sua grande satisfação, Wickham compareceu. Assim que ele entrou na sala, já devidamente fardado, todos os olhares femininos se dirigiram para ele e Elizabeth sentiu que não o observara antes, nem pensara nele, com suficiente admiração. Wickham era superior a todos os demais cavalheiros da sala, inclusive os oficiais, em aparência, postura, modo de andar, além de possuir uma conversa extremamente agradável, logo constatada por Lizzy, que se sentiu contente por sentar-se ao seu lado num jogo de cartas.

Assim, puderam conversar bastante durante a noite. E foi Wickham mesmo que tocou no assunto sobre o qual ela mais queria conversar: o estranho encontro dele com o senhor Darcy no dia anterior. Ele havia flagrado o olhar arguto de Elizabeth constatando o constrangimento entre os dois cavalheiros. Perguntou a ela desde quando o senhor Darcy se encontrava em Netherfield.

— Cerca de um mês — Lizzy respondeu. — E me desculpe, senhor Wickham, mas desde quando o conhece?

— Desde a minha infância estou ligado à família dele.

Percebendo o espanto de sua interlocutora, Wickham passou a narrar com detalhes seu relacionamento com Darcy, revelando fatos espantosos, mas que confirmavam para Elizabeth as primeiras e péssimas impressões que tivera daquele homem fechado.

— Nascemos na mesma paróquia e crescemos juntos na mesma casa. Fomos companheiros de infância, apesar das nossas diferenças sociais. Meu pai era administrador das terras do pai do senhor Darcy e homem de confiança dele em Pemberley, a magnífica mansão da família. Aquele senhor bondoso admitia dever muito ao trabalho de meu pai e tinha por mim um profundo afeto. Tenho mesmo razões para crer que olhava para mim com mais carinho do que ao próprio filho, por mais estranho que isso pareça.

— Mas como começou o mal-estar entre vocês?

— Justamente depois da morte do pai dele. Aquele nobre homem, preocupado com a minha subsistência, pediu ao filho que me garantisse um vicariato na região, pois eu sempre quis entrar para a Igreja. Mas eis que o senhor Darcy, depois que o pai morreu, fez pouco caso daquele pedido e entregou o cargo a outra pessoa. Esqueceu completamente a promessa que fizera ao pai. E agora me resta apenas ser soldado, sem nenhuma garantia maior de sobrevivência.

— A mim, isso parece uma atitude abominável daquele homem. Não o supunha tão mau, nem que fosse capaz de uma injustiça dessas. Se bem que eu ouvi ele mesmo confessar que possui uma natureza rancorosa.

— Talvez orgulhosa seja uma expressão mais adequada. Creio mesmo que essa aversão que ele sente pela minha pessoa provém de um ciúme profundo. Ciúme do grande afeto que o seu pai dedicava a mim, o humilde filho de um funcionário. Orgulho familiar, orgulho filial... Orgulho da sua imensa fortuna, das maravilhosas terras de Pemberley... E orgulho fraterno, pois ele é um ferrenho guardião da sua irmã. Talvez com aquela criatura ele revele seu lado mais gentil.

— E que tipo de menina ela é?

— É doloroso, para mim, falar daquela família, pelo respeito profundo que eu tenho pelo pai deles, um homem maravilhoso.

Nesse momento, Elizabeth o olhou com mais afeição, por pressentir em Wickham uma natureza nobre, capaz de tais sentimentos. Ele, entretanto, prosseguiu:

— Ela é como o irmão. Orgulhosa, muito orgulhosa. Dediquei muito tempo para diverti-la. Gostava dela. Hoje, não representa mais nada para mim!

— O que me deixa perplexa em relação ao senhor Darcy é como ele, sendo desse jeito, pode ser tão amigo do senhor Bingley, que é a pessoa mais amável do mundo.

— Ah... O senhor Darcy sabe muito bem ser agradável quando deseja. Não lhe faltam talentos, pode ter certeza. Com os de seu próprio nível social, ele é outra pessoa.

— Mas eu espero, senhor Wickham, que seus planos aqui na região não sejam afetados pela presença do senhor Darcy, depois de tudo o que me contou...

— Isso não. Não seria eu a desviar do senhor Darcy. Se ele deseja evitar a minha presença, que vá embora!

E muito mais os dois conversaram naquela noite. Elizabeth ficou sabendo, por exemplo, que a mãe do senhor Darcy, lady Anne Darcy, era irmã de lady Catherine de Bourgh! Portanto, a famosa protetora do falante senhor Collins era tia de Darcy. E mais: lady Catherine acredita fortemente num casamento entre sua filha única e seu sobrinho, pois assim se uniriam as propriedades de Rosings e Pemberley.

Não pôde deixar de sorrir ao pensar no quanto essa informação desagradaria Caroline Bingley, que com tanto afinco disputava a atenção do senhor Darcy, não desgrudando dele nem por um só segundo em Netherfield.

Mais tarde, já em casa, Lizzy confidenciou todas essas novidades a Jane, no quarto, enquanto se arrumavam para dormir. Jane não pôde acreditar que o senhor Darcy pudesse ser tão abominável.

— Será possível que você não veja nunca o lado ruim das pessoas, Jane? Você acha que o senhor Wickham inventou tudo isso?

— Creio que possa ter havido algum tipo de mal-entendido, Lizzy. Coitado do senhor Bingley! Ele gosta tanto do senhor Darcy. Será que ele poderia ter se enganado de tal forma com o caráter do amigo? Talvez você possa perguntar diretamente ao senhor Darcy no baile...

— Eu não pretendo falar com ele! Espero passar meu tempo lá dançando com o senhor Wickham!

As duas riram, cheias de expectativas para o baile que já tinha data marcada.

8
O BAILE EM NETHERFIELD PARK

A SENHORA BENNET POSSUÍA a íntima certeza de que aquele baile estava sendo dado em honra à sua filha mais velha. E que, com toda a certeza, confirmaria a aproximação dela com o apaixonado senhor Bingley, a um passo de um pedido formal de casamento. A todos que encontrava, falava de Jane como uma filha querida, sempre pensando no que era melhor para a família.

Até mesmo Mary, tão retraída, se animou em participar daquele evento e ensaiou bastante ao piano, com a esperança de poder se apresentar.

Toda a boa sociedade da região compareceu e encontrou a mansão resplandecente, com luzes e música. Tão logo Elizabeth chegou, buscou em vão pelo senhor Wickham entre as túnicas vermelhas ali reunidas. Não lhe tinha ocorrido nenhuma dúvida sobre a presença dele no baile.

Vestira-se com um cuidado maior do que o habitual e se preparara com o melhor dos ânimos para a conquista de tudo o que ainda houvesse a conquistar no coração do rapaz. Mas, como não o encontrava em nenhum canto, foi sobressaltada pela terrível suspeita de que ele pudesse ter sido excluído do convite dos Bingley aos oficiais para agradar o senhor Darcy, amigo da casa. O oficial Denny, muito chegado a Wickham, não soube informar as razões da ausência do seu subordinado:

— Ele não perderia um baile como este... A não ser que quisesse evitar certo cavalheiro...

Portanto, para Elizabeth, o senhor Darcy era, direta ou indiretamente, o principal responsável pela ausência de Wickham. O desapontamento de Eliza, como seu pai costumava chamá-la, foi tanto que ela mal conseguiu responder com um mínino de civilidade aos cumprimentos de Darcy quando deparou com ele. Decidiu-se contra todo tipo de aproximação daquele cavalheiro, e afastou-se com um mau humor tal que não conseguiu superar por completo nem mesmo ao conversar com o sempre amável Bingley, cuja parcialidade cega em favor de Darcy também passou a irritá-la.

Mas Elizabeth não possuía uma natureza mal-humorada e, mesmo vendo destruído seu principal projeto pessoal para o baile, recuperou-se e confidenciou todas as suas mágoas à amiga Charlotte Lucas. Entretanto, aquela noite reservava para ela muitos outros constrangimentos. O primeiro deles veio na figura do senhor Collins, que havia reservado as duas primeiras danças com a prima. Foram minutos de penitência, pois o clérigo, desajeitado e solene, com frequência errava o passo sem se dar conta. O momento em que se viu livre foi de êxtase, pois começava a suspeitar que aquele homem tinha alguma intenção além de simplesmente tirá-la para dançar.

E, quando estava conversando novamente com Charlotte Lucas, aconteceu o mais inesperado: o senhor Darcy aproximou-se e pediu-lhe que fosse seu par na dança seguinte. Apanhada de surpresa, aceitou. Depois, ficou lamentando sua ausência de espírito para a amiga. Esta aconselhou Lizzy a não ser tola a ponto de, por um capricho por causa de Wickham, tornar-se desagradável aos olhos de um homem dez vezes mais importante do que ele!

Mas de nada adiantaram essas palavras. A irritação de Elizabeth durante a dança era visível. A conversa entre os dois era forçada, sem a menor naturalidade, até que o assunto Wickham surgiu inesperadamente. O senhor Darcy empalideceu e uma sombra de altivez cobriu seus traços.

— O senhor Wickham — ele comentou com ar carregado — é dotado de tantas virtudes que consegue fazer novos amigos com facilidade. Que seja também capaz de conservá-los, isso não se pode garantir...

— Ele teve a infelicidade de perder a sua amizade — retrucou Elizabeth com ênfase —, e de uma forma cruel, pois sofrerá as consequências por toda a vida, segundo eu soube...

Darcy não respondeu, parecendo mesmo ansioso para mudar de assunto. E ela, depois de provocá-lo com algumas frases ferinas, também parou de falar. Separaram-se ao fim da dança, ambos insatisfeitos, embora não no mesmo grau, pois Darcy, naquele mesmo momento, já a havia perdoado, dirigindo sua raiva contra outra pessoa, justamente aquela que estava por trás da desavença.

Ainda atordoada e se censurando por ter se deixado levar pelos seus sentimentos, Elizabeth foi abordada por Caroline Bingley, com seu sorriso sempre dúbio.

— Senhorita Elizabeth! Ouvi dizer que está encantada por George Wickham! Uma de suas irmãs me contou... — disse, apontando para o meio do salão, onde Lydia e Kitty riam escandalosamente alto. — Deixe-me recomendar, como amiga, que não acredite por completo em tudo o que esse homem diz... Pois quanto ao senhor Darcy tê-lo tratado mal, isso é completamente falso. Desculpe-me por falar assim de seu favorito, mas considerando as origens dele, não se poderia esperar muito mais.

— Sua culpa e suas origens parecem ser a mesma coisa para a senhorita — respondeu Elizabeth, zangada.

— Queira me desculpar o comentário... Foi com boas intenções — retrucou a senhorita Bingley com uma educada mesura, para depois se afastar exibindo um risinho zombeteiro.

Em seguida, o senhor Collins voltou à carga com um sorriso enlevado.

— Cara prima... Descobri que, por um curioso acaso, encontra-se neste salão o sobrinho da minha benfeitora, lady Catherine de Bourgh! — disse, apontando para o senhor Darcy. — Vou apresentar-lhe meus cumprimentos.

— O senhor não vai se apresentar sozinho ao senhor Darcy!

— Na verdade, vou. E pedirei perdão por não tê-lo feito mais cedo.

Eliza tentou dissuadi-lo de todas as maneiras, garantindo que Darcy consideraria a atitude uma impertinência, pois caberia a ele, de nível social superior, tomar a iniciativa, como mandava a etiqueta. Mas Collins, com uma profunda reverência, deixou-a e seguiu-se o esperado. De longe, mortificada, ela viu o primo se dirigir àquele homem circunspecto, que o olhava com profundo espanto e até com desprezo por aquele discurso que não parecia cessar nunca. Mesmo tratado com secura, o senhor Collins retornou e não deu o braço a torcer:

— O senhor Darcy pareceu muito satisfeito com a minha atenção. De modo geral, também estou bastante satisfeito com ele.

E os embaraços com sua família não terminariam com esse episódio. Na hora da ceia, sua mãe, sentada ao lado de lady Lucas, não parava de falar do futuro casamento da filha como um fato consumado. E comentava em voz alta e estridente para quem quisesse ouvir. Já via Jane instalada naquela casa suntuosa, cercada daquele luxo todo. Não cessava de enumerar as vantagens de tal união: o fato de ele ser um rapaz tão encantador e tão rico e morar a apenas três milhas de distância da sua casa eram motivos para ela não parar mais de se congratular.

Além disso, havia a questão das outras filhas, pois, no seu modo de pensar, casando-se Jane tão bem, isso colocaria as irmãs diante de outros homens ricos. E por aí ela prosseguia, falando sem parar. Elizabeth tentou em vão reprimir o fluxo verbal da mãe, ou ao menos convencê-la a descrever sua felicidade num sussurro menos audível, pois, para seu grande constrangimento, a maior parte do que ela dizia podia ser ouvido pelo senhor Darcy e pelas irmãs de Bingley. E se o primeiro parecia imperturbável, as outras oscilavam entre um ar irônico e um escandalizado.

Até que, finalmente, a volúpia verbal da senhora Bennet foi aplacada pelas compensações do frango e do pernil frios, e Elizabeth passou então a respirar melhor. Mas não foi longo seu intervalo de tranquilidade, pois, finda a ceia, o canto foi mencionado e ela ficou mortificada ao ver sua irmã Mary, depois de pouquíssimos pedidos, preparar-se para entreter o grupo de convivas. Por meio de olhares veementes e rogos silenciosos, ela tentou desesperadamente impedir tal demonstração de falta de recato. Em vão: Mary sentia-se lisonjeada por aquela oportunidade de exibição.

Mas suas aptidões não estavam à altura da sua pretensão. Sua voz fraca e seus modos afetados causavam constrangimento. Elizabeth, em grande agonia ao ver a família assim exposta, olhou para o pai, pois Mary, sem se dar conta, prosseguia cantando sem cessar. O senhor Bennet disse então em voz alta:

— Isso é o bastante, Mary querida. Você já nos encantou tempo suficiente. Permita que as outras moças tenham tempo para se apresentar.

Mary ficou desconcertada e fragilizada perante todos com a falta de jeito do pai, que em seguida foi atrás dela procurando consolá-la, pois a moça chorava abertamente o próprio fracasso. E, durante o resto da noite, Elizabeth teve a sensação de que sua família fizera um acordo coletivo para se expor e que cada qual desempenhava o seu papel com a maior desenvoltura. Lydia e Kitty dançavam com todos os oficiais, sempre rindo de um modo que a alguns parecia despudorado. Collins não parava de discursar sobre tudo e nada, em tom pretensioso. A mãe voltou a falar com lady Lucas como se estivesse na sua própria sala de estar ou tivesse algum direito de posse sobre Netherfield Park, a ponto de, num ataque de riso, derrubar sorvete na casaca de um convidado.

E tudo isso à vista das irmãs de Bingley e do senhor Darcy, de modo que Elizabeth não sabia o que era pior: se os insolentes sorrisos delas ou o silencioso desdém do cavalheiro. Apenas Jane pairava sobre esses acontecimentos. Ela e o senhor Bingley pareciam alheios a tudo e a todos, um sempre acompanhando o outro.

Para grande satisfação da senhora Bennet, era visível a qualquer um que o jovem realmente gostava da sua filha. Tanto que, no caminho de volta para casa, ela já fazia contas para a compra de novas carruagens e o preparo do enxoval, vendo a filha instalada definitivamente em Netherfield Park no prazo de, no máximo, três ou quatro meses.

9
O PEDIDO DO SENHOR COLLINS

O DIA SEGUINTE inaugurou um novo cenário em Longbourn. O senhor Collins resolveu fazer a declaração formal para uma Elizabeth apanhada de surpresa, quando toda a família, menos o pai, encontrava-se reunida ainda à mesa do café.

— Senhora Bennet, posso solicitar uma audiência privada com sua bela filha Elizabeth? — o clérigo disse, com uma postura exageradamente solene.

A mãe, feliz com a perspectiva de ver uma segunda filha casada — não tão bem quanto a primeira, mas justamente com o homem que iria despojá-las daquela propriedade depois da morte do marido —, simplesmente espantou a família para fora da sala.

Ao perceber a manobra materna, Eliza suplicou com o olhar que as irmãs não saíssem, mas a senhora Bennet, muito determinada, conseguiu fazer que primo e prima ficassem a sós. Ele então iniciou um discurso aparentemente interminável, no qual desfilava, uma por uma, todas as razões que o levavam a pedir a mão dela. Em primeiro lugar, considerava ser a coisa correta para um clérigo bem posicionado, pois daria o exemplo do matrimônio a seus paroquianos. Em segundo, estava convencido de que aquela união concorreria para sua felicidade. E, por fim, foi um conselho e uma recomendação da sua tutora, lady Catherine de Bourgh.

Disse também que o fato de que herdaria aquela propriedade após a morte do senhor Bennet pesava na escolha. Ele não ficaria tranquilo se não optasse por uma de suas filhas para que a perda fosse a menor possível quando o triste evento ocorresse. E, considerando tais razões mais do que suficientes para contar não apenas com a aprovação da moça, como também com seu mais profundo agradecimento, ajoelhou-se para fazer o pedido.

Nesse ponto, Eliza sentiu que era necessário interrompê-lo. Depois de passar o tempo todo sentada, bastante aflita com a situação, levantou-se e disse:

— Senhor Collins! Aceite meus agradecimentos e creia que me sinto honrada com esse pedido. Fico mesmo lisonjeada com o privilégio da sua proposta. Mas é impossível para mim qualquer atitude senão... recusá-la.

O clérigo, depois de um momento de perplexidade e desorientação, sorriu educadamente e prosseguiu:

— Sei bem que é comum que as moças rejeitem o pedido na primeira tentativa. E que essa recusa pode se repetir até uma terceira vez... Mas não me sinto desencorajado e espero em breve conduzi-la ao altar.

Elizabeth percebeu que as coisas fugiam ao seu controle, pois quanto mais ela rejeitava educadamente a proposta do senhor Collins, mais ele se aferrava à ideia de que se tratava de algum tipo de jogo elegante. Até que ela perdeu por completo a paciência.

— Realmente, senhor Collins! Eu não sou esse tipo de moça ousada, a ponto de pôr em risco a própria felicidade. Eu não sei mais o que fazer para convencê-lo de que a minha recusa é real e definitiva!

E saiu correndo da sala, deixando o pobre homem desorientado, afinal ele não contava com uma recusa tão frontal e até mesmo humilhante. O que se seguiu foi uma grande confusão, com a mãe não podendo acreditar no que tinha se passado e as irmãs espantadas com uma negativa tão enérgica a um pedido de casamento. Jane compreendia os sentimentos da irmã, mas

Lydia e Kitty reagiam com risinhos nervosos. A senhora Bennet pediu desculpas ao clérigo, disse que ela mesma iria resolver o assunto e correu até a biblioteca.

— Oh, senhor Bennet! Preciso da sua ajuda, meu marido! Temos um grande problema. O senhor deve intervir, na sua posição de pai enérgico, e exigir que Lizzy se case com o senhor Collins, pois, se não se apressar, ele mudará de ideia e retirará o pedido!

O senhor Bennet ergueu os olhos de um livro em cuja leitura parecia inteiramente mergulhado e respondeu com uma calma que deixou a esposa ainda mais exasperada:

— Não creio que tenho o prazer de entendê-la. Do que, afinal, está falando?

— Do senhor Collins e de Lizzy! Não me deixe mais nervosa, eu imploro! Lizzy declara que não se casará com o senhor Collins e ele não vai querer se casar com ela também!

— E o que devo fazer diante disso? Parece-me um caso perdido.

— Oh, senhor Bennet! Converse com Lizzy! Ordene que ela se case com o senhor Collins! Agora!

E saiu para buscar a filha, que apareceu muito constrangida diante de seu pai.

— Minha querida Lizzy... — disse o senhor Bennet, num tom sério. — Eu soube que o senhor Collins lhe fez uma proposta de casamento. É verdade?

Ela respondeu que sim.

— Muito bem... Muito bem... Chegamos ao ponto. Sua mãe insiste em que você o aceite. Não é assim, senhora Bennet?

— É isso mesmo! Ou eu nunca mais a verei, Elizabeth.

— Como você pode constatar, minha filha, uma triste alternativa está à sua frente. Deste dia em diante, você será uma estranha para um de seus pais. Se você não se casar com o senhor Collins, nunca mais verá a sua mãe. E se casar... nunca mais me verá!

Aquela frase apanhou as duas de surpresa. Enquanto a senhora Bennet lançou uma expressão indignada ao marido, Elizabeth olhou o pai com um profundo agradecimento. E saiu da sala, deixando o pai e a mãe discutindo, esbarrando nas irmãs que escutavam tudo atrás da porta. Nesse meio tempo, Charlotte Lucas apareceu e foi recebida por Lydia:

— Estou contente que tenha vindo, porque está tudo muito divertido por aqui! — disse, colocando-a em seguida a par de tudo o que ocorrera naquela manhã, o que deixou Charlotte muito interessada.

Enquanto isso, o senhor Collins meditava solitário sobre o que acontecera. Pensava bem demais de si mesmo para entender os motivos que levaram a prima a recusá-lo e, mesmo com o orgulho ferido, não sofria. Afinal, seu afeto por ela havia sido apenas imaginário. E, para salvar sua reputação, chamou a senhora Bennet e explicou o que tinha acontecido. Disse que havia pensado melhor e que, dada a rejeição por parte de Elizabeth, talvez fosse melhor não forçá-la a nada, porque uma mulher assim não iria contribuir para a felicidade conjugal que ele tinha em mente.

— Meu objetivo — prosseguiu, procurando manter a dignidade — foi assegurar uma companhia agradável, com a devida consideração pelas vantagens para toda a sua família. E se minhas atitudes foram repreensíveis, peço à senhora e ao senhor Bennet desculpas por retirar a minha pretensão à mão de sua filha.

E assim se encerrou esse episódio lamentável, com a senhora Bennet reclamando dos nervos e agarrando-se ao noivado próximo de sua filha mais sensata com o senhor Bingley.

10
A PARTIDA DOS BINGLEY

DURANTE OS MESES que se seguiram, duas ocorrências surpreendentes envolveram a antes tranquila residência dos Bennet em Longbourn. Uma delas foi o casamento do senhor Collins. O clérigo parecia mesmo decidido a não voltar à sua paróquia em Kent sem uma esposa, entre outras razões pela promessa feita à sua protetora, lady Catherine de Bourgh.

Mas como uma nova rejeição por parte de alguma prima seria algo embaraçoso, para não dizer constrangedor, fez uma investida em segredo pedindo a mão de Charlotte Lucas, encorajado por ela mesma, num dia em que fora até Lucas Lodge com os Bennet.

E isso foi o que mais espantou Elizabeth quando o casamento foi anunciado solenemente pelo primo. Não era apenas o fato de sua grande amiga de infância ter aceitado se casar com aquele homem que julgava ridículo, mas o fato de ela desejar tal união! Horrorizava-se ao pensar em Charlotte passando a vida ao lado de alguém tolo, pretensioso e bajulador como Collins. Nem sequer conseguia pensar na hipótese de um casamento que não fosse fruto de um forte afeto entre um homem e uma mulher.

E Charlotte, que tinha em grande apreço sua amizade com Lizzy, pressentindo que essa notícia a chatearia demais, foi ter com a amiga, com o intuito de deixar tudo claro. Mas foi recebida com uma exclamação:

— Noiva do senhor Collins! Minha querida Charlotte… Impossível!

— Por que se surpreende assim, Lizzy querida? Acha impossível o senhor Collins se interessar por outra mulher depois que foi rejeitado por você?

Elizabeth enrubesceu ao perceber que sua reação havia ofendido de algum modo Charlotte, que prosseguiu:

— Imagino o que você está sentindo, Lizzy. Deve estar surpresa com a minha atitude. Mas nunca fui romântica, você sabe disso muito bem. E depois, tenho 27 anos, já sou um peso para meus pais! Minhas oportunidades para um bom casamento… bem, são cada vez mais difíceis. Tudo o que eu peço é uma casa confortável. E com o senhor Collins, com as relações que ele possui, seu caráter e tudo, creio que a minha chance de ser feliz com ele é tão boa quanto a da maioria das pessoas ao começar uma vida matrimonial.

Elizabeth, a essa altura, já tinha se controlado e passou a concordar com todos os argumentos da sua amiga de infância, desejando que ela tivesse no casamento toda a felicidade do mundo. E mesmo que intimamente ainda achasse terrível a simples ideia de Charlotte sacrificar seus melhores sentimentos em favor das convenções sociais, não abriu mais a boca para criticá-la e apoiou-a sem reservas.

A cerimônia de casamento foi realizada em pouco tempo, pois o clérigo já havia se afastado bastante das suas funções. De modo que os noivos viajaram para Kent tão logo a cerimônia se encerrou. O senhor Bennet reagiu tranquilamente. Para ele, era gratificante saber que Charlotte Lucas, que sempre julgara tão sensata, era mais tola do que sua esposa e suas filhas. Já a senhora Bennet parecia inconsolável pelo fato de Charlotte, uma menina que sempre julgou tão sem graça, para não dizer feiosa, ter se casado antes de suas lindas filhas. Culpava Elizabeth por não pensar na família e não cessava de reclamar que ninguém levava os seus nervos em consideração.

E se os nervos atacavam impiedosamente a pobre mãe, era porque outro acontecimento surpreendente havia abalado a vida da família, e de um modo ainda mais profundo, embora iniciado com um prosaico bilhete. Certa tarde, chegou às mãos de Jane uma pequena folha de papel elegante e acetinado, com a letra de Caroline Bingley anunciando que ela, sua irmã e o marido, seu irmão Bingley e o senhor Darcy estavam de partida de Netherfield Park para passar o inverno em Londres, sem planos para retornar. Além dessa notificação, Caroline também fazia menção a uma suposta atração de Bingley pela irmã de Darcy, a jovem Georgiana.

Jane, naturalmente, ficou abalada, embora procurasse manter uma aparência calma. Não conseguia entender por que o senhor Bingley não veio ele mesmo anunciar a partida. Era algo grave, que punha em xeque o relacionamento dos dois e a deixava em dúvida sobre os reais sentimentos daquele cavalheiro. Elizabeth procurou consolar a irmã, não vendo nada de tão grave no acontecimento, embora também estivesse surpresa com aquela partida inesperada.

— Ora, Jane, qualquer um que tenha visto vocês dois juntos entendeu perfeitamente o quanto o senhor Bingley gosta de você. Era algo que extravasava pelos gestos, pelo olhar... Impossível fingir alguma coisa assim...

— E você pode me explicar por que ele se foi dessa maneira, sem se despedir? E essa menção à irmã do senhor Darcy? Ele nunca me disse nada sobre isso.

— Claro que posso explicar. E é simples, Jane: a senhorita Bingley, com quem tive a honra de conviver durante sua convalescença em Netherfield Park e que passei a conhecer melhor, com certeza percebeu que o irmão está apaixonado por você e quer casá-lo com a senhorita Darcy, que vem de família importante e é herdeira de considerável fortuna.

Veio à memória de Elizabeth, enquanto defendia seu ponto de vista, o baile em Netherfield e as reações das irmãs de Bingley às cenas desastrosas proporcionadas pelos Bennet, cenas que ela recordava com rubor e que Jane não percebera por ter olhos apenas para o pretendente. Caroline Bingley sorrira com malícia, porque aquilo tudo afastava Elizabeth de Darcy, a quem queria conquistar, enquanto a outra irmã, lady Hurst, ficara francamente escandalizada. Talvez as duas até nutrissem alguma simpatia por Jane, mas com certeza julgariam lamentável ver seu irmão ligado àquela família por laços mais profundos.

Mesmo com tudo isso, Lizzy não conseguia fazer a irmã pensar mal de Caroline Bingley ou de lady Hurst. Jane possuía aquela natureza espontânea e generosa de que Elizabeth gostava tanto, mas que às vezes também a irritava, por ser o oposto de seu temperamento excessivamente crítico. De qualquer forma, resolveram de início poupar a mãe daquelas notícias desastrosas. Porém, ao fim de algum tempo foi impossível ocultar. E mesmo Elizabeth passou a recear, não que o senhor Bingley fosse indiferente a Jane, mas que fosse mais suscetível do que ela imaginara à influência das irmãs e que estas tivessem afinal sucesso em mantê-lo longe de Longbourn.

Então, o desespero tomou conta da senhora Bennet: suas duas filhas mais velhas estiveram a ponto de se casar e repentinamente tudo desaparecera de vista. Mais do que nunca, ela reclamava dos seus nervos, sem encontrar eco para sua aflição no tranquilo senhor Bennet.

11
OS GARDINER

PARA COMPENSAR TANTO SOFRIMENTO, a senhora Bennet teve o prazer de receber seu irmão e a esposa, que geralmente vinham passar o Natal em Longbourn. O senhor Gardiner era um homem sensato e cavalheiresco, muito superior à irmã, tanto em índole como em maneiras. Era difícil de acreditar que aquele homem, que vivia do comércio em Londres e só se ocupava de seus próprios armazéns, pudesse ser tão educado e agradável.

Sua esposa, a senhora Gardiner, muitos anos mais moça do que a senhora Bennet, era uma mulher amável, inteligente e elegante, muito querida por todas as sobrinhas. Havia uma afeição muito especial entre ela e as duas mais velhas. As moças haviam se hospedado por diversas vezes em sua casa na cidade.

Ela logo se inteirou dos últimos acontecimentos, procurando melhorar o ânimo da cunhada. Quando ficou a sós com Elizabeth, comentou sobre Bingley.

— Parece que se tratava mesmo de um ótimo partido para Jane. Lamento que não tenha dado certo, mas essas coisas acontecem tanto! Um rapaz como esse senhor Bingley, pela sua descrição, apaixona-se com facilidade por uma moça bonita durante algumas semanas. Quando os acidentes da vida os separam, esquece-a com a mesma facilidade...

Eliza foi obrigada a discordar de sua tia. Garantiu que esse afastamento havia sido obra da influência familiar.

— Tenho certeza de que ele estava apaixonado, tia. No baile, ficou totalmente absorto diante de Jane, a ponto de ofender duas ou três moças, não dançando com elas. No seu próprio baile! E educação não lhe falta... É o mais gentil dos rapazes que tenho conhecido. Eu mesma falei com ele sem obter resposta. Os dois pareciam não ver mais ninguém naquele salão.

— Pobre Jane... Com seu temperamento, ela não deve superar isso logo! — exclamou a tia, condoída por ver a sobrinha sofrendo sem tentar transparecer.

Os Gardiner passaram uma semana em Longbourn entre os Phillips, os Lucas e os oficiais, e não houve um dia sem compromissos. Quando as reuniões se davam na casa dos Bennet, alguns oficiais também faziam parte do grupo e a presença do senhor Wickham era garantida. Elizabeth já havia se encontrado com ele várias vezes depois do baile em Netherfield Park.

Na primeira vez, logo depois daquele evento tão marcante na região, Wickham se desculpou pela ausência, justificando-a como um receio de cenas desagradáveis com seu desafeto, o senhor Darcy — atitude que Elizabeth julgou elogiável.

O segundo encontro se deu depois que os locatários de Netherfield Park haviam partido para Londres. A companhia do senhor Wickham, com seu bom humor, tornara-se bastante útil para dissipar a nuvem negra que aquele episódio havia atirado sobre Longbourn. Ele parecia mesmo mais à vontade do que nunca, sem a sombra de Darcy por perto, e este, por sua vez, tornou-se tema de discussões abertas, uma vez que não se encontrava mais presente. Foi julgado severamente por todos e condenado como o pior dos homens. O senhor Wickham parecia ter triunfado sobre o rival, pelo menos naquela região.

Certo dia, o senhor Bennet aproximou-se da filha e disse naquele tom neutro, que ocultava um estranho senso de humor:

— Então, Eliza, sua irmã teve uma decepção amorosa. Dou-lhe os parabéns. A não ser casar-se, o que uma moça mais gosta de fazer de vez em quando é sofrer por amor. Dá-lhe uma espécie de distinção entre as companheiras. E há oficiais suficientes em Meryton para desapontar todas as moças. Quando será sua vez? Deixe Wickham ser seu homem. Ele é um camarada agradável e lhe daria um passa-fora honroso.

Até a senhora Gardiner, muito perspicaz, veio conversar com sobrinha.

— Você é uma menina sensata demais para se apaixonar só porque foi avisada contra isso, Lizzy querida. Esse Wickham parece ser um rapaz interessante, mas não se deixe dominar por fantasias. Você tem juízo e todos esperamos que faça bom proveito dele.

— Obrigada pela preocupação, tia. Tomarei conta de mim e do senhor Wickham. Ele não se apaixonará por mim, se eu puder impedir.

— Você não está falando sério, Lizzy…

— Desculpe, mas é sério. No momento, eu não estou apaixonada por ele. E eu odiaria ser fonte de sofrimento para um rapaz que é um dos mais agradáveis que já conheci.

Na verdade, o sentimento era recíproco. Wickham agora olhava com mais atenção para outra moça da região, a senhorita King, cuja herança de 10 mil libras era o maior adorno. Elizabeth era observadora o bastante para perceber tudo sem se entristecer em demasia, pois conhecia a precária posição financeira do jovem. Na verdade, isso apenas serviu para perceber que nunca estivera realmente apaixonada por Wickham, apesar da inegável atração que havia sentido no início. Não tinha dentro de si nenhum ódio, nem em relação a ele, nem para com a senhorita que ele passara a cortejar.

Quando os tios estavam se preparando para voltar à capital, partiu da senhora Gardiner uma sugestão para que Jane os acompanhasse e passasse uma temporada na cidade. Jane ficou indecisa, mas acabou aceitando. A senhora Bennet também gostou da ideia, pois assim a filha estaria mais perto dos Bingley e a velha amizade poderia ser reatada.

A senhora Gardiner, entretanto, afirmou que vivia numa outra parte da cidade, longe da elegante Grovenor Street.

— Creio que gente como os Bingley e o senhor Darcy nunca tenham ouvido falar de Gracechurch Street, onde moramos. E dificilmente considerariam que um mês de faxina fosse suficiente para limpar nosso bairro de suas impurezas antes de se dignarem a pôr os pés por ali.

Elizabeth achou que dificilmente Jane visitaria as irmãs de Bingley, ou seria visitada por elas, nem mesmo por mera etiqueta, caso os Bingley estivessem cientes da sua presença na cidade. E assim, Jane fez as malas e partiu com os tios para Londres, deixando todas as mulheres da casa, especialmente a mãe, com grandes expectativas.

12
ROSINGS PARK

DEPOIS DE TANTAS AFLIÇÕES, uma calmaria desceu sobre a família. O extrovertido Wickham partiu para as terras do norte com seu regimento, e Jane chegou bem a Londres. Antes de partirem, o senhor e a senhora Gardiner prometeram à sobrinha Lizzy uma excursão pelo país, o que a deixou exultante. Mas isso se daria apenas no verão. As únicas diversões para as irmãs Bennet naquele fim de inverno se constituíam em caminhadas até Meryton, muitas vezes enlameadas e frias.

Assim, no início da primavera, Elizabeth resolveu atender às cartas insistentes de Charlotte, agora senhora Collins, que pediam sua presença na paróquia de Kent, mais precisamente em Hunsford. Afinal, Eliza sentia saudade da amiga e estava curiosa para saber como ela estava levando sua nova vida.

E, de fato, encontrou-a bem instalada e cercada de conforto na casa paroquial. Charlotte parecia entusiasmada por ter uma casa sua para cuidar. Tudo ali era modesto, mas agradável: os ambientes internos, a mobília, os arredores, o jardim cuidadosamente cultivado pelo primo.

Segundo ele, a própria lady Catherine de Bourgh preparara a casa enquanto ele buscava uma esposa em Longbourn. E o senhor Collins não poderia ser mais agradecido à sua benfeitora. A cada duas frases, ele citava com uma entonação sempre respeitosa o nome dela. Com isso, tentava fazer a prima perceber o que havia perdido com a humilhante rejeição que lhe impusera meses antes — muito embora todas as tentativas tenham caído no mais absoluto vazio, pela indiferença de Elizabeth.

De qualquer forma, Eliza não deixou de se impressionar com o entusiasmo do senhor Collins quando chegaram convites para um jantar em Rosings Park, a belíssima mansão onde lady Catherine morava com sua filha Anne.

— Não fique constrangida com seus trajes, querida prima — disse ele, exultante ao extremo. — Lady Catherine não pensará o pior a seu respeito por estar vestida com simplicidade. Ela é uma dama de grande amabilidade, você vai ver!

De fato, a fachada de Rosings Park impressionava pela suntuosidade. Enquanto se aproximavam — a pé mesmo, pois aquela residência era praticamente vizinha da casa paroquial —, o senhor Collins ia descrevendo a mansão em detalhes entusiásticos, chegando a minúcias de números de vidraças e custos em geral.

A lady Catherine que Elizabeth finalmente veio a conhecer, depois de tanto ouvir falar dela, encontrava-se mais próxima das suas expectativas do que das imagens carismáticas que o senhor Collins tanto havia pintado. O próprio Wickham tinha lhe preparado o espírito, pois conhecia a dama e a descrevera como uma senhora prepotente e autoritária.

Foram recebidos por ela mesma, por Anne e pela senhora Jenkinson, uma dama de companhia da moça. Sua Senhoria, como Collins a chamava, ergueu-se da poltrona com grande condescendência para recebê-los. Era uma mulher que possuía a perfeita noção da própria importância e sua presença dominava todo o ambiente. Já sua filha Anne era uma criaturinha muito pequena, magra e frágil. Passava a impressão geral de ser uma pessoa doentia, pálida. Seus traços não eram feios, mas o conjunto parecia insignificante perto da poderosa presença materna. Falava pouco, sempre em voz baixa, com a senhora Jenkinson.

"Parece doente e deprimida... Dará uma esposa muito adequada para ele!", pensou Elizabeth, absorta, enquanto analisava a prometida do senhor Darcy.

O jantar foi melhor do que o previsto, com a presença de todos os criados e com todos os objetos de prata prometidos pelo senhor Collins. E ele sentou-se à cabeceira da mesa, a pedido de Sua Senhoria, sentindo-se como se a vida nada pudesse lhe oferecer de melhor. Trinchou, comeu e elogiou com maravilhado entusiasmo, aplaudindo cada prato com incansável eloquência.

De volta à sala de estar, pouco havia a ser feito, a não ser ouvir lady Catherine falar. A grande dama interrogou Charlotte quanto a seus afazeres domésticos, deu-lhe um sem-número de conselhos sobre como lidar com cada um deles, disse-lhe como tudo deveria ser tratado e instruiu-a inclusive quanto aos cuidados necessários com as vacas e as aves. Elizabeth percebeu que não escapava àquela mulher nenhum tema que lhe desse a oportunidade de ditar ordens.

A grande dama quis se inteirar de tudo a respeito de Elizabeth e dos Bennet, escandalizando-se com o fato de cinco filhas terem sido criadas sem uma preceptora. Portanto, foi com uma sensação íntima de alívio que Lizzy deixou a mansão e aquela presença opressora. Mas, tão logo chegaram à casa paroquial, o primo pediu sua opinião sobre tudo o que presenciara em Rosings. Em respeito a Charlotte, Eliza suprimiu as impressões negativas e elogiou tudo o que viu, sentiu, cheirou e comeu naquela noite. Essas respostas de modo algum satisfizeram o senhor Collins, que tomou a seu cargo os louvores a Sua Senhoria, numa cantilena que só terminou quando todos adormeceram.

13
A APARIÇÃO DO SENHOR DARCY

OS CONVITES PARA JANTAR em Rosings Park repetiam-se cerca de duas vezes por semana e numa dessas noites, para grande surpresa de Eliza, o senhor Darcy apareceu, acompanhado de seu primo, o coronel Fitzwilliam, igualmente sobrinho de lady Catherine de Bourgh.

O coronel se mostrou um homem bem-educado e de grande simpatia. Com presteza e naturalidade, passou a conversar com todos, falando de modo agradável. Em compensação, o senhor Darcy era exatamente o mesmo de sempre, reservado, sério. Quaisquer que fossem seus sentimentos em relação a Eliza, ele aparentou total impassibilidade ao vê-la. Ela é quem iniciou a conversa:

— Minha irmã mais velha está em Londres há três meses. O senhor não chegou a vê-la?

Sabia perfeitamente que a resposta seria negativa, mas quis investigar se ele deixaria escapar alguma coisa sobre a atitude dos Bingley em relação à irmã. E Darcy pareceu mesmo confuso ao saber da presença de Jane na capital.

Elizabeth não pôde deixar de estranhar a falta de qualquer sintonia entre ele a senhorita Anne de Bourgh. Não havia entre os dois nenhuma demonstração de afeto, talvez por ambos possuírem temperamento reservado. Ou ainda porque, se houvesse mesmo um casamento entre ambos, seria a consequência de uma ação familiar visando à união de terras e fortunas, dos De Bourgh e dos Darcy.

Entretanto, Elizabeth notou o olhar de Darcy se fixar em seu rosto, como já acontecera em Netherfield. E esse olhar, insistente e ambíguo, voltou a ocorrer quando ela foi tocar piano, obedecendo relutantemente a um comando de lady Catherine. A grande dama desejava ouvir música e esclareceu que havia poucas pessoas em toda a Inglaterra que gostassem mais de música ou tivessem gosto mais apurado do que ela mesma.

— Tenho certeza de que, se eu tivesse estudado, seria muito talentosa. E da mesma forma Anne, se sua saúde o permitisse. Estou certa de que, com sua sensibilidade, seria uma grande intérprete. E sua irmã, Darcy, como está se saindo no piano? Soube que toca muitíssimo bem.

O senhor Darcy falou com admiração sobre os progressos de sua irmã Georgiana, aquela com quem Caroline Bingley gostaria que o irmão se casasse. Depois da apresentação, Elizabeth ouviu com paciência as críticas de Sua Senhoria, que proclamou com ar magnânimo:

— A senhorita Bennet nunca tocará realmente bem se não praticar mais. Você pode vir praticar aqui em Rosings todos os dias, se quiser. Há um piano nos aposentos da senhora Jenkinson. Ali você não vai incomodar ninguém!

O senhor Darcy pareceu envergonhado com a falta de educação da tia e lançou um daqueles olhares compenetrados na direção de Elizabeth. Sem se dar conta, a anfitriã continuou seus comentários críticos sobre a interpretação da jovem, acrescentando diversas instruções tanto sobre a execução como sobre o repertório. Lizzy recebeu os conselhos com a cortesia devida à dona da casa e prosseguiu tocando, a pedido dos cavalheiros, até que a carruagem de Sua Senhoria estivesse pronta para levar todos embora, encerrando a noite.

Mas o episódio mais estranho em relação ao senhor Darcy ocorreu na manhã seguinte. Elizabeth se encontrava sozinha na sala da casa paroquial, escrevendo uma carta para Jane. Andava preocupada com a irmã, pois notara nas últimas cartas sintomas claros de que ela estava deprimida. E com razão, pois o senhor Bingley, alvo de tantas expectativas, não lhe visitara uma única vez em Londres.

Só Caroline Bingley fora visitá-la na casa dos tios, em Gracechurch, mas tratara Jane de modo apenas polido, distante da afetuosidade demonstrada meses antes em Netherfield. Para Jane, se Caroline sabia da sua presença na cidade, Charles Bingley também estava ciente, e a reação seca da irmã era a prova de que o jovem a havia tirado do pensamento e do coração.

Mas Eliza não era dessa opinião. A reação do senhor Darcy, quando revelou não saber que Jane estava na cidade, acalentava a ideia de que talvez Bingley também não soubesse. Era bem provável que as irmãs estivessem obstruindo essa informação, no intuito de dissipar qualquer aproximação, conhecendo como conheciam os sentimentos do irmão para com Jane.

Elizabeth procurava explicar, na carta que escrevia, que tal coisa era possível, uma vez que Jane se comunicara apenas com Caroline Bingley. Mas teve de interromper a redação da carta por causa de uma batida na porta. Como Charlotte fazia compras na aldeia e o senhor Collins também não se encontrava, ela mesma foi atender e deparou, surpresa, com a figura séria do senhor Darcy.

O que aquele cavalheiro tinha ido fazer lá, desacompanhado, era algo que ela não podia imaginar e seguiu-se um silêncio embaraçoso, pois ele também parecia surpreso por encontrá-la sozinha. Sentaram-se e, quando o risco de um silêncio absoluto pesou sobre o ambiente, Eliza sentiu a necessidade de dizer qualquer coisa:

— Como foi repentina a partida de todos de Netherfield Park em novembro último, não, senhor Darcy? Espero que estejam todos bem em Londres…

— Muito bem, obrigado.

Então, passaram a conversar sobre a região de Kent, a casa paroquial, Rosings, assuntos calmos e formais, não fosse uma aparente tensão que congestionava o rosto do senhor Darcy, tornando-o ainda mais grave e intenso do que o normal. Tão repentinamente quanto surgiu, ele levantou-se e, despedindo-se, foi embora de forma brusca. Na porta, encontrou Charlotte, com quem se desculpou pela intrusão e saiu com o rosto afogueado.

— O que você fez ao rapaz, Eliza? Ele parecia ter visto uma assombração. Ou então está apaixonado por você!

As duas riram da observação absurda.

14
A INESPERADA DECLARAÇÃO

O FATO, ENTRETANTO, se repetiu e era difícil entender por que o senhor Darcy ia com tanta frequência à casa paroquial, só ou acompanhado pelo primo. A explicação mais racional era a de que os dois não encontravam nada melhor para fazer em Kent. Todos os esportes campestres estavam encerrados e em Rosings, apesar de tantos aposentos, só havia uma mesa de bilhar e a companhia de Sua Senhoria.

O coronel Fitzwilliam tinha simpatizado muito com Eliza. Admirava sua beleza e também seu raciocínio agudo. Costumava conversar bastante com ela. Numa dessas conversas, ele deixou escapar, sem saber, uma confidência sobre Darcy que a aborreceu bastante. Falavam justamente sobre ele, e Lizzy ficou admirada ao constatar o quanto o coronel apreciava a companhia do primo, descrevendo-o como uma pessoa cheia de vida, alegria e, sobretudo, como o mais fiel dos amigos.

Espantada por ver um lado totalmente inesperado daquela figura que considerava sempre fechada, quis saber mais, em especial sobre essa lealdade a toda prova.

— Há pouco tempo, ele intercedeu por um amigo, salvando-o de um casamento aparentemente indesejado.

Elizabeth percebeu que devia se tratar de sua irmã, o que foi confirmado em seguida, sem que seu interlocutor tivesse ideia disso.

— Ele não disse o nome do amigo, mas tenho quase certeza de se tratar de Bingley, um rapaz com quem ele possui uma grande amizade; na verdade, seu melhor amigo. O fato é que o jovem em questão parecia apaixonado por uma moça que conheceu no campo, no verão passado.

— E o senhor Darcy interferiu nesse relacionamento?

— Decididamente.

— Não vejo com que direito o senhor Darcy se julga com poderes de interferir numa relação que só diz respeito aos interessados! — ela desabafou, furiosa.

— Parece que havia algumas sérias objeções em relação à moça — o coronel defendeu o amigo, impressionado com a reação de Elizabeth.

Não havia a menor dúvida: era de Jane e Bingley que o coronel estava falando, sem ter consciência de que a moça sobre a qual pesavam "sérias objeções" era justamente irmã da pessoa com quem ele conversava.

Aquela conversa não saiu mais da mente de Lizzy. As palavras prosseguiram ecoando indefinidamente, a ponto de ela precisar de solidão para refletir. Muitas vezes embrenhava-se por caminhos mais desolados para pensar no assunto. O que poderia haver contra Jane? Toda beleza e bondade como ela era... Extrema inteligência, espírito cultivado e maneiras cativantes. O senhor Darcy assumiu uma proporção ainda mais terrível em sua alma, como a de um orgulhoso da mesma natureza de lady Catherine de Bourgh: só poderiam pertencer à mesma família.

E quando se preparava para mais uma dessas escapadas, Elizabeth foi surpreendida ainda na sala da casa paroquial por uma nova aparição do senhor Darcy. Ele surgiu no momento em que ela se encontrava mais revoltada pelo estrago que aquele homem causara na vida da sua irmã, separando-a de alguém que visivelmente a amava.

Darcy parecia mais tenso do que de costume. Sua voz tremia de nervosismo quando a interpelou.

— Elizabeth... Tenho lutado em vão. Não adianta, não consigo mais reprimir o que estou sentindo. Não suporto mais guardar... Eu te amo...

A perplexidade de Elizabeth foi indescritível. Ela o olhou, enrubesceu, duvidou e silenciou. Lutava contra o ódio que sentia e aquela repentina explosão de um sentimento profundamente sincero da parte dele. Ele prosseguiu sua declaração com uma intensidade que causava nela um sentimento confuso, no qual a repulsão convivia, bem no fundo, com uma atração quase involuntária.

— Esses últimos meses... têm sido um tormento, só tenho pensado em você, Elizabeth — ele prosseguia. — Vim a Rosings porque sabia que você estava aqui. Precisava vê-la... Estou em luta contra as expectativas da minha família... A inferioridade do seu berço... Minha posição... Eu te amo... muito. Por favor, me dê a honra de me aceitar como seu marido.

Se algo nela era sensível àquela demonstração de fragilidade extrema, o ressentimento ainda era a nota dominante. E foi com raiva que falou:

— Senhor, eu sinto muito se tenho lhe causado sofrimento. Foi involuntário da minha parte. Minha resposta é não. Esses sentimentos que impediam sua afeição por mim com certeza o ajudarão a superá-la.

— Essa é toda a resposta que terei a honra de receber? Está rindo de mim com essa rejeição? Posso perguntar por que me rejeita de um modo tão grosseiro?

— Posso perguntar por que me disse que gostava de mim contra o seu bom senso? Devo desculpar todos os seus insultos à minha pessoa? Mas você sabe que eu tenho outras razões...

— Quais?

— Acha que alguma coisa me tentaria a aceitar o homem que arruinou, talvez para sempre, a felicidade da minha mais amada irmã? Nega que tenha separado um casal que se amava?

— Eu não nego.

— Como pôde fazer isso?!

— Acreditava que sua irmã era indiferente ao meu amigo, ou pelo menos que o envolvimento dele era maior do que o dela.

— É porque a natureza dela é assim. Nem a mim ela revela tudo o que sente! Claro, tem o dote da sua irmã Georgiana, que deve interessar muito à família Bingley.

— Eu jamais teria separado os dois por esse motivo!

— Então o quê?

— Havia sua família. A falta de boas maneiras de sua mãe, de suas irmãs, até mesmo de seu pai!

A essa frase, Elizabeth se retesou, pois ele havia tocado num ponto sensível. Ela mesma condenara o modo de agir de sua família em várias ocasiões, como no baile de Netherfield. Envergonhava-se das atitudes interesseiras da sua mãe e, embora entendesse a motivação dela, sentia-se humilhada pela falta de educação com que alardeava o casamento de Jane com o senhor Bingley.

Darcy sentiu que havia ferido Elizabeth e sua expressão tornou-se mais suave:

— Perdoe-me. Essa crítica não se refere a você, nem a Jane.

— E quanto ao senhor Wickham? — Eliza atacou abruptamente, com ódio, e viu Darcy perder a cor, mal podendo controlar a própria raiva.

— Por que você se incomoda tanto com esse cavalheiro?

— Que desculpas você pode dar por ter causado tanto infortúnio na vida dele?

— Essa é sua opinião sobre a minha pessoa?

— Você é arrogante e vaidoso e despreza o sentimento dos outros! E seria o último dos homens com quem eu me casaria!

A frase foi dita com grande contundência. Profundamente magoado, mas procurando manter a compostura, o senhor Darcy se despediu:

— Perdoe-me por tomar inutilmente seu tempo.

Virou-se e saiu. Elizabeth, sentindo uma súbita angústia, sentou-se e chorou por mais de meia hora.

15 A CARTA

ELIZABETH DESPERTOU na manhã seguinte com as mesmas reflexões conturbadas e sentimentos confusos. Não conseguia se recuperar da surpresa. Era-lhe impossível se ocupar de qualquer outra coisa. Logo após o café, resolveu tomar um pouco de ar no seu recanto favorito, um atalho solitário onde podia ficar a sós com seus pensamentos.

Depois de dar umas duas voltas, ficou tentada, pela beleza da manhã, a parar diante dos portões de Rosings e admirar o parque. Cinco semanas haviam se passado desde a sua chegada e a paisagem mudara: cada dia acrescentava mais verde às árvores prematuras. Viu então o senhor Darcy caminhar com passos decididos em sua direção. Era tarde demais para tomar outro atalho. Ele a alcançou e entregou-lhe uma carta, dizendo com altiva desenvoltura:

— A senhorita me daria a honra de ler esta carta?

Com uma leve mesura, deixou-a e, enveredando por outro caminho, desapareceu de vista. Elizabeth abriu a carta e passou a ler com tanta avidez que muitas vezes precisou retornar a um parágrafo já percorrido para entender melhor o seu sentido. O conteúdo daquela carta despertou nela emoções fortíssimas e contraditórias.

"Cara Elizabeth, não se deixe intimidar ao iniciar a leitura desta carta pela apreensão de que ela contenha a repetição daqueles sentimentos ou a renovação daquela proposta que lhe causou tanta repugnância. Permita-me somente a defesa de suas acusações, em especial as que se referem ao senhor Wickham. Talvez esse senhor tenha lhe contado que meu pai o amou como a um filho, o que é verdade. Também é verdade que lhe legou um vicariato, que seria um cargo vitalício. Além disso, deixou-lhe como herança um generoso benefício. Aquele cavalheiro sabe conquistar a confiança das pessoas com rapidez, graças à sua simpatia natural.

Entretanto (e tenho certeza de que isto ele não deve ter contado), quando meu pai faleceu, o senhor Wickham anunciou que não tinha a menor intenção de se ordenar clérigo. Pediu o valor do benefício e partiu. Em pouco tempo, dissipou todo o dinheiro no jogo, pelo qual possui verdadeira compulsão, e também numa vida completamente desregrada na capital. Escreveu pedindo mais. Como neguei o dinheiro, ele rompeu relações. Mas reapareceu no último verão, como se nada tivesse acontecido e, com seus modos encantadores, declarou-se apaixonado pela minha irmã Georgiana, a quem tentou convencer a fugir com ele. Ela herdará 30 mil libras. Porém, quando ficou claro que ele nunca receberia sequer uma parte dessa herança, desapareceu mais uma vez. Não tentarei descrever o desespero da minha querida irmã. Ela conta apenas quinze anos de idade!

Quanto à outra acusação, a de que causei a ruptura entre Bingley e sua irmã, apesar de os meus motivos parecerem injustos a você, e talvez eles fossem, possuíram a intenção honesta de agir em favor de um amigo que considero muito..."

Ao terminar de ler a carta, Elizabeth foi possuída por sentimentos tumultuados. Perplexidade, apreensão e até mesmo horror a oprimiram. Desejou não acreditar em nenhuma daquelas palavras e dizia a si mesma, enquanto lia: "É falso!". Releu diversas vezes tudo o que se relacionava a Wickham, chocada com aquela descrição de extravagância, de licenciosidade e de total falta de escrúpulos atribuída a um homem por quem chegara a sentir admiração e cuja simpatia conquistara todos em Longbourn.

Mas não pôde deixar de se lembrar da senhorita King, cujo dote atraíra aquele cavalheiro a ponto de ele desistir das atenções que vinha dando à ela. E a verdade era que ninguém sabia nada a respeito do seu passado recente. Outras recordações foram emergindo: Wickham se vangloriara de não ter medo de enfrentar o senhor Darcy e de que, se este quisesse, abandonasse o campo, mas que ele, Wickham, não fugiria do confronto. Contudo, evitou o baile de Netherfield logo em seguida.

Porém não eram apenas os fatos em si. Havia algo que vinha da própria carta, da sua intensidade. Ela transpirava uma honestidade de caráter quase palpável naquelas linhas. Fosse o senhor Darcy um mentiroso, confessaria abertamente ter prejudicado Jane para defender seu amigo de um compromisso que lhe parecia desvantajoso? Poderia ter arrumado alguma justificativa, mas assumiu o gesto, mesmo que isso o prejudicasse diante da mulher pela qual se declarara apaixonado de uma forma tão completa.

Outras imagens voltaram à memória de Eliza: as cenas vexatórias protagonizadas por sua família no baile, principalmente pela mãe casamenteira, insistiam em lhe envergonhar. E lembrou-se de que Charlotte havia comentado na época que Jane deveria mesmo se mostrar menos reservada para com Bingley. Essa reserva pareceu a Darcy como falta de paixão, ou daquele sentimento vigoroso que ela parecia ter provocado no amigo.

E, como se uma nuvem se dissipasse diante de seus olhos, ela se envergonhou de si mesma. Não conseguia pensar em Darcy ou em Wickham sem sentir que havia sido cega, parcial, preconceituosa, absurda. E mais que isso: demasiadamente orgulhosa do próprio discernimento, da capacidade de julgar os outros e assumir esse julgamento como definitivo. Elizabeth, que desdenhara a candura e a ingenuidade de Jane, sentiu ter sido vítima da sua própria vaidade: lisonjeada com a preferência de um e ofendida com o aparente desprezo do outro, foi cegada por opiniões falsas sobre ambos.

Depois de duas horas andando a esmo pelo atalho, procurando compreender aquela mudança brusca de pontos de vista que se operava dentro dela, o cansaço a atingiu e ela retornou à casa paroquial. Soube por Charlotte que os dois primos lá estiveram para se despedir, pois deixavam Kent. Elizabeth sentiu um aperto no coração e somente a muito custo conseguiu ocultar tudo o que sentia.

16
DE VOLTA A CASA

DE VOLTA A LONGBOURN, sua recepção em casa foi das mais gentis. O senhor Bennet, durante o jantar, disse espontaneamente:

— Estou contente por você estar de volta, Lizzy.

Jane também havia voltado da sua temporada londrina na casa dos tios e, para alegria da mãe, estava bonita como sempre. A senhora Bennet, porém, prosseguia nervosa e revoltada. Queria saber de Elizabeth se o casal Collins já falava de Longbourn como propriedade deles.

— Eles nunca abordaram esse assunto na minha frente, mãe... — respondeu Eliza.

— É... Seria estranho se abordassem. Mas devem falar entre eles. De minha parte, eu me envergonharia em herdar algo que fosse meu apenas por uma cláusula testamentária. E jogar as primas ao relento...

Também a condição de Jane despertava seu rancor. Ao saber que o senhor Bingley talvez não voltasse mais a Netherfield, exclamou chorosa:

— Ninguém quer que ele venha! Tratou a minha filha muitíssimo mal... Meu consolo é que tenho certeza de que Jane vai morrer de coração partido e então... ah... ele vai se arrepender do mal que causou!

— Já o esqueci, mãe — disse Jane, piscando para Lizzy. — Se passasse na rua, dificilmente o notaria.

Mas Elizabeth sabia que a irmã estava mentindo e que ainda sofria muito, apesar de aparentar serenidade. E, impaciente para contar a ela o ocorrido em Hunsford, aproveitou quando estavam a sós no quarto, como sempre faziam, ao modo de uma confidência. Não queria que a mãe soubesse, pois aquilo apenas exacerbaria seus nervos.

Em voz sussurrada, as duas já com roupas de dormir, Eliza relatou em detalhes o pedido de casamento, sua negação e a carta de justificação de Darcy, mas omitiu tudo que se relacionasse a Bingley, pois não queria ver Jane ainda mais ferida em seu orgulho.

E a perplexidade de Jane logo deu lugar a um afeto fraterno, que considerava qualquer admiração por Elizabeth perfeitamente natural. E que golpe foi para sua natureza conciliadora absorver as novas informações sobre Wickham! Com que prazer ela teria passado pelo mundo sem acreditar na existência de tanta maldade concentrada num só indivíduo! Bem que ela se esforçou para encontrar a possibilidade de um engano, tentando inocentar um sem incriminar o outro, esforço logo detido por Lizzy:

— Isso não vai funcionar, Jane... Você nunca vai conseguir dar razão a ambos.

Os argumentos a favor do senhor Darcy e contra o senhor Wickham acabaram por ganhar mais poder de persuasão quando Lydia e Kitty anunciaram para toda a família, eufóricas, que Wickham não iria mais se casar com a senhorita King:

— O caminho está livre! — proclamou Lydia. — Ela foi levada para a casa do tio, em Liverpool. Foi para ficar. Wickham está salvo daquela menina horrorosa e sardenta.

— Mary King é que está salva! — acrescentou Elizabeth, trocando um olhar significativo com Jane, pois havia percebido a extensão daquele acontecimento. Era bem provável que a família dela tivesse tomado uma atitude ao perceber o interesse que movia o senhor Wickham.

Mas, apesar dessa pequena e dúbia alegria, Lydia e Kitty não tinham muitos motivos para contentamento. Pelo contrário, estavam acabrunhadas, pois a guarnição de soldados e oficiais sairia de Meryton dentro de quinze dias, em direção a Brighton, no litoral. Aborrecida, Lydia exigia que o pai levasse a família para lá no verão.

— Mamãe também adoraria ir! Senão, pensem só no verão horroroso que teremos, com Meryton praticamente deserta.

"É...", pensou Elizabeth, "seria mesmo maravilhoso. Brighton e um acampamento cheio de soldados..."

E esses maus pressentimentos de Lizzy acabaram por tomar forma algum tempo depois, quando Lydia, mais entusiasmada ainda do que o costumeiro, anunciou a todos que fora convidada pela esposa do coronel Foster para lhe fazer companhia em Brighton no verão. É que as duas haviam se dado muito bem na temporada de Meryton.

O deslumbramento de Lydia e a mortificação de Kitty por ter ficado de fora eram quase indescritíveis.

— Por que ela não me convidou? — Kitty chorava abertamente. — Sou tão boa companhia quanto a Lydia. E sou dois anos mais velha!

Preocupada com os possíveis desdobramentos da estada de Lydia em Brighton, pois conhecia bem cada uma das suas irmãs, Elizabeth correu até o senhor Bennet, clamando sua intervenção. O pai se encontrava, como sempre, instalado em seu lugar preferido, a biblioteca da casa.

— Pai, não deixe que ela vá... Com o desprezo dela por qualquer limite, Lydia vai acabar marcada como uma namoradeira boba que expõe a família ao ridículo. E Kitty vai seguir o mesmo caminho.

— Lizzy, você sabe muito bem que Lydia nos infernizará se eu não consentir que ela aceite o convite da senhora Foster. E sua mãe também deseja essa viagem. Enfim, não teremos paz nesta casa se ela não for.

— É só com isso que o senhor se importa?

O senhor Bennet suspirou fundo. Sabia que Elizabeth havia tocado num ponto sensível. Ainda assim, ponderou:

— O coronel Foster é um homem austero. Ele evitará que Lydia se meta em problemas maiores. De qualquer modo, ela não pode fazer coisas muito piores sem nos autorizar a trancá-la em casa pelo resto da vida.

Diante dessa resposta, Elizabeth foi obrigada a se conformar, mas sua opinião sobre o assunto continuou a mesma. Ela se afastou do pai, desapontada e triste com a sua atitude complacente. E teve outra decepção semanas depois, quando sua tia escreveu de Londres anunciando que a viagem programada com ela para o verão teria de ser abreviada, por compromissos de negócios do tio. Em vez ir até os Lagos, deveriam apenas visitar Derbyshire.

Elizabeth sentiu-se frustrada, pois tinha preparado o coração para uma grande viagem até os Lagos. Mas era do seu feitio se conformar, e do seu temperamento ser feliz, e logo tudo estava certo outra vez. Mary, que não iria a parte alguma no verão, apenas comentou que preferiria a viagem de Elizabeth à de Lydia.

— Glórias da natureza! — exclamou, proferindo um de seus definitivos aforismos. — Que são os homens comparados a pedras e montanhas? Ou são cheios de arrogância ou de estupidez! Quanto a mim, prefiro mil vezes a companhia de um livro!

No último dia da permanência do regimento em Meryton, Wickham foi jantar em Longbourn com o coronel Foster e a esposa. E Elizabeth se encontrava tão pouco disposta a se despedir dele de bom humor que, quando ele perguntou sobre sua estada em Rosings, foi logo citando a presença de Darcy e do coronel Fitzwilliam.

Essa informação o deixou alarmado, mas com presença de espírito de se recuperar a tempo. Com um sorriso de volta aos lábios, voltou a falar do senhor Darcy com menosprezo.

— Sabe, senhor Wickham... — respondeu Elizabeth, depois de ouvir com paciência as velhas queixas. — Eu vi o senhor Darcy com frequência por quase três semanas. E quando o conhecemos melhor, compreendemos um pouco mais seu caráter.

E disse isso com um tom e um olhar que fizeram Wickham perceber que ela já se encontrava perfeitamente ciente de toda a sua história e o julgava agora de outro modo. No resto da noite, ele prosseguiu com sua habitual animação, mas se afastou de Elizabeth e despediram-se com mútua cortesia e um desejo também mútuo de não mais se encontrarem. Agora ela tinha certeza: o senhor Darcy estava certo.

Quando o grupo se desfez, Lydia seguiu com a senhora Foster para

Meryton, de onde pratiriam na manhã seguinte em direção a Brighton. A senhora Bennet foi profusa em votos de felicidade para a filha. Kitty foi a única que derramou lágrimas, mas de raiva e inveja.

17
PEMBERLEY

ELIZABETH FEZ UMA DESCOBERTA: um fato esperado com grande ansiedade nem sempre traz, ao acontecer, toda a satisfação prometida. Era o caso daquela viagem. Ainda assim, sentia necessidade de marcar outra época para o início da verdadeira felicidade. E buscava intimamente esse ponto no qual apoiar e projetar seus desejos e esperanças.

Entretanto, se aquela não era a viagem de seus sonhos, não deixava de ser agradável compartilhar a companhia de seus tios, os Gardiner, naquele passeio na bela região de Derbyshire. O condado tinha atrações suficientes para preencher a maior parte das três semanas programadas. Para a senhora Gardiner, tratava-se ainda de uma viagem saudosista, pois passara na região alguns bons anos da sua vida.

Encaminharam-se então para a cidadezinha de Lambton, antiga residência da tia, e alugaram quartos na hospedaria Rose and Crown. O senhor Gardiner manifestou o desejo de conhecer os bosques Pemberley, situados nas proximidades e famosos por sua beleza.

— Pemberley não é a residência do senhor Darcy? — perguntou Elizabeth, já sabendo a resposta.

E então se posicionou vigorosamente contra a ideia daquele passeio. Para ela, tudo o que se relacionava ao senhor Darcy era confuso e dolorido. Recordava a injustiça que cometera contra ele, ao julgá-lo com precipitação. Mas, sobretudo, não conseguia esquecer a maneira rude com que recusara o pedido de casamento. Ao mesmo tempo, a lembrança daquela cena ainda evocava alguma emoção, pela intensidade e também pela honestidade com que Darcy havia demonstrado o que sentia.

E, como seus tios tinham daquele cavalheiro a imagem negativa semeada em Longbourn, Eliza procurou dissuadi-los daquela peregrinação, mas não contava com a determinação deles.

— Se fosse apenas uma casa ricamente mobiliada — a tia argumentou —, eu mesma não me interessaria em ir. Mas eles têm alguns dos mais belos bosques do país. Não podemos perder isso, estando aqui. E depois, essa gente importante dificilmente está em casa.

A sobrinha acabou cedendo, contrariada, e aceitou participar do passeio, desejando de todo o coração não encontrar aquele homem que havia agredido tanto, e cuja última imagem, a dele lhe entregando a carta, era a de alguém que havia sido profundamente ofendido.

Os três passaram pela guarita e entraram num parque imenso, com muita variedade de terras. Durante algum tempo, seguiram por uma bela mata que ocupava grande extensão do terreno e em todo aquele trajeto não viram nem sinal da mansão Pemberley. Até que chegaram ao alto de um vasto platô, de onde se descortinava uma vista magnífica daquela mansão.

Elizabeth nunca vira nada parecido. Rosings, com toda sua magnificência, não se igualava àquilo. Tratava-se de uma bela construção em pedra, destacando-se num outeiro, com as encostas de altas colinas arborizadas ao fundo. Havia algo de sonho naquela visão, que tocou Elizabeth profundamente. Os tios também perderam a fala, passando alguns minutos admirando como aquela obra arquitetônica se harmonizava tão perfeitamente com a natureza que a envolvia.

Aproximaram-se da entrada e pediram permissão para visitar o local. Foram atendidos no vestíbulo por uma governanta muito solícita que lhes serviu de guia, aparentemente acostumada àquele tipo de visitação. À medida que atravessavam os inúmeros aposentos, todos com janelas amplas e bem posicionadas, os tios e a sobrinha mais e mais se impressionavam com tudo que seus olhos conseguiam abarcar. A mobília e a decoração, apesar de demonstrarem a riqueza do proprietário, eram menos faustosas e mais elegantes do que as de Rosings. Tudo parecia ter sido ordenado com um profundo bom gosto e não pôde escapar a Lizzy o pensamento de que ela havia sido convidada para ser a dona daquilo tudo.

Voltou a pensar se Darcy estaria ali naquele momento, mas não teve coragem de perguntar. O tio acabou fazendo a pergunta e, para profundo alívio de Eliza, a resposta foi negativa.

— Estamos à espera dele para amanhã, com sua irmã Georgiana e um grupo de amigos.

Mas o que mais tocou Elizabeth foi o modo caloroso como aquela governanta descrevia o patrão, com palavras que não sugeriam mera formalidade. Ela o conhecia desde menino e garantia que era a pessoa mais afável que podia existir.

— Sempre foi o menino mais amável e bondoso do mundo! — ela dizia, com a expressão sincera. — Não há um só colono ou criado que não se refira a ele em bons termos.

"Pode ser mesmo o senhor Darcy?", Elizabeth pensava, perplexa com aquelas descrições tão contrárias à imagem que fazia daquele homem.

Então pararam diante de uma pintura, onde ele era representado com grande fidelidade. Os quatro ficaram um bom tempo na admiração do quadro, comentando que realmente se tratava de um belo rapaz. Enquanto os outros passaram a vistoriar outros objetos daquele aposento, Elizabeth ainda permaneceu olhando a imagem do senhor Darcy, e sentiu uma emoção muito forte. Era como se finalmente o visse, pela primeira vez, sem nada preconcebido. E gostou do que viu pois, além da beleza, naqueles olhos havia força de caráter, honestidade.

Depois de vistoriarem as partes abertas da casa, despediram-se da governanta e caminhavam por uma alameda externa quando Elizabeth se virou para olhar mais uma vez a mansão. E então, o proprietário em pessoa surgiu de repente. O senhor Darcy vinha da parte de trás da casa, onde ficavam as estrebarias. Seus olhos se encontraram no mesmo instante e o rosto de ambos foi coberto pelo mais intenso rubor. Ele teve um sobressalto e por um momento pareceu imobilizado pela surpresa. Mas logo se recuperou a dirigiu-se ao grupo com perfeita cortesia.

— Desculpe a intrusão! — Elizabeth quase não conseguia olhá-lo diretamente nos olhos. — Achamos que estava em Londres... Disseram que a casa estava aberta aos visitantes... Eu não sabia... eu...

— Acabei de chegar neste momento. Resolvi vir antes para resolver algumas questões...

Os minutos que se seguiram foram os mais desconfortáveis da vida de Elizabeth. Mas toda aquela tensão interna foi se dissolvendo pelo modo como Darcy a tratou e aos seus tios. O simples fato de falar com ela era surpreendente, depois de tudo. Mas falar com tanta cortesia, perguntar pela família! Pela primeira vez, via-o com total falta de solenidade nos gestos e nunca ele havia lhe falado com tanta gentileza. Era como se ele, em seu ambiente, se sentisse à vontade para revelar seu melhor lado, e não havia em seus gestos a menor sombra de orgulho por ser o dono daqueles bosques e daquela mansão.

Elizabeth apresentou-o aos tios, que ficaram encantados com sua simpatia e simplicidade, pois a imagem que tinham dele era a do mais orgulhoso dos homens. O senhor Darcy convidou o tio para pescar ali e procurou se relacionar com os dois de um modo tão amigável que provocou um sorriso em Lizzy. Afinal, era seu sangue, aquele sangue ao qual ele havia se referido com tantas críticas, embora tivesse se referido pontualmente à mãe e às irmãs menores.

— Cara Elizabeth — ele disse, por fim —, há uma pessoa que gostaria muito de conhecê-la. Trata-se de minha irmã Georgiana. Seria pedir muito que a apresentasse amanhã, quando ela chegar?

Aquele convite pegou os três de surpresa, pois partiriam de Lambton no dia seguinte. Resolveram então adiar a partida, pois o tio havia ficado realmente tentado a pescar nas águas daquele rio. Tudo decidido, voltaram para a hospedaria na carruagem.

— Que rapaz! Perfeitamente bem-educado, cortês e despretensioso — disse o tio, enquanto voltavam.

— Não entendo por que me disseram em Longbourn que ele era a pessoa mais desagradável do mundo! — a tia exclamou.

Elizabeth respondeu como podia, mas não deu muita atenção à conversa dos tios. Não foi capaz de qualquer outra coisa senão cismar com assombro na cortesia do senhor Darcy e, acima de tudo, em seu desejo de apresentá-la à irmã.

18
NOTÍCIAS DE LONGBOURN

OS TIOS DE ELIZABETH aproveitaram ao máximo a estadia nos bosques Pemberley, pescando e passeando pelos arredores, autorizados pelo dono, que também lhes fez companhia. Quanto a Eliza, passou um dia dos mais interessantes. Conheceu a senhorita Darcy, bem mais alta do que ela, apesar de não ter completado dezesseis anos. Georgiana tinha o corpo já formado e sua aparência era feminina e graciosa. E estava contente por conhecer Elizabeth.

— Meu irmão falou tanto de você! — ela disse, não evitando um certo embaraço.

A descrição que Wickham fizera dela, "orgulhosa como o irmão", também caiu por terra em poucos minutos de conversa. Assim como Darcy, ela era bastante tímida. Mas tocava piano maravilhosamente e sentia-se à vontade no instrumento.

Com ela, haviam chegado Bingley, suas duas irmãs e o senhor Hurst.

Caroline Bingley espantou-se ao ver Elizabeth — como esta, aliás, previra. E manteve para com ela, durante toda a tarde, uma atitude fria e francamente crítica, para não dizer desagradável. Procurou deixá-la constrangida perante Darcy, fazendo comentários maliciosos sobre sua família.

— Diga, senhorita Elizabeth — disse ela, num certo momento —, eu soube que o regimento do coronel Foster foi removido de Meryton, é verdade? Deve ter sido uma perda e tanto para sua família...

Aquele comentário maldoso trazia embutido o nome de Wickham, que Caroline só não pronunciou por respeito a Darcy. Mas ele nem prestou atenção, entretido em ouvir a irmã dedilhar uma melodia. Elizabeth respondeu em tom frio, procurando não esticar aquele assunto, embora tenha ficado ruborizada pela lembrança daquele episódio.

Em seguida, lançou na direção de Darcy um olhar de gratidão. Não apenas por tê-la amado um dia, mas por ainda amá-la a ponto de perdoar toda a petulância e a amargura de suas palavras ao rejeitá-lo, assim como todas as injustas acusações que acompanharam a sua recusa.

Depois, voltou sua atenção para Bingley, que mantinha a jovialidade habitual. Quando a viu, ele veio saudá-la alegremente, como se a tivesse encontrando no dia anterior. Mas o que interessava Lizzy era tentar perceber que tipo de relacionamento ele tinha com Georgiana, pois sabia do interesse das irmãs dele naquela união. E nenhum olhar havia, dos dois lados, que sugerisse um interesse especial. Em compensação, quando ele perguntou pela família de Elizabeth, ficou evidente sua ansiedade para ter notícias de Jane.

— São mais de oito meses sem nos vermos. Desde 26 de novembro, quando dançávamos todos em Netherfield — ele disse.

A memória exata da data também a fez perceber que o coração dele ficara lá: era evidente que continuava apaixonado por Jane, contra todas as expectativas de sua família e de seus amigos mais chegados. Havia mesmo certa tristeza naquele rosto feito quase inteiramente para expressar alegria.

Quando retornaram para Lambton, Darcy os acompanhou e permaneceu conversando com o senhor Gardiner, enquanto Eliza e a tia entraram na hospedaria. Duas cartas de Jane a aguardavam e Lizzy, procurando um lugar para sentar, passou a ler afoitamente. Mas, quanto mais lia, mais sua expressão se tornava carregada. Até que, quase chorando, ela levantou-se na direção da porta:

— Onde está meu tio? — exclamou.

O senhor Darcy vinha entrando para se despedir, e o rosto pálido e a atitude impetuosa da jovem assustaram-no.

— O que aconteceu? — quis saber.

Elizabeth hesitou, seus joelhos tremiam. Com uma voz quase inaudível, pediu a um criado que chamasse os tios e sentou-se, incapaz de se sustentar, parecendo tão miseravelmente doente que, para Darcy, foi impossível deixá-la.

— O que você tem?

— O problema não é comigo. Eu estou bem. Só estou angustiada com algumas notícias terríveis que acabo de receber de Longbourn.

Voltou a explodir em lágrimas e, por alguns instantes, não foi capaz de dizer mais nada. Darcy, amargurado e confuso, a olhava num silêncio compadecido. Por fim, ela voltou a falar:

— Acabei de receber uma carta de Jane, com notícias pavorosas. Minha irmã mais moça, Lydia, abandonou todos os amigos... Fugiu! Atirou-se nos braços do... do senhor Wickham. Os dois fugiram juntos de Brighton. O senhor o conhece bem para imaginar o resto.

Darcy estava pálido de assombro.

— Quando penso — ela acrescentou, num tom ainda mais agitado — que eu poderia ter evitado isso tudo... Eu sabia quem ele era! Se eu tivesse contado um pouco à minha família... Mas é tarde... tarde demais agora!

— Estou desolado! — exclamou Darcy. — Mas isso é verdade? Verdade absoluta?

— É sim. Pela carta, eles saíram juntos de Brighton no domingo e seu rastro foi seguido quase até Londres. Depois disso, ninguém mais soube deles. Meu pai já foi para a capital procurar pelos dois. Preciso ir embora... Preciso ir ter com a minha família neste momento.

Darcy balançou a cabeça em silenciosa e séria concordância. Voltou a exibir o semblante fechado, impenetrável. E quando estava a caminho de casa, na carruagem, com os tios também chocados com as últimas notícias, Elizabeth pensou que talvez nunca mais viesse a ver Darcy em termos tão cordiais como os que marcaram seus encontros em Derbyshire.

19
A PROCURA POR LYDIA

MAL CHEGOU A LONGBOURN, Elizabeth saltou da carruagem e correu para o vestíbulo, onde encontrou Jane, que acabara de descer dos aposentos da mãe. As duas se beijaram com carinho, os olhos cheios de lágrimas. O corajoso otimismo proveniente da benevolência do coração de Jane não a abandonara nem mesmo com a falta de notícias. Ela continuava a acreditar que tudo acabaria bem e que cada nova manhã traria uma carta, da própria Lydia ou mesmo do pai, explicando aquele comportamento e, melhor do que tudo, anunciando o casamento.

Inconsolável, a mãe quase nem conseguia mais sair da cama. Recebeu Lizzy com muitas lágrimas, manifestações de pesar, ataques à infame conduta de Wickham e queixas contra o próprio sofrimento — culpando todos, menos a sua equivocada tolerância.

— Por que os Foster não vigiaram de perto? — chorava. — Sempre achei que não eram aptos. Oh! Vocês estão todas arruinadas! Quem as aceitará com uma irmã desgarrada? Pobre senhor Bennet, meu marido. Vai ter que enfrentar o senhor Wickham num duelo e vai ser morto! E o senhor Collins nos expulsará daqui antes de o corpo dele esfriar!

Elizabeth e Jane procuravam acalmar a mãe, explicando que o pai não encontrara Lydia, mas que o tio, o senhor Gardiner, partira imediatamente para Londres a fim de ajudar na procura, pois conhecia bem a cidade e tinha contatos. Mas era em vão, pois a senhora Bennet prosseguia tendo ataques de ansiedade:

— Minha pequena Lydia! Como pôde fazer uma coisa dessas à sua mãe? Ela sabe como são os meus nervos... Sinto palpitações e espasmos pelo corpo todo.

A cada dia que se passava sem notícias de Londres, do pai ou do senhor Gardiner, o clima em Longbourn se tornava mais pesado. Alguns amigos vinham saber notícias. Meryton inteira parecia determinada a denegrir o homem que, tão pouco tempo antes, era quase um anjo de luz. E todos garantiam ter sempre desconfiado de sua aparente bondade. O casal Collins também apareceu para marcar presença, o que para a mãe era um sinal de que aquele homem estava apenas vigiando sua futura propriedade. Ele também não pôde deixar de fazer alguns sermões recriminando Lydia.

Até que, depois de algum tempo, o senhor Gardiner achou por bem mandar o cunhado de volta para casa. É que o senhor Bennet demonstrava sinais de completa exaustão pelas buscas infrutíferas. Ele retornou num estado lastimável, muito acabrunhado com tudo, e fechou-se na biblioteca, culpando sua própria complacência como pai por tudo aquilo estar acontecendo, pois tinha perfeita noção de como a atitude de Lydia poderia afetar negativamente a reputação de toda a família.

Elizabeth também se culpava por não ter alertado todos sobre o caráter de Wickham, mas também não poderia imaginar o que viria a acontecer. Aquilo apanhara todos de surpresa. E foi com grande espanto que, depois de muita procura, chegou uma carta de Londres, enviada pelo senhor Gardiner: Lydia e Wickham haviam sido encontrados.

20
A GRANDE NOVIDADE

— MINHA LYDIA VAI SE CASAR?!

A senhora Bennet não se conteve de tanta alegria. E mesmo com Elizabeth e Jane lhe dizendo que o casamento fora um arranjo quase forçado, ela não se incomodava. Tudo para ela se resumia ao fato de ter uma filha casada. E justamente a caçula! Saiu da cama onde se entrevara com tantos gritinhos eufóricos que acabou por enervar o senhor Bennet, pois de modo algum ele havia desculpado a enorme tolice de Lydia.

A verdade é que Gardiner narrava na carta como havia encontrado os dois fugitivos. E como conseguira, afinal, convencer Wickham a se casar com Lydia, desde que o senhor Bennet consentisse em pagar cem libras por ano. Essa era a condição. A carta não explicava tudo, mas o mais importante era o fato de Lydia se casar!

Entretanto, o senhor Bennet sabia que esse preço era baixo demais para um homem da espécie de Wickham.

— Seu tio deve ter sido muito generoso com ele! — disse o senhor Bennet para o resto da família.

— Você acha que ele deve ter dado muito dinheiro ao senhor Wickham? — Eliza perguntou, preocupada.

— Não creio que tenha sido nada menos do que 10 mil libras.

Aquela quantia absurda fez Jane e Lizzy trocarem olhares assombrados. A mãe, ainda eufórica, não se importava com o fato.

— Ora, meu irmão tinha que ajudar mesmo. Era dever dele. Ele é mais rico do que nós e não tem filho nenhum. Oh! Uma filha casada! Ai... Preciso me vestir para contar à senhora Lucas! Ah... Quero ver a cara dela! Minhas queridas! Vocês estão todas salvas! Mande tocar o sino, Kitty, oh... Que felicidade!

Apesar de toda a alegria da senhora Bennet, a situação da pobre Lydia era, na melhor das hipóteses, bastante ruim. Mas ela devia ser grata por não ficar pior ainda. Seu futuro com aquele homem talvez não lhe trouxesse nem felicidade razoável, em virtude do caráter dele, e tampouco prosperidade material.

Contudo essas preocupações não pareciam atingi-la e, de todas as irmãs, ela talvez fosse a mais semelhante à mãe: quando finalmente veio com seu marido, já casada, desceu da carruagem com um rosto que espelhava a mais absoluta felicidade. E ela sentia-se a mais realizada de todas as irmãs. Tão logo a voz de Lydia se fez ouvir no vestíbulo, a mãe se adiantou e lhe deu boas-vindas, com uma expressão de profundo êxtase. Estendeu a mão com um sorriso afetuoso para o senhor Wickham, que vinha logo atrás, ostentando um ar de quem não sabia que acolhida o aguardava.

Da parte do senhor Bennet, foi a menos cordial possível. O semblante do pai tornou-se mais austero e ele mal moveu os lábios. Elizabeth estava enojada, e mesmo Jane, com toda a sua complacência, parecia chocada, sem saber como agir. Mas a caçula continuava a ser a Lydia de sempre: indomável, petulante, selvagem, barulhenta e afoita. Foi de irmã a irmã, exigindo ser parabenizada pela conquista.

Durante o jantar, ela não parou de falar, sempre rindo, como se nada grave tivesse acontecido, sem nem mesmo ter noção de que o seu casamento ocorrera apenas pela interferência de familiares e amigos interessados.

— Vocês têm que ir a Brighton — dizia para as irmãs. — Ah... Kitty... Tomara que você tenha a minha sorte.

— Mas fale do seu casamento, minha querida! — pediu a mãe. — Ai... Queria tanto ter estado lá!

— Que dia foi aquela segunda-feira, minha mãe... A senhora não sabe! O senhor Gardiner falava comigo como se desse um sermão! A tia também... E o senhor Darcy, com aquele rosto empolado...

— Senhor Darcy?! — Elizabeth, que naquele momento se encontrava um tanto alheia às conversas, exclamou em absoluto espanto ao ouvir aquele nome. — Como assim, o senhor Darcy? Ele estava no seu casamento?!

Lydia tapou a boca com uma das mãos e fez uma expressão de quem havia dito algo que não devia.

— Ai... Não era para ter falado isso! Deus do céu! Eu me esqueci! Prometi tanto a eles... Era para ser um segredo tão grande!

— O senhor Darcy estava no seu casamento? — Eliza repetia, como se não pudesse acreditar naquilo.

— Se era para ser segredo, não diga mais nada — disse Jane. — Pode confiar que não faremos mais perguntas.

— Obrigada — respondeu Lydia. — Porque, se perguntassem, eu não ia aguentar e contaria tudo. E Wickham ficaria zangado.

Mas Wickham não havia escutado, pois naquele momento informava ao sogro que ele e Lydia seguiriam para o norte da Inglaterra, onde o seu regimento se encontrava. Ainda desconfortável com aquela companhia, o senhor Bennet achou um bom arranjo ter aquele homem bem longe de Longbourn.

Elizabeth, por sua vez, não ouviu mais nada. Passou o resto daquele jantar constrangedor procurando entender todos os desdobramentos daquela informação inesperada sobre o senhor Darcy.

21
BINGLEY DE VOLTA A NETHERFIELD

LOGO O CASAL PARTIU para o norte, para grande tristeza da senhora Bennet. Feliz por ter uma filha casada, e ao mesmo tempo sentindo-se como se alguma coisa sua tivesse sido arrancada, ela permaneceu acenando para a carruagem que levava o senhor Wickham e Lydia para tão longe de casa.

Um pouco antes daquela partida, Elizabeth e Wickham tiveram uma rápida e embaraçosa conversa em que ele, traindo certa ansiedade na voz, perguntou sobre a estada dela em Pemberley. E a jovem não o poupou, informando tudo o que passou a conhecer sobre sua vida.

— Soube mesmo, senhor Wickham, que o senhor declarou sua intenção de jamais entrar para o serviço religioso, ao contrário do que havia me dito anteriormente. Mas não vamos mais discutir sobre o passado. Agora somos irmão e irmã. No futuro, espero que estejamos sempre de acordo.

Ela lhe estendeu a mão e ele a beijou com galante cortesia, embora mal soubesse que expressão assumir quando voltasse a encontrá-la. De qualquer forma, pareceu muito satisfeito em ter tido aquela conversa, tanto que nunca mais se angustiou, nem provocou sua querida irmã abordando o assunto. E ela ficou contente por achar que havia dito o suficiente para mantê-lo quieto.

Outras coisas mais urgentes ocupavam o pensamento de Lizzy: aquela menção à participação do senhor Darcy no casamento de Lydia a perturbara tanto que ela escreveu para a tia em Londres, pedindo esclarecimentos. Quando a carta da senhora Gardiner chegou, ela soube que fora o senhor Darcy — e não o tio — o responsável por todo o arranjo. Fora ele quem encontrara o casal fugitivo, pois desconfiou certeiramente que a pessoa que os ocultava era uma antiga empregada de Pemberley.

E o senhor Darcy, generosamente, arcara com todas as despesas, incluindo o exorbitante dote pedido por Wickham. Ainda por cima, praticamente ordenou a todos os envolvidos que silenciassem sobre seu gesto. Essa atitude tão nobre sensibilizou Elizabeth, ao mesmo tempo que a angustiou. Ela sabia a dimensão da dívida moral e material que a sua família tinha para com o senhor Darcy, e ao mesmo tempo pensava nele com uma afeição cada vez maior. Muitas vezes sentia-se tentada a confessar esse sentimento para Jane, mas acabava silenciando. E não tinha esperanças de ver outra vez o benfeitor de Lydia e da família.

E, quando tudo parecia voltar ao normal, outra novidade começou a circular pela região. A governanta de Netherfield recebera ordens de se preparar para a vinda do patrão. A repentina volta de Bingley, como não poderia deixar de ser, agitou Jane. Mas agitou ainda mais a senhora Bennet, ainda que esta mantivesse uma pose ressentida.

— Ele vem, é? Ora, vejam... — dizia. — E daí? Nós não nos importamos mais com ele, não é, Jane? E quando será ele vem? Não que eu me importe com isso, nem um pouco. Ele nada representa para nós. Mas então a vinda dele é mesmo garantida?

— Pode ter certeza — respondeu a governanta. — Chegará no máximo quinta-feira, talvez quarta.

Sempre mantendo a postura de que não se importava nem um pouco com a chegada daquele cavalheiro, a senhora Bennet correu até o marido, como fizera exatamente um ano antes, exigindo que ele fosse cumprimentar Bingley.

— Não, não — o senhor Bennet foi categórico. — A senhora me implorou para visitá-lo ano passado, e me prometeu que ele se casaria com uma das minhas filhas. Tudo acabou em nada e eu não vou fazer papel de tolo novamente. Recuso-me a passar horas correndo atrás dos meus vizinhos a cada vez que partem e voltam.

Ao aproximar-se a data da chegada, era tanto o nervosismo da mãe pela falta de civilidade do marido que Jane disse para Elizabeth:

— Começo a lamentar que ele venha. Eu poderia vê-lo com total indiferença, mas mal consigo suportar ouvir falar nisso o tempo todo!

— Eu gostaria de poder dizer algo para consolá-la — retrucou Elizabeth. — A costumeira satisfação de recomendar paciência a um sofredor me foi negada, porque você a tem de sobra!

Mas, na terceira manhã depois da chegada do rapaz a Netherfield, a senhora Bennet o viu, da janela do seu quarto de vestir, passando pela cancela e cavalgando na direção da casa. As filhas foram chamadas com urgência e todas encontraram algum lugar para sentar na sala, procurando aparentar a maior naturalidade. Kitty, que olhava pela janela, exclamou:

— Vem mais alguém com ele! É aquele... o senhor... esqueci o nome. Aquele alto e orgulhoso... Darcy! O senhor Darcy vem junto!

Jane olhou para Lizzy com surpresa e preocupação. A irmã pouco lhe adiantara do encontro de ambos em Derbyshire e da radical mudança nos seus sentimentos, por conta de toda aquela confusão envolvendo Lydia e também porque Elizabeth estava confusa com tudo aquilo. Assim, Jane imaginava o constrangimento que a irmã estaria sentindo por encontrá-lo, pela primeira vez, depois daquela carta explicativa. O certo é que as duas estavam bastante desconfortáveis com aquela visita. Preocupadas uma com a outra, e cada uma consigo mesma, nem ouviam mais o tagarelar da mãe, que confirmava sua antipatia por Darcy.

Mas a visita foi a mais estranha e constrangedora possível. O senhor Darcy pouco falou e Bingley, simpático como sempre, parecia um tanto confuso com a situação. Apenas a senhora Bennet pontificava. Ao saber que o senhor Bingley tinha vindo para a temporada de caça, ofereceu:

— Quando o senhor tiver matado todos os seus próprios pássaros, senhor Bingley, pode vir aqui e matar os nossos...

O desespero de Elizabeth crescia diante dessas gentilezas tão desnecessárias, tão intrometidas e que não cessavam, pois a mãe falava de Lydia e citava Wickham com simpatia, procurando provocar o senhor Darcy. A única coisa que alegrava Lizzy era verificar o quanto Bingley ainda admirava a irmã. A cada cinco minutos, parecia dar maior atenção a Jane. Era possível perceber, pelo seu olhar, pelo sorriso, que a via tão bela, tão agradável e espontânea quanto no ano anterior.

Depois de apresentar os cumprimentos, os dois se foram. E o comportamento de Darcy deixou Elizabeth confusa e irritada. Por mais que soubesse que um homem como ele jamais esqueceria o fato de ter sido recusado, não pôde deixar de se sentir desapontada.

"Por que ele veio, afinal, se foi apenas para ficar em silêncio, sério e indiferente?", pensou, zangada consigo mesma por se sentir assim.

22
A SURPRESA

A PARTIR DE ENTÃO, Charles Bingley passou a vir mais vezes a Longbourn e Jane não conseguia ocultar da irmã o seu contentamento. Mesmo porque Lizzy jamais acreditara na indiferença que ela jurava manifestar em relação ao jovem. Numa dessas visitas, a engenhosidade da senhora Bennet foi mais uma vez posta em prática para afastar todos de perto dele e de Jane.

Elizabeth saiu da sala, pois tinha uma carta para escrever à sua amiga Charlotte, a senhora Collins. Ao voltar, percebeu com infinita surpresa que havia razões para suspeitar que a mãe fosse engenhosa demais para ela. Ao abrir a porta, viu a irmã e Bingley de pé, ao lado da lareira, os dois bem juntos, entretidos em profunda conversa. Com a entrada dela, houve um embaraço natural. Bingley sussurrou algumas palavras para Jane e fugiu da sala. E Jane, que não podia ter segredos para a irmã, confessou naquele momento que era a criatura mais feliz do mundo. Os parabéns de Elizabeth foram dados com uma sinceridade e uma alegria que as próprias palavras pareciam insuficientes para expressar.

— Preciso ir ter agora mesmo com a minha mãe! — Jane exclamou, iniciando a partir daquele momento uma noite de incomum alegria na casa dos Bennet. O pai abraçou a filha mais velha com ternura.

— Parabéns, Jane, eu a felicito. Você será uma mulher muito feliz... Vocês são ambos tão amáveis que todos os criados os enganarão, e tão generosos que logo ficarão endividados.

— Endividados?! — a senhora Bennet explodiu. — Do que o senhor está falando? Ele tem 4 ou 5 mil por ano... Ah! Minha querida Jane, eu estou tão feliz! Ele é o rapaz mais bonito que jamais existiu!

Wickham, Lydia, a fuga, tudo estava esquecido. Jane era, sem comparação, sua filha favorita. E os novos acontecimentos da família não poderiam permanecer em segredo por muito tempo. A senhora Bennet cochichou o fato à senhora Phillips, sabendo que ela espalharia a novidade para toda a vizinhança.

Os Bennet logo foram declarados a família mais venturosa do mundo, ainda que poucas semanas antes, por ocasião da fuga de Lydia, tivessem dado provas cabais de estarem marcados pelo infortúnio.

23
LADY CATHERINE

UMA MANHÃ, cerca de uma semana depois do noivado de Bingley e Jane, quando ele e as mulheres da família estavam na sala de refeições, sua atenção dirigiu-se para a janela, pelo som de uma carruagem. E avistaram um landau puxado por quatro cavalos subindo a alameda. Era lady Catherine de Bourgh.

Ela entrou na sala com um ar ainda mais desagradável do que de costume. E, como resposta às saudações cheias de surpresa que recebeu, fez apenas uma leve inclinação de cabeça. Depois, sentou-se sem proferir palavra. Elizabeth é que a apresentou aos demais, e a senhora Bennet, perplexa, mas lisonjeada com tão importante visita, recebeu-a com toda a cortesia.

Ela prosseguiu dando respostas curtas e secas, aproveitando para fazer comentários e críticas a respeito de tudo que seus olhos vislumbravam. Até que, muito impaciente, pediu a Elizabeth que a acompanhasse numa volta no gramado, pois queria lhe falar particularmente.

Eliza aceitou de pronto o convite, e as duas caminharam em silêncio pela alameda de cascalho que levava ao bosque. Ao chegarem, lady Catherine principiou a falar num tom mais agressivo e arrogante do que nunca:

— Não deve ser difícil para a senhorita compreender a razão da minha vinda até aqui.

A frase apanhou a jovem de surpresa, pois a única razão que lhe ocorria é que ela devia estar com uma carta de Charlotte — mas era um absurdo imaginar uma dama tão imponente fazendo o papel de mero mensageiro.

— De modo algum! — exclamou. — Não faço ideia da honra que a traz até nossa casa em Longbourn.

— Não brinque comigo, menina. Não tenho tempo a perder. Um relato muito grave chegou até os meus ouvidos. Algumas pessoas comentam que a senhorita está pretendendo se unir em casamento ao meu sobrinho Darcy! Só pode ser uma calúnia!

— Se a senhora acredita ser impossível — Elizabeth respondeu, corando de espanto e desprezo —, por que se deu ao trabalho de vir até aqui? Sua vinda não seria a confirmação desse boato?

— Porque tenho suspeitas de que ele foi espalhado pela senhorita ou pela sua família. Nega que conhece esses rumores?

— Estou ouvindo-os agora pela primeira vez.

— Meu sobrinho a pediu em casamento?

— A senhora mesma declarou ser impossível tal coisa.

— E deveria ser. Mas você pode tê-lo enfeitiçado de algum modo. Fez com que ele se esquecesse do que deve a si mesmo e a toda a sua família. Deixe-me ser bastante clara, senhorita Elizabeth: essa união à qual você aspira jamais se realizará. Jamais! O senhor Darcy está comprometido com a minha filha. E agora? O que tem a dizer?

— Apenas isto: se é assim, por que a senhora acha que ele teria me feito alguma proposta?

Lady Catherine hesitou por um momento e depois retrucou:

— Menina atrevida e egoísta! Tenho vergonha de você! Diga de uma vez: está noiva dele?

— Não estou.

— E vai me prometer que nunca aceitará tal compromisso?

— Isso eu não posso fazer. Não tem nenhum sentido.

— Eu não irei embora enquanto você não me der a garantia que exijo. Acha que a união de Darcy com minha filha pode ser impedida por uma moça de nascimento inferior? Uma moça cuja fuga de uma das irmãs resultou num escandaloso casamento às pressas? Garota insensível, egoísta! Não percebe que uma relação com você pode desgraçá-lo aos olhos de todos? Diga que não vai se casar com ele!

Elizabeth a olhou, corando de novo, mas agora de raiva.

— A senhora me insultou de todas as maneiras possíveis desde que chegou aqui. Peço que se retire imediatamente!

Um espanto orgulhoso se estampou de imediato no rosto daquela dama.

— Nunca fui tratada desse modo em toda a minha vida!

Lady Catherine caminhou com passos rápidos até a sua carruagem e, sem sequer se despedir da família Bennet, partiu. Elizabeth voltou para casa, inventou qualquer desculpa para sua intrigada família e fechou-se no quarto, muito angustiada para falar com quem quer que fosse.

24
ENCONTRO COM O SENHOR DARCY

O ESTADO DE NERVOS em que essa extraordinária visita lançou Elizabeth não seria facilmente controlado. Ela não conseguia deixar de pensar naquela ocorrência tão bizarra. Não atinava como aquele boato se originara. Só poderia ter vindo de Bingley, pois ele e Darcy eram amigos íntimos. Dele pode ter vazado para as irmãs e aí iniciado uma corrida até chegar aos ouvidos de lady Catherine de Bourgh.

E, por mais que Eliza se fechasse, era impossível ocultar da família o tempo todo o porquê daquela visita inesperada. O senhor Collins contribuiu bastante ao enviar uma carta na qual, além de lamentar mais uma vez a atitude de Lydia e aquele casamento às pressas, comentou com o senhor Bennet as apreensões da sua tutora.

Este chamou a filha à biblioteca e, mostrando a carta, disse incrédulo:

— O senhor Darcy, Lizzy! Ele acha que o senhor Darcy quer se comprometer com você! Logo o cavalheiro que não olha para nenhuma mulher senão para encontrar defeitos, e que, provavelmente, jamais olhou para você! Ainda mais um homem que você odeia! Não está achando graça nisso? E foi este o motivo da vinda de lady Catherine aqui? Para recusar seu consentimento?

O pai riu e Elizabeth respondeu com outra risada. Ela nem se importou que a pergunta tivesse sido feita, pois havia sido formulada sem a menor suspeita. Afinal, o senhor Bennet não possuía a menor ideia da relação entre o senhor Darcy e sua filha mais querida. Mas, sem querer, seu pai a mortificara: era preciso rir para não chorar. A sugestão de que Darcy pensava nela com indiferença agora a magoava profundamente.

E foi então que, para sua grande surpresa, Bingley, numa de suas já rotineiras visitas para ver Jane, apareceu acompanhado do senhor Darcy.

— Deus do céu!— exclamou a senhora Bennet, ao vê-los chegando pela janela. — E não é que aquele desagradável do senhor Darcy está vindo de novo para cá com o nosso querido Bingley? O que ele pretende sendo tão cansativo com essa história de vir sempre aqui? Será que ele não poderia caçar ou fazer qualquer outra coisa e não nos perturbar com a sua companhia? Lizzy, você precisa dar uma volta com ele para que Jane possa ficar tranquila com o noivo.

Elizabeth obedeceu a mãe com prazer, mas também com certa apreensão. Não fazia a menor ideia de como andavam os sentimentos de Darcy a seu respeito. Saíram os dois, mais o casal de noivos e Kitty, para uma volta pelas redondezas. Logo Jane e Bingley deixaram que os outros os ultrapassassem e Kitty resolveu fazer uma visita para sua amiga Mary Lucas em Lucas Lodge, de modo que Lizzy e Darcy passaram a caminhar sozinhos.

Depois de um silêncio que ameaçava se tornar constrangedor, o senhor Darcy começou a falar, pedindo desculpas pelo comportamento inaceitável de sua tia. Elizabeth apenas sorriu e, antes que a coragem a abandonasse, disse:

— Senhor Darcy... Não posso mais deixar de lhe agradecer por sua incomparável bondade com a minha pobre irmã Lydia.

— Lamento que você tenha chegado a saber disso! — ele retrucou, num tom de surpresa e emoção. — Não imaginei que a senhora Gardiner fosse tão pouco confiável.

— Não a culpe. A falta de decoro de Lydia foi o que primeiro revelou. Depois, eu insisti até conhecer todo o resto. Imagino sua mortificação para descobrir o paradeiro dos dois e tudo o mais... Por isso, preciso lhe agradecer em nome de toda a minha família.

— Se faz questão de me agradecer — ele respondeu —, que seja apenas em seu nome. Sua família nada me deve. Fiz isso apenas por sua causa!

Essa frase, dita num tom repleto de emoção, deixou Elizabeth embaraçada, sem saber o que dizer em seguida. Depois de uma pequena pausa, seu companheiro acrescentou:

— A senhorita é muito generosa para brincar comigo. Por isso, se seus sentimentos em relação a mim ainda são os mesmos que me revelou em abril, quando pedi sua mão, me diga agora e eu me calarei de uma vez por todas. Porque os meus sentimentos não mudaram nem um pouco.

Elizabeth, sentindo todo o excepcional constrangimento e nervosismo da situação, obrigou-se a falar e revelou, sem muita fluência, o quanto os seus sentimentos haviam mudado em relação a ele. Porém, mais do que as palavras, seus belos olhos pareciam ainda mais embelezados por uma expressão de profunda felicidade que, irradiando a partir deles, refletia-se por todo o rosto.

Continuaram a andar, agora sem o menor senso de direção, conectados um ao outro como nunca estiveram. Ela, procurando se desculpar por tê-lo ofendido tanto. Ele, retrucando que merecera toda aquela censura, pois agira de modo imperdoável. Por fim, declarou-se:

— Eu a amo, Elizabeth... E meu desejo é não mais me separar de você a partir de hoje.

25
DARCY FALA COM O SENHOR BENNET

ASSIM, PARA ESPANTO dos Bennet, o senhor Darcy continuou aparecendo em Longbourn, muitas vezes sozinho, para conversar com Eliza. Até Jane endereçava à irmã os olhares mais indagadores, sem entender o que se passava. Antes que a situação se tornasse insustentável, os dois resolveram que chegara a hora de o senhor Darcy ter uma conversa com o senhor Bennet.

Uma tarde, tão logo o pai se retirou para a biblioteca, o senhor Darcy levantou-se e seguiu-o, trancando a porta atrás de si. A agitação de Elizabeth foi extrema. Ela não temia a oposição do pai, mas não queria deixá-lo infeliz — logo ela, sua filha favorita. Permaneceu sentada, sentindo-se miserável, até que o senhor Darcy reapareceu. Ficou mais aliviada quando ele lhe acenou com um sorriso. E disse num sussurro:

— Seu pai quer lhe ver na biblioteca.

Ela foi direto para lá. O pai andava pela sala, parecendo grave e ansioso.

— Lizzy! — disse ele. — Lizzy, o que está fazendo? Perdeu a razão aceitando esse homem? Você não o odiou desde sempre? Ele é rico, sem dúvida, e você poderá ter roupas mais finas e melhores carruagens do que Jane. Mas será que tudo isso vai fazê-la feliz, minha filha?

— Pai, o senhor tem alguma objeção em relação a ele, além de acreditar que eu o odeie?

— Nenhuma. Todos nós sabemos que ele é um tipo de homem orgulhoso e desagradável, mas isso nada significaria para mim se eu soubesse que você realmente gosta dele. Lizzy querida, não desejaria por nada neste mundo ver você incapaz de respeitar seu parceiro de vida. Você não faz ideia do que a espera...

— Eu o amo, pai — ela respondeu, com lágrimas nos olhos. — Na verdade, ele não é assim tão orgulhoso. É perfeitamente amável. O senhor não faz ideia de como ele realmente é, então não me magoe falando dele assim...

O senhor Bennet se espantou com a expressão no rosto de Eliza e, percebendo uma profunda sinceridade nela, comoveu-se também. Sensibilizou-o duplamente ver que Lizzy havia encontrado alguém que de fato amava e que ele estava prestes a perder sua filha preferida.

Para fortalecer no pai uma impressão positiva daquele homem cujo prestígio na casa era o pior possível, ela começou a falar sobre Darcy e contou o que ele fizera por Lydia. Até aquele momento, o senhor Bennet se julgava devedor do senhor Gardiner.

— Esta é uma tarde de assombros, realmente! — ele comentou, com ironia na voz. — Com que então Darcy fez tudo, encontrou os dois, arrumou o casamento, deu o dinheiro, pagou as dívidas daquele nosso camarada e até lhe arrumou um certificado de reservista num lugar bem distante de todos? Bem... Isso vai me economizar um mundo de problemas e de dinheiro. Tivesse sido coisa de seu tio, eu precisaria pagar-lhe. Mas esses rapazes enamorados e arrebatados fazem tudo do seu jeito. Amanhã vou me oferecer para pagar e ele vai vociferar e bradar seu amor por você e pronto... Será o final da história.

Elizabeth riu, como sempre ria daquele jeito irônico que o pai tinha de entender as coisas, e soube que aquele era apenas um modo que ele encontrara para superar o impasse das suas observações iniciais. Por fim, abraçou-a.

— Bem, querida. Não tenho mais o que dizer. Se tudo é assim, ele a merece. Eu não me separaria de você, Eliza, por alguém que valesse menos.

Ela o beijou feliz e saiu correndo. Era hora de contar à mãe e às irmãs aquela novidade que iria surpreendê-las mais do que qualquer outra coisa. E, enquanto a sala fervia com exclamações de espanto, risos nervosos, choros e abraços, o pai apareceu na porta e proclamou:

— Se algum rapaz estiver interessado em Mary ou Kitty, por favor, mande-o entrar. Estou com o resto da tarde livre!

26
UM FINAL FELIZ

BEM-AVENTURADO FOI, para todos os seus sentimentos maternais, o dia em que a senhora Bennet se viu livre das duas filhas mais prestativas. Pode-se imaginar com que encantado orgulho ela mais tarde visitava Jane, agora senhora Bingley, ou conversava com o senhor Darcy, seu genro.

O senhor Bennet sentiu muitíssimo a falta da segunda filha. Seu afeto por Elizabeth tirou-o de casa e da sua biblioteca com mais frequência do que qualquer outro acontecimento. Ele adorava ir a Pemberley, sobretudo quando menos o esperavam. Para satisfação de Lizzy, afirmava que Darcy subia no seu conceito a cada encontro, mas dizia também, com uma dose ácida de ironia, que Wickham era seu genro predileto.

Kitty, para seu próprio bem, passava a maior parte do tempo com as duas irmãs mais velhas e, com tal convivência, seus progressos foram grandes. Mary continuou ocupando-se com suas atividades costumeiras e, com três filhas casadas — duas delas muito bem —, a mãe poupou as duas restantes de sua costumeira ansiedade.

Quanto a Wickham e Lydia, nada no caráter deles se alterou de maneira significativa. Ele encarou com fatalismo a certeza de que Elizabeth conhecia todas as facetas da sua falsidade — e ainda assim esperava, como membro da família, conseguir alguns favores dos parentes mais bem situados. Lydia ousou escrever a Lizzy, pedindo à irmã que intercedesse com Darcy no sentido de conseguir algum lugar na corte para o marido. Claro que Elizabeth cortou pela raiz tal expectativa. Ainda assim, continuou ajudando com suas próprias economias a irmã desgarrada, pois sabia que a renda deles, sob a administração de duas pessoas tão extravagantes e pouco preocupadas com o futuro, deveria ser insuficiente para se manterem.

A senhorita Caroline Bingley ficou duplamente arrasada com os dois magníficos casamentos das irmãs Bennet. Mas teve a necessária diplomacia para ficar bem com ambas. Como queria conservar o direito de visitar Pemberley, engoliu todo o ressentimento, aproximou-se mais de Georgiana e saldou todas as dívidas de cortesia para com Elizabeth.

Lizzy e Georgiana tornaram-se irmãs inseparáveis, criando um profundo vínculo de afeto, o que deixou Darcy muito feliz. Georgiana tinha a melhor opinião do mundo a respeito da cunhada, embora, no início, muitas vezes ouvisse com um assombro sua maneira espontânea e zombeteira de falar com o irmão.

Lady Catherine de Bourgh reagiu com profunda indignação ao saber do casamento do sobrinho, para grande pavor do senhor Collins e secreta alegria de Charlotte. Dando vazão à sua franqueza furiosa, respondeu à carta de Darcy com o anúncio do casamento, desferindo as observações mais ofensivas, sobretudo a Elizabeth, a ponto de, durante algum tempo, todo o contato com ela ter sido interrompido.

Mas aos poucos, por insistência da própria Elizabeth, Darcy se convenceu a esquecer aquelas ofensas e buscar uma reconciliação com a tia. Após alguma orgulhosa resistência, ela condescendeu em visitá-los em Pemberley, apesar da poluição que aqueles bosques haviam recebido — não apenas pela presença da nova senhora, mas também de sua família, principalmente do casal Gardiner, que sempre se manteve nos melhores termos com Darcy. Afinal, foram os dois que, levando Elizabeth àquele passeio por Derbyshire meses antes, acabaram por se tornar responsáveis diretos por aquela união.

Por fim, Jane e Bingley, depois de viverem por um ano em Netherfield Park, resolveram se mudar para um condado vizinho a Derbyshire. O acalentado desejo das irmãs foi então realizado. E, além de todas as outras fontes de felicidade, as duas passaram a viver a apenas trinta milhas de distância uma da outra.

VAMPÍRIA

Dionisio Jacob

DIONISIO JACOB.

Brasileiro, nasceu em São Paulo em 1951. Sua formação artística vem de berço: seus pais, Dionisio Azevedo e Flora Geny, foram atores de teatro, rádio e TV pioneiros na dramaturgia, alcançando grande popularidade em novelas e teleteatros.

Além das artes cênicas, Dionisio também se interessou desde criança pela pintura. Formou-se pela Faculdade de Artes Plásticas da Fundação Armando Álvares Penteado (Faap), expôs quadros e ilustrou muitos dos livros que escrevia.

Na faculdade, fundou com alguns colegas o grupo Pod Minoga, famoso nos anos 1970, que mesclava as linguagens cênicas e visuais. Nos anos 1980, dedicou-se ao magistério, sendo um dos fundadores da Casa do Sol Escola de Arte, especializada em crianças e jovens, junto com sua esposa, Tatiana Nogueira, e com a arte educadora Paula Fernandes.

Com o pseudônimo de Tacus ou com o próprio nome, roteirizou programas para a TV, como Rá-tim-bum, Castelo Rá-tim-bum, Cocoricó, Glub-Glub e outros.

Na literatura, escreveu tanto para adultos como para jovens e crianças. Seus livros para adultos são Assombros urbanos, A utopia burocrática de Máximo Modesto e Os estudos merismais de um famoso doutor. Para crianças, escreveu A criação das criaturas, Verdes versos e O rei borboleta. Para jovens, O livro das feras, O detetive siqueira em: O panfleto e A espada e o novelo (no qual adaptou vários mitos gregos). Este último livro ganhou o prêmio Orígenes Lessa da Fundação Nacional do Livro Infantojuvenil (FNLIJ), como melhor livro para jovens, em 2010. Outro trabalho seu de destaque é a sua versão em prosa do libreto da ópera A flauta mágica, de Mozart. O livro teve várias reedições, além de uma montagem que ficou mais de um ano em cartaz.

O trabalho com a TV e com o teatro familiarizaram Dionisio com a adaptação de textos. Vampíria era um romance juvenil publicado pela Editora Saraiva em 2005, e aqui foi condensado para compor o volume Três famílias, da coleção **Três por Três**.

1
A ÚLTIMA FAMÍLIA DE VAMPIROS

ERAM OITO HORAS DA NOITE, mas parecia madrugada. Ninguém nas ruas. Um vento frio soprava nas esquinas, afugentando todos para o aconchego dos lares. Um ônibus ou outro ainda sacolejava suas latas pelas ruas da Valáquia, com seus vidros embaçados. Depois que passava, o silêncio retornava, mais profundo ainda. Tudo parecia congelado: alto inverno.

Uma figura trôpega e solitária surgiu de uma esquina, tropeçando no meio-fio, por pouco não caindo. Não havia a menor dúvida sobre seu estado de bebedeira. Tratava-se de Renfélderson, o criado da família Voivoda, muito provavelmente os últimos vampiros na Terra. Barbudo, embrulhado num capote ensebado, usando cachecol, luvas, gorro e grandes botas de camurça manchadas pelo uso, ele entrava no prédio onde a família que servia habitava fazia alguns anos.

Era um edifício inexpressivo e cinzento de dez andares, situado numa rua periférica. Antes de abrir a porta, os olhos turvos de Renfélderson focaram uma forma branca se agitando na calçada.

— Ora, vejam — disse. — Um óglix!

Os óglix eram aves raríssimas, com plumagem muito alva. A forma lembrava a de uma pomba, mas com o bico mais alongado. Viviam nos bosques da região, e vez ou outra apareciam na cidade. Alguns achavam que era um tipo de animal sagrado, talvez por ser muito difícil de encontrar.

Por isso mesmo, Renfélderson resolveu capturá-lo e o pássaro não ofereceu resistência. Parecia machucado.

— O senhor Horloc vai gostar disso! — ele resmungou, enfiando a ave com cuidado num saco, junto com as cinco galinhas que ele fora comprar no mercado.

— Mas o senhor Voivoda não vai gostar nem um pouco! Sim... sim... — ele voltou a falar, abrindo um sorriso banguela.

Rindo da sua travessura, entrou no prédio e acionou o antiquado elevador, que subiu com pequenos solavancos e rangidos de engrenagem, resmungando mecanicamente a cada andar, talvez irritado por ter de funcionar numa noite como aquela. Até que chegou ao último, o décimo, onde os vampiros moravam isolados de todos.

O criado foi à cozinha guardar as galinhas e esconder o óglix na areazinha de passar roupa. Depois, iniciou seu ritual de toda noite: despertar os patrões. Voltou à sala e passou a batucar freneticamente um gongo antigo.

— É hora de levantar! A noite já desceu sobre a Valáquia! São oito e meia! Já não se enxerga mais o Passo Borgo, nem as florestas da Transilvânia! É hora de levantar, morcegada!

Ele parecia bater no gongo com raiva, as veias do pescoço infladas. Então, lá do fundo, apareceu uma figura com robe e velhos chinelos. Era Papai Voivoda.

— Renfélderson! — gritou. — Quer calar essa boca e parar de batucar esse gongo feito um maluco? Nós, vampiros, temos ouvidos sensíveis!

— Ah, é? Se eu bato leve, todo mundo reclama; se eu bato forte, o senhor me acusa. Quer saber de uma coisa? Eu não vou mais tocar gongo porcaria nenhuma. Dane-se essa frigideira velha. Dane-se todo mundo!

— Renfélderson!

— É isso mesmo, senhor Voivoda. Eu estou cheio de... de...

Papai Voivoda fez o gesto tradicional de hipnose e foi se aproximando do criado.

— Não me venha com esses olhos, Papai Voivoda... Não me venha...

E não conseguiu falar mais nada. Seu rosto voltou a estampar a expressão idiota que fazia quando era hipnotizado.

— Retire-se e vá cuidar do nosso desjejum!

Com passos mecânicos, Renfélderson dirigiu-se para a cozinha, tropeçando em Mamãe Dárvula, que vinha dos fundos, já vestida. Ela reparou que, além de hipnotizado, o pobre estava bêbado novamente.

— Que coisa triste, Renfélderson! Já disse pra parar de ficar bebendo por aí...

— Sim, senhora.

Depois que o criado desapareceu na cozinha, Mamãe Dárvula olhou com azedume para o Papai Voivoda, já refestelado em sua poltrona preferida, lendo o *Diário da Valáquia*.

— Voivoda! Que sono agitado o seu! Passou o dia todo virando de um lado para o outro no ataúde. E como ronca!

Papai Voivoda soltou um suspiro e respondeu com voz baixa:

— Isso acaba com qualquer romantismo.

— Romantismo é uma palavra estranha na boca de um vampiro.

— Engano seu, querida. O vampiro é o mais romântico dos seres.

— Mas que ronca, ronca! Renfélderson, o desjejum!

Mamãe Dárvula sentou-se em outra poltrona e começou a trabalhar num imenso crochê que estava tecendo havia duas décadas. Letúcia irrompeu na sala, sonolenta, bocejando bastante.

— Oi, pai... Oi, mãe...

— Boa noite — respondeu Papai Voivoda, ainda de mau humor.

— Boa noite, querida! — sorriu Mamãe Dárvula, analisando a filha com um olhar rápido e crítico. — Já lavou o rosto, afiou os dentes?

— Para quê? Hoje não tem exibição!

— Mas uma vampira tem sempre que cuidar dos dentes. Vai. Aproveita e chama o teu irmão.

Ao sair, Letúcia trombou com Vovô Vlad, que vinha todo encurvado, arrastando os pés, também ele resmungando.

— Que dia... Que dia!

— Boa noite, Vovô Vlad... — disse Dárvula, ocupada com o crochê. — Pelo jeito, hoje ninguém dormiu bem nesta casa!

— É o meu ataúde. Está com cada fresta assim... — ele mostrou com as mãos. — Com esse vento que fez, passei o dia tapando os buracos com as sobras do forro. Aquele caixão está uma calamidade. Também... Mais de trezentos anos! O fundo dele abaulou e eu sou obrigado a dormir com a espinha torcida. Minha lordose vem piorando muito de um tempo para cá...

— O senhor tem toda a razão. Talvez seja o caso de trocar por alguns mais novos, mais modernos, não acha, Voivoda?

— O quê?! — Papai Voivoda interrompeu a leitura, furioso. — Trocar nossos ataúdes originais, verdadeiras relíquias, por essas porcarias que estão fabricando hoje em dia? Jamais! Eles nos ligam à nossa origem, ao início fabuloso da nossa linhagem, à gloriosa Transilvânia!

— Bobagem, Voivoda — atalhou Vovô Vlad. — Eu já pensei assim um dia. Mas agora, vendo o sem-fim dos séculos que tenho pela frente, um caixãozinho menor, almofadado, não me parece má ideia.

— O senhor virou um vampiro velho, cínico e zombeteiro.

— Ah, meu filho. Quando um vampiro perde os dentes, alguma coisa nele muda. O fato é que perdi a mordida, mas não a mordacidade!

Mamãe Dárvula riu do jeito de o sogro falar, o que deixou o marido mais irritado ainda. Letúcia, então, retornou para a sala com um vestido negro, muito decotado.

— E o Horloc, Letúcia? — quis saber Papai Voivoda.

— O ataúde dele está fechado.

— Querida, você precisa dar um jeito no Horloc — esbravejou Papai Voivoda. — Esse menino está me preocupando. Vai completar oitenta anos esta semana e se comporta como se tivesse quarenta! Fica enfurnado no caixão até tarde... Ou passa a noite trancado no quarto. Parece uma assombração…

— Ora, Voivoda — riu Vovô Vlad. — E o que seria ele então?

— O senhor sabe muito bem o que ele é: um vampiro! E um vampiro não é uma mera assombração. Um vampiro é muito mais do que fantasmas transparentes, homens que viram lobos ou múmias cheias de esparadrapos. Nós estamos no topo da hierarquia dos monstros!

Papai Voivoda até se levantou para falar, de tão inflamado que estava. Mamãe Dárvula soltou um risinho irônico e disse:

— Vejam como ele acordou hoje! Não é à toa que roncou o dia inteiro. Vamos enfrentar a realidade, Voivoda: não somos mais do que vampiros de presépio!

— Dárvula! Por tudo o que há de mais amaldiçoado! Diga tudo: que somos vampiros decadentes, o que quiser. Mas não diga que somos vampiros de presépio. Isso é o fim!

— Mais uma década e estaremos todos frequentando a missa — riu Vovô Vlad.

Então, todos escutaram uma espécie de arrulho vir dos fundos.

— O que foi isso? — perguntou Papai Voivoda.

— Renfélderson conseguiu um óglix para o Horloc — informou Letúcia.

— Outra vez? Eu já falei que não quero mais essas aves por aqui...

— Calma, Voivoda — temporizou a mãe. — Você sabe que o Renfélderson faz tudo pelo Horloc. E ele adora essas aves. Aliás, elas são mesmo um encanto, não são? O coitadinho vive trancado neste apartamento, sem sair. Tem que se distrair com alguma coisa.

— Mas tem que ser com esses óglix? Quando eu tinha a idade dele, fiz um circo com morcegos amestrados! E outra coisa que anda me perturbando é isso de ele ficar escutando música.

— Isso ele puxou de mim — sorriu Vovô Vlad, com satisfação.

— Só que em vez de compor sinfonias morcegas, como o senhor, ele gosta daquela música melosa dos humanos. Preciso ter uma conversa séria com o meu filho. E vai ser hoje mesmo. Senão ele vai acabar indo pelo mesmo caminho do primo Dimetrescu.

À menção deste nome, um silêncio constrangedor tomou conta da sala, só interrompido pela entrada trôpega de Renfélderson, que procurava equilibrar uma bandeja cheia de copos.

— Até que enfim, Renfélderson! Deixe aí em cima da mesa...

— Ah! Se... se... senhorita Letúcia... — disse o criado. — Chegou uma carta para a senhorita...

Letúcia abriu um sorriso, revelando seus grandes caninos, e foi correndo apanhar a carta.

— Ele escreveu para mim, mamãe. Não disse que ia escrever?

— Depois a gente fala sobre isso, Letúcia. Primeiro o desjejum!

Letúcia apanhou um dos copos e correu para um canto, feliz da vida com sua carta, observada com desconfiança pelo pai. Voivoda também apanhou um copo e analisou com profundo desgosto o conteúdo. Comentou com amargura:

— Sangue de galinha! Somos obrigados a tomar sangue de galinha em copos de vinho. Canja de vampiro!

— Faz parte do trato — deixou claro Mamãe Dárvula. — E nem é tão ruim assim.

— Para mim, cai bem — comentou Vovô Vlad, enquanto apanhava seu copo.

— Foi o que combinamos com o senhor Radu — voltou a falar a mãe. — Se quebrarmos o trato, será o nosso fim.

— A que ponto eu cheguei! — Papai Voivoda deu um murro na mesa. — Eu, descendente direto de Vlad Tepes, ser obrigado por esse medíocre senhor Radu, um funcionário público, a tomar sangue de galinha e ficar contente. E onde está esse menino, que não vem?

Dizendo isso, saiu da sala pisando forte e voltou minutos depois, trazendo Horloc pelas orelhas.

— Para, pai! Paaaara!

— Sente-se aí e tome seu desjejum com toda a família. E não quero mais você ouvindo esse tipo de música, certo? E também nada de óglix nesta casa.

— Não, pai. O óglix não!

— O óglix sim!

— Deixa o menino, Voivoda! — pediu Vovô Vlad. — O que é que tem de mais? Que coisa! Fazia pelo menos uns trinta anos que eu não te via assim!

— Pois eu vou dizer por que eu estou assim... — respondeu Papai Voivoda, com a expressão mais feroz que conseguiu produzir. — Somos acordados todas as noites de maneira traumatizante por um criado bêbado. Vocês querem trocar nossos ataúdes tradicionais! Minha filha recebe cartas secretas! Eu estou nas mãos desse senhor Radu... E para culminar, meu filho, único herdeiro da nossa raça e esperança do nosso futuro, passa horas brincando com aves brancas e ouvindo música humana. Agora me digam: como me manter calmo diante disso tudo?

O desabafo de Papai Voivoda veio aos borbotões. A sala ficou silenciosa. Depois de algum tempo, Mamãe Dárvula foi até o marido e deu uns tapinhas nas suas costas:

— Calma, Voivoda. Para que tudo isso? Olhe à sua volta... Veja que bela família você tem. Não se orgulha? Os últimos herdeiros de uma linhagem, talvez mesmo os últimos vampiros... Precisamos manter nosso orgulho!

Sua voz ponderada projetou uma energia nova no ambiente. Até a expressão do marido desanuviou um pouco. Horloc sorriu para a mãe, agradecido por ela ter acalmado os ânimos.

— E agora vamos, Horloc. Tome o seu desjejum. Como disse o seu pai, você é a nossa grande esperança. Mas, para isso, precisa crescer e ficar forte.

Horloc apanhou o copo, deu uma olhada no conteúdo e reclamou:

— Ah, não! Sangue de novo! Eu odeio sangue!

Esse último comentário do filho provocou um profundo desânimo em Papai Voivoda, que se deixou cair na poltrona e enfiou o rosto no jornal.

2
CONVERSA DE VAMPIRO PARA VAMPIRO

ALGUMAS HORAS DEPOIS do desjejum, Papai Voivoda estava sozinho na sala, aguardando Horloc para a prometida conversa de vampiro para vampiro. Enquanto caminhava de um lado para o outro, examinava a sala com uma expressão de rancor. Aquele apartamento o deprimia: tudo tão clarinho, tão alegrinho... Comparava-o mentalmente ao velho castelo gótico na Transilvânia, soturno, escuro, deliciosamente apavorante. O gongo era o único objeto com a sua cara — além, é claro, das grossas cortinas de veludo negro que durante o dia impediam a entrada de qualquer raio de sol.

Sua mente não cessava de rememorar os funestos acontecimentos que o trouxeram à presente condição: a perseguição implacável e a consequente aniquilação dos últimos membros da outrora vasta espécie dos vampiros, até que só restasse sua família. Então, veio a gradual perda de poder pessoal. Começou quando ele foi capturado, enquanto estava dormindo no esquife. Levado para um laboratório em Budapeste, foi vítima dos exames mais esquisitos. Ficou sob a ação de raios gama, raios X, raios violeta, raios de tudo quanto era jeito. E alguns deles, ou sua combinação, alteraram sua estrutura molecular vampiresca.

Resultado: perdeu todos aqueles poderes que sempre fizeram a glória dos vampiros. Restou apenas o poder da hipnose, mas muito fraquinho. Só conseguia hipnotizar Renfélderson, coisa que qualquer mágico de feira faria com a maior facilidade, tão sugestionável era aquela pobre criatura.

Como não podia mais se metamorfosear em outros animais, tornou-se presa fácil de perseguições. Vovô Vlad estava pior do que ele. Já Mamãe Dárvula, sempre sentimental, nunca havia sido uma grande vampira. Letúcia parecia mais interessada em namorar jovens mortais do que em propriamente salvar a família. Restava Horloc. Quem sabe quando o filho crescesse, e os poderes vampíricos aflorassem, ele libertaria todos e iniciaria uma nova dinastia aterrorizante?

Enquanto isso, aquele apartamentozinho horroroso era melhor do que nada. Afinal, a família toda esteve para ser aniquilada, como o resto da espécie. Mas aí alguém se lembrou de que aqueles eram os derradeiros vampiros e talvez fosse interessante preservá-los para a pesquisa científica e a curiosidade histórica. O governo da Valáquia interessou-se em ficar com eles, desde que permanecessem trancados em algum lugar. O senhor Radu, alto funcionário do governo e responsável pela manutenção da família, às vezes trazia alguns turistas para assistirem a uma exibição dos vampiros, que ele mesmo ensaiara. Assim, podia ganhar algum por fora. Ah! Como Papai Voivoda odiava aquele homem e sua exploração mesquinha!

— Oi, pai! — era Horloc chegando, com o cabelo ainda despenteado.

— Sente-se aqui, filho. Vamos pentear esse cabelo. Um vampiro, ao contrário de outros monstros, é um ser refinado.

— Mas não consigo pentear direito. Minha imagem não aparece no espelhinho do banheiro!

— Existe uma técnica. Mas você nunca presta atenção... você...

Papai Voivoda foi interrompido por uma entrada "triunfal" de Renfélderson, que, ainda tonto pela bebida, tropeçou no tapete e foi parar no meio da sala, batendo com a cabeça no gongo.

— Renfélderson! Você não sabe viver sem fazer barulho?

— Desculpe, senhor Voivoda! Sabe o que é... Queria pedir permissão para... bem... está havendo uma festa na cidade agora. É o aniversário do presidente. Ele está fazendo 79 anos!

— Eu vou fazer oitenta esta semana! — exclamou Horloc.

— Só que ele é um velho decrépito! — disse o pai. — E está muito, muito doente, pelo que dizem os jornais. Mas você está na flor da idade para um vampiro. É por isso que eles nos querem vivos... Para ficar fazendo testes e descobrir um modo de viverem para sempre, como nós. Afinal quem é que, tendo algum poder, quer se livrar dele?

— É isso mesmo, senhor Voivoda, o senhor disse muito bem! — riu Renfélderson, com seus dentes falhados. — Então, será que o senhor me daria permissão para...

— Não. Durante o dia você pode, mas à noite trabalha para nós.

— Senhor Voivoda... Por favor! Vai ter fogos de artifício!

— Fogos de artifício? — entusiasmou-se Horloc.

— Assunto encerrado, Renfélderson. Eu disse não.

— Encerrado coisa nenhuma! — revoltou-se Renfélderson. — Eu vou sim... Vou mesmo! Ô, se vou! Não preciso prestar contas pra nenhum chupador de sangue!

E uma vez mais, Papai Voivoda se viu obrigado a hipnotizar seu criado e mandá-lo para os fundos.

— Coitado do Renfélderson, pai. Por que o senhor não deixa ele ir ver os fogos?

— Horloc, por favor! Não tenha piedade. Quando um vampiro começa a se tornar piedoso, é o fim. Veja sua mãe: se tornou uma moleirona. Através dos tempos, nós vampiros sempre mantivemos escravos que faziam tudo por nós, presos ao nosso poder, subjugados pelo fascínio de nossa hipnose...

— O Renfélderson não me parece muito fascinado pelo senhor.

— É um velho estúpido, ignorante e ingrato. Mas veja como o domino. Veja como imponho minha vontade sobre a dele...

— Mas então por que o senhor não domina o senhor Radu?

— Eu já expliquei! — Papai Voivoda respondeu, visivelmente contrariado. — Perdi muito da minha força. Não tenho o mesmo poder de antes...

E, então, iniciou-se a conversa de vampiro para vampiro, com o pai explicando a Horloc todo o drama da situação em que viviam e como estavam depositadas nele todas as esperanças futuras. Disse mesmo que ele seria um grande herói.

— Não sei se gosto disso... — declarou Horloc, para desgosto paterno. — Acho muita responsabilidade. Eu nem sei se gosto mesmo de ser vampiro...

— E o que você gostaria de fazer?

— Bem... Gostaria de fazer muitas coisas... Viajar, ver o mundo. Queria ser um cantor famoso... Ah! E também gostaria muito de ver o sol...

— O SOL?! — Papai Voivoda soltou um berro. — O sol, Horloc? Você tem a mínima ideia do que um único raio solar pode causar a você? O sol... o sol...

E, sem conseguir terminar seu raciocínio, Papai Voivoda saiu em direção ao seu quarto, esbarrando em Mamãe Dárvula e Letúcia, que vinham para a sala.

— Que cara é essa, querido? — perguntou a esposa.

— Uma enxaqueca! Estou com uma terrível enxaqueca!

E saiu, batendo a porta. Horloc foi sentar-se na poltrona, infeliz por causar aquela enxaqueca no pai ao lembrá-lo da existência do sol. Enquanto isso, Mamãe Dárvula retomava seu crochê, sempre discutindo com a filha:

— Já disse, Letúcia. Nada de mortais!

— Mas esse é diferente, mãe!

— Outro mortal, Letúcia? — aproximou-se Horloc, interessado.

— Sai pra lá, fedelho! Você não tem nada a ver com isso...

— Não fale assim com seu irmão, Letúcia! Pois é isso mesmo, Horloc... Sua irmã, em suas escapadas noturnas, acabou se apaixonando novamente... E a gente sabe como essa história termina. Ai, se seu pai sabe disso, eu estou morta!

— Mas você está morta, mãe. Pelo menos tecnicamente...

— Bem, você sabe do que eu estou falando. O certo é que, todas as vezes em que você se apaixonou por mortais, aconteceu sempre a mesma coisa: depois de um tempo, sua natureza falou mais alto, jugulares foram dilaceradas e... bem, nem gosto de falar disso. Renfélderson precisou enfiar estacas de madeira nos pobres infelizes para que não se transformassem em novos vampiros. Você sabe muito bem que isso é proibido. E se o senhor Radu fica sabendo das suas aventuras, nós é que estaremos perdidos!

— Eu odeio esse senhor Radu! — Letúcia falou, com um estranho brilho no olhar. — Mas agora é sério, mãe. Desta vez é! Tanto que ele sabe que eu sou uma vampira!

— Você contou pra ele, sua maluca? — Mamãe Dárvula até largou o crochê, de tão escandalizada que ficou.

— E como ele reagiu? — Horloc perguntou, interessadíssimo.

— Primeiro, desatou a rir. Achou que eu estava brincando. Nós estávamos voltando do cinema no carro dele. Tínhamos ido ver um filme de terror... Bom, aí eu mostrei meus caninos e ele deu um berro e quase saiu do carro pela janela, de tão apavorado que ficou. Procurei acalmá-lo e disse que não tinha a intenção de fazer mal a ele. Aí... aí foi engraçado. Percebi um brilho diferente nos olhos dele. Era como se ele tivesse começado a achar a ideia excitante. Sei lá. Tem gente que gosta de perigo... adrenalina...

— E aí? — Horloc voltou a perguntar, sentando-se perto das duas.

— Aí ele pediu um tempo pra pensar. E agora me enviou esta carta, dizendo que quer me conhecer melhor e que até topa conhecer minha família, aqui no nosso apartamento.

— Letúcia! — exclamou a mãe. — Você não vai me trazer aqui esse palerma que não tem a menor noção de perigo!

— Ah, mãe... Eu tenho o direito de ser feliz, não tenho? Já chega desta vidinha entediante neste apartamento. Promete que vai falar com o papai, com aquele jeitinho que só a senhora tem?

Mamãe Dárvula soltou um suspiro resignado.

— Vou ver o que posso fazer. Mas queria também que vocês dois fossem um pouco mais atenciosos com seu pai. Ele está muito deprimido com a situação...

Nesse momento, um som de explosões veio do lado de fora. Horloc deu um salto.

— Os fogos! Começaram os fogos!

Letúcia correu para descerrar um pouco a grossa cortina.

— Letúcia... Seu pai não quer que a gente abra esta cortina.

— Mas agora é noite, mãe!

Renfélderson e Vovô Vlad chegaram em seguida, o primeiro sempre tropeçando e o segundo arrastando os chinelos, com seu violino na mão. Até Mamãe Dárvula debruçou-se na janela para apreciar o espetáculo.

— Que belo! Que belo! — Renfélderson aplaudia e dava passos de uma estranha dança no meio da sala.

Enquanto todos admiravam a pirotecnia, Papai Voivoda chegou por trás.

— Francamente! — exclamou. — Que visão deprimente! Durante séculos e séculos, os vampiros olharam através das janelas as tolas algazarras das aldeias. Só que não dessa maneira idiota. Olharam altivamente, de modo distante, conservando um leve sorriso no canto dos lábios. Lá embaixo, eles gritam, dançam e pulam apenas para esconder o pavor. O pavor dos olhos que os observam do alto. Fazem isso para afugentar o medo, vocês não entendem? E isso só pode ser risível para quem, como nós, vive na eternidade.

— Eternidade com sangue de galinha! — zombou Vovô Vlad.

— Não quero saber! Fechem essa cortina agora! — Papai Voivoda estrilou e voltou para o quarto.

Todos obedeceram e a cortina foi cerrada. Logo a sala se esvaziou. Um profundo silêncio tomou conta do apartamento, cortado apenas pelos acordes do violino de Vovô Vlad e sua pungente sinfonia morcega.

3
A MAIS ESTRANHA EXIBIÇÃO DO PLANETA

NOITE DE EXIBIÇÃO! Como a família Voivoda odiava aquilo! Todo aquele teatro que o senhor Radu criara para faturar um dinheirinho extra, trazendo turistas desavisados ou gente de embaixadas estrangeiras para presenciar os últimos vampiros da Terra.

E o senhor Radu não deixava por menos. Era rigoroso em suas exigências, ensaiava cada gesto, cada reação da família e ordenava que todos os vampiros executassem o combinado direitinho, senão... Sempre aquele senão, apontado como uma faca, ou melhor, como uma estaca para o peito da família Voivoda.

Renfélderson estava na cozinha, alimentando o óglix, quando ouviu a peculiar batida na porta. Era o código do senhor Radu! Saiu correndo até a sala ainda vazia e começou a bater no gongo feito um desesperado:

— Atenção todo mundo! As visitas chegaram! As visitas...

Logo as mãos de Papai Voivoda o agarraram pelos ombros.

— Por todas as múmias do Egito, Renfélderson! Pare com essa gritaria! Vá abrir a porta!

Mas Renfélderson não respondeu, nem fez mais nada. Ficou ali, duro feito uma estátua de pedra. Isso acontecia às vezes. Ninguém sabia a razão, mas ele entrava num estado catatônico — talvez pelos sacolejos que o Papai Voivoda lhe aplicara. Os outros foram chegando, com as caras mais emburradas do mundo.

— Xiiii! O Renfélderson deu *tilt* de novo! — Horloc comentou.

— É! Enguiçou de vez! — vociferou o pai. — Vá você abrir a porta, Horloc.

Horloc obedeceu prontamente, enquanto os demais entravam nas respectivas marcações: Mamãe Dárvula no sofá fazendo seu crochê, Papai Voivoda numa das poltronas lendo o jornal e Vovô Vlad na outra, fumando um cachimbo. Letúcia permanecia sentada no chão, folheando displicentemente uma revista.

— Horloc, minha criança da noite, como vai? — disse o senhor Radu ao entrar, acompanhado por um casal. — Ah! Estão todos aqui! Muito bem... Muito bem. Quero apresentar a vocês estes famosos empresários de tecidos de Milão, que estão visitando nosso país a negócios: o senhor Mario e a senhora Francesca Zambellini.

A família grunhiu algo como um "boa noite", em conjunto.

— São mesmo vampiros? — perguntou a senhora Zambellini.

— Menos esse aqui! — o senhor Radu apontou Renfélderson. — Que diabo aconteceu com ele?

— Enguiçou — informou Vovô Vlad, sucintamente.

A partir daí, o senhor Radu passou a narrar para os dois estrangeiros a saga da família, enfeitando algumas partes e enaltecendo o governo do seu país por aquele esforço de preservação da memória e da pesquisa científica. E, como gostava muito do som da própria voz, ele não parava de falar e falar. Os vampiros trocavam olhares raivosos por se verem expostos daquela maneira ridícula.

E veio a pior parte, pelo menos para Papai Voivoda. O senhor Radu pediu a Horloc que cantasse um pouco e ele, todo feliz, correu para pegar seu violão. Tratava-se de uma composição sua, chamada "Saudade da Transilvânia", que fizera em homenagem ao pai. No refrão, a família toda cantava, treinados que foram por Radu. Era um coro desafinado, mas ninguém esperava que vampiros fossem bons cantores. O casal Zambellini aplaudiu muito depois da apresentação.

— Que graça! — comentou a mulher. — Como estão bem amestrados!

— Posso tirar uma foto? — perguntou polidamente o senhor Zambellini.

— Claro! — disse o senhor Radu, reunindo a família no centro da sala.

Apenas Horloc sorriu para a fotografia, pois gostava daquele momento de socialização com pessoas normais. Depois, o senhor Radu passou a distribuir crucifixos para as visitas.

— E agora... Um momento de tensão! Segurem isso, por uma questão de segurança. Vejam como essa aparentemente inofensiva família de vampiros pode se transformar em nossos inimigos mortais! Vou jogar um pouco de sangue no chão!

O senhor Radu retirou um pequeno frasco do bolso e despejou no chão um conteúdo vermelho. Todos os vampiros passaram a agir conforme ensaiado. Arreganhavam a boca e exibiam os caninos. Até Vovô Vlad colocou furtivamente uma dentadura imitando dentes de vampiro, que o senhor Radu arrumara para ele. E assim, agressivos, foram avançando lentamente na direção dos italianos, que não podiam estar mais apavorados.

— Senhor Radu... Faça alguma coisa, por favor! — gritou o senhor Zambellini, com as pernas trêmulas.

— Os crucifixos! — gritou o senhor Radu. — Levantem os crucifixos!

O casal obedeceu e, na mesma hora, os vampiros começaram a se contorcer. Radu apanhou um chicote que trazia consigo e, para aumentar o efeito teatral, passou a estalá-lo no chão com violência.

— Para trás! Para trás, feras assassinas!

Os vampiros foram sendo acuados até a parede, todos com expressões de pânico. Quer dizer, deveriam estar dominados pelo pânico. Mas só Horloc levava a sério. Os outros pareciam atores canastrões de um filme de terror de quinta categoria. Ainda assim, o casal, lívido, mal respirava.

— Pronto! — ribombou um triunfante senhor Radu. — Eis que estão novamente amansados!

— Puxa, senhor Radu... — disse o senhor Zambellini, com uma voz fina e trêmula. — Juro que... por um momento...

— Ai! Foi tão excitante! — deu um gritinho a senhora Zambellini. — Muito melhor do que os golfinhos de Miami! Valeu mesmo, senhor Radu!

— Fico contente que tenham gostado. Mas é bom não abusarmos da sorte! Vamos... O carro está esperando. Vou levá-los agora a um ótimo restaurante de comida local.

O senhor Radu levou o casal para fora do apartamento, mas, enquanto aguardavam o elevador, pediu licença e voltou para uma derradeira bronca:

— Voivoda! Que vexame de apresentação! Ainda bem que eles não são muito exigentes! Isso tem que melhorar. Estou muito ocupado esses dias com essa história da doença do presidente. Mas vou aparecer a qualquer hora para uma reunião, entenderam?

Dito isso, virou as costas e saiu. Voivoda, num impulso selvagem, atirou-se contra a porta como se quisesse bater em Radu.

— Eu odeio esse homem! Vou matá-lo! Vou fazer miudinho da jugular dele!

Então, escorregou aos poucos, até ficar sentado no chão, numa pose patética. Mamãe Dárvula foi até o marido e o ajudou a se levantar.

— Não se exalte dessa maneira, querido. Vamos... Vamos lá pra dentro.

E foram os dois abraçados na direção do quarto.

— Droga! — estrilou Letúcia. — Eu queria falar com a mamãe.

— Falar o quê? — perguntou Horloc.

— Queria avisar que vou trazer o meu namorado aqui amanhã.

— Namorado? — espantou-se Vovô Vlad.

— Isso mesmo, vô! — riu Horloc. — Letúcia arrumou outro mortal. E quer trazer ele aqui amanhã para conhecer a família.

— Ai, ai, ai... — resmungou Vovô Vlad. — Vou preparar meu espírito para mais uma noite de estresse e tensão, com ataques de fúria de Voivoda.

— Não quero nem saber. Estou decidida! — disse Letúcia, virando-se e saindo da sala.

— E esta besta aqui? — perguntou Vovô Vlad, dando um tapa no ombro de Renfélderson, que, despertando, passou a berrar:

— As visitas chegaram... As visitas chegaram!

— Chegaram e já se foram, pobre-diabo! Vai dormir, vai! — ordenou o velhote.

— Sim, senhor... — respondeu o criado e se retirou, coçando a cabeça, sem entender o que havia lhe acontecido.

Horloc, então, aproximou-se do avô com uma expressão risonha no rosto.

— Você viu, vô? Eles gostaram da minha música!

— É uma música bonita.

— O senhor acha que eu... um dia... quer dizer...

— Horloc, não crie falsas expectativas. Nossa situação é difícil. E seu pai deposita grandes esperanças em você.

— Pois eu odeio que esperem uma coisa assim grande de mim. Quero ser alguém normal. Fazer coisas normais. Conhecer garotas...

— Como a Letúcia? Escondido do seu pai?

Horloc suspirou fundo. Vovô Vlad passou a mão na cabeça dele e já se preparava para voltar ao seu quarto quando o neto perguntou de chofre:

— E o primo Dimetrescu? O que aconteceu de verdade com ele?

— Você sabe muito bem que seu pai não quer nem escutar esse nome!

— Mas...

— Horloc, essa apresentação me deixou exausto. Essa dentadura que o senhor Radu me arrumou é horrível! Se não se importa, vou descansar um pouco.

— É claro, vô... Pode ir.

Vovô Vlad se foi, arrastando os chinelos. Horloc permaneceu na sala, pensativo. Apanhou o violão e começou a dedilhar os acordes de "Saudade da Transilvânia".

4
O NAMORADO DE LETÚCIA

A SALA ESTAVA completamente às escuras. Papai Voivoda surgiu vindo do quarto, tateando. Até a visão noturna ele havia perdido. Tanto que deu uma topada com a canela na base de uma poltrona e gemeu de dor.

— Ai! Onde se meteu aquele rato sujo do Renfélderson?!

Vovô Vlad e Mamãe Dárvula apareceram em seguida.

— Por que o Renfélderson não acordou a gente? — ela perguntou.

— Eu despertei com aquela barulhada vinda da rua... — Vovô Vlad comentou. — Parecia que a cidade estava uma bagunça. O que será que houve?

— Será que aconteceu alguma coisa com o Renfélderson lá fora? — preocupou-se Mamãe Dárvula.

— Seria horrível! — Papai Voivoda exclamou. — Vampiro sem criado é o fim!

Nisso, Renfélderson surgiu, todo despreocupado, lendo uma revista em quadrinhos que parecia diverti-lo muito. Seu rosto era iluminado por um sorriso idiota, cheio de falhas. Papai Voivoda estrilou:

— Renfélderson! Por que não tocou o gongo hoje?

— Mas eu toquei! Dei uma batidinha assim, ó... — ele se dirigiu ao gongo e deu a mais suave batidinha.

— Ah! Mas assim quem é que escuta? — Papai Voivoda agitou os braços.

— Ah! Querem saber? — revoltou-se o criado. — Seu eu bato fraco, ninguém escuta. Se eu bato forte, todo mundo reclama! Vocês que se danem, morcegada decrépita! E não me venha com esses olhos, senhor Voivoda... Não me venha...

De fato, Papai Voivoda já caminhava lentamente na direção de Renfélderson, quando Letúcia entrou na sala aos berros:

— Por que ninguém me acordou?! Meu namorado vai chegar daqui a pouco!

— Seu o quê?! — Papai Voivoda vociferou.

Mamãe Dárvula fez um gesto de desespero, pois ainda não havia preparado o marido para aquele evento. Letúcia perdeu o ar agressivo e passou a gaguejar. E, pelo silêncio constrangido que se seguiu, Papai Voivoda percebeu que era o único que ainda não sabia daquela novidade.

Então, começou uma daquelas cenas que só ele sabia fazer: agitou os braços, falou, gritou, esmurrou os móveis e só não chutou a parede porque sua canela ainda estava dolorida e ele mancava um pouco. Letúcia, recuperando a coragem, passou a responder e os dois discutiam abertamente quando Horloc apareceu, assustado.

— Que gritaria é essa?

— Bem, Horloc... — informou o avô. — Nesta família, tudo é feito por meio do desentendimento sistemático. Eu gostaria de lembrar a todos, como o próprio Voivoda gosta de afirmar, que há uma hierarquia no reino dos monstros. E que nós, vampiros, sempre nos caracterizamos por uma certa classe. Mas estamos parecendo mais uma família de lobisomens, para não dizer de mulas sem cabeça!

Papai Voivoda deixou então a sala, irritadíssimo. Mamãe Dárvula foi atrás para "amansar a fera", como anunciou a todos. Já Vovô Vlad anunciou que ia ver se ainda tinha algum sangue de galinha no *freezer*. Nesse momento, ouviu-se uma tímida batida na porta da frente e Renfélderson foi atender.

— É ele, Horloc! — disse Letúcia. — Deve ser o Rodolfo. Por favor, irmãozinho, faça sala para ele enquanto eu vou dar um jeito no cabelo!

Com a agilidade de uma gata, Letúcia correu para o quarto, enquanto Renfélderson, mal contendo o riso, trazia o jovem para a sala. Isso porque Rodolfo, um moço alto, de boa aparência, trazia em volta do pescoço um imenso colar improvisado, feito com alhos e crucifixos. Olhava para os lados, apreensivo. Renfélderson, vendo que ninguém precisava dele, apanhou sua revista em quadrinhos e foi para a cozinha alimentar o óglix. Horloc se adiantou e disse educadamente:

— Boa noite e muito prazer. Sou Horloc, irmão de Letúcia.

— Ah! Ela me falou muito de você.

— Sei. Mas você tem que escutar a minha versão dos fatos. Tenho direito de defesa, certo?

— Como?

— Nada, nada... Estou brincando. Sente-se, por favor.

Mal Rodolfo sentou-se, teve de se levantar por causa da entrada de Letúcia, já penteada e com um vestido novo.

— Letúcia! Como você está linda! — exclamou o rapaz.

— O que é isso, Rodolfo? — Letúcia exclamou, apontando para o colar.

Rodolfo ruborizou violentamente. Era o tipo de pessoa de pele muito clara, cujo sangue logo aflui para a maçã do rosto ao mínimo sinal de vergonha ou de alguma emoção mais forte. E aquela vermelhidão não passou despercebida de Letúcia: seus olhos faiscaram.

— Desculpe... Foi uma besteira... eu...

Rodolfo fez um gesto de arrancar o colar, no que foi impedido por Horloc, que havia flagrado aquela expressão estranha no olhar da irmã.

— Não! — disse com firmeza. — Fique com o colar, Rodolfo.

— Que bobagem, Horloc... — Letúcia disse, sem convicção.

— Eu conheço bem nossa família, Letúcia, e me admira que você...

— Pronto! — interrompeu Rodolfo, num gesto brusco, arrancando a proteção e atirando-a a um canto da sala. — Não precisam mais discutir. Aqui está!

Nesse momento, o resto da família entrou na sala. Papai Voivoda não ocultava seu aborrecimento, mas Mamãe Dárvula e Vovô Vlad procuraram fazer as honras da casa. O avô perguntou, com modos muito polidos:

— Conte para nós, meu jovem, o que anda acontecendo aí fora. Nós vivemos trancados aqui e nosso criado não pode ser considerado uma fonte fidedigna.

— Está tudo uma verdadeira loucura! — o rapaz respondeu, educadamente. — O presidente está naquele morre não morre. Existe muita insatisfação e hoje à tarde aconteceu um grande quebra-quebra na cidade.

— Nós ouvimos! — riu Vovô Vlad. — E pelo jeito quebraram a cidade toda!

— Ainda não foi desta vez — sorriu Rodolfo. — Mas se as coisas piorarem, pode até correr sangue.

— Correr sangue? — exclamou Papai Voivoda, subitamente interessado. — Você diz... sangue de verdade? De gente?

— Claro, Voivoda — riu a mãe. — Sangue de galinha é que não seria.

Todos riram, o que deixou o ambiente menos tenso e a conversa pôde fluir com mais naturalidade. Entretanto, enquanto o rapaz falava animadamente, as maçãs do rosto dele voltaram a se tingir de um tom rosado que deixou todos bastante atraídos. Papai Voivoda parecia hipnotizado por aquele rubor e, levantando-se, deu uma volta na sala, posicionando-se logo atrás do rapaz.

Horloc percebeu e correu para puxar o pai pelas mangas, quando este abria a boca para dar uma bela dentada no pescoço do incauto. Acontece que até os instintos de Vovô Vlad e Mamãe Dárvula tinham sido despertados e eles se aproximavam lentamente de Rodolfo, puxando as poltronas para mais perto dele, de um modo imperceptível.

— Letúcia... Por que não sai com o seu namorado? — Horloc sugeriu, ao perceber o que estava acontecendo na sala.

— Talvez seja bom mesmo! — ela respondeu, com alguma indecisão na voz.

— Não, Letúcia! Deixe o rapaz aqui! — ordenou Papai Voivoda.

A partir de então, toda a família cercou Rodolfo com expressões que não eram as de meros anfitriões.

— Parem com isso! — gritou Letúcia.

— Fuja com ele! — Horloc conclamou.

— Veja, Letúcia... — disse Papai Voivoda, apontado o pescoço de Rodolfo. — Que bela jugular nós temos aqui!

Letúcia olhou para o pescoço do namorado e alguma coisa nela se alterou. Lambeu os lábios com a mesma expressão interessada dos demais. Horloc exasperou-se:

— Não, Letúcia! Você prometeu... Dessa vez era diferente, você disse. Rodolfo, fuja! Pegue o colar!

Ele corria de um lado para o outro, puxando um para cá, outro para lá, empurrando Rodolfo, que parecia mesmerizado por todos aqueles olhares com pupilas dilatadas. O pobre parecia hipnotizado.

— Parem com isso! Parem com isso, todos vocês! — berrava Horloc.

Mas era tarde demais. A família já o havia envolvido completamente.

— Até o senhor, Vovô Vlad! — Horloc chorava abertamente. — Mas o senhor nem tem mais os seus caninos.

— Mas tenho canudinho! — o avô exibiu um canudinho de refrigerante que tirou do bolso da casaca.

Horloc prosseguiu gritando para que não fizessem aquilo, que parassem, que soltassem Rodolfo. E quando viu que era inútil, correu revoltado para o quarto e se trancou, batendo a porta com estrondo.

5
UMA FESTA SURPRESA PARA HORLOC

MAIS UM INÍCIO de noite. Renfélderson surgiu na sala, vindo da cozinha com o óglix no ombro. Aproximou-se do gongo com os pés trançando, de tão bêbado. Ponderou sobre a força que deveria imprimir à baqueta para que não fosse nem tão forte, nem tão fraca. Mas acabou tropeçando numa dobra do tapete e foi de cara contra o gongo, produzindo um som estrepitoso. O óglix, assustado, voou até o lustre e lá ficou encarapitado.

Voivoda apareceu em seguida e arrancou a baqueta da mão do criado.

— Desculpe, senhor... Eu não queria... Eu não...

Mas, para grande espanto de Renfélderson, o vampiro parecia alegre, em vez de zangado. E confirmou tal impressão ao bater no gongo com entusiasmo, fazendo um grande estardalhaço.

— Vamos acordar, todo mundo! — berrava. — Vamos despertar, vampirada! Quero ouvir a tampa dos caixões rangendo!

Eufórico pelo estado de espírito do patrão, Renfélderson passou a dançar, trôpego, de um lado para o outro. O óglix voou até seu cocuruto e lá ficou, soltando uns arrulhos. E Papai Voivoda nem se importou com a presença daquela ave que ele odiava. Até que Mamãe Dárvula e Vovô Vlad apareceram, tão espantados quanto Renfélderson.

— Voivoda! — exclamou o avô. — Fazia uns duzentos anos que eu não via você tão sorridente.

— Ah! Me sinto rejuvenescido! Forte, poderoso! Tanto que até fui ajudar o Renfélderson com o corpo daquele pobre rapaz...

— Você saiu! — esganiçou Mamãe Dárvula. — Você é louco. Se isso vai parar nos ouvidos do senhor Radu, todos nós estaremos perdidos.

— Saí sim, querida. E ontem ninguém me apanharia. Estava precisando sentir o ar da noite nas narinas. E se você ficou brava por isso, imagino que vá subir pelas paredes agora...

— O que você andou aprontando, Voivoda?

— Raptei uma moça que estava sozinha num ponto de ônibus...

— O quê?! — Dárvula empalideceu.

— Para que isso? — bronqueou Vovô Vlad.

— Não é para mim. É para Horloc. Lembrem-se de que ele está completando oito décadas esta semana. E ele é a nossa esperança. Mas, para isso, precisa se tornar um vampiro forte e poderoso. E vocês sabem muito bem que ele só vai ser um vampiro adulto, com todos os sentidos de um vampiro, quando experimentar uma jugular. Só então ele vai conhecer todos os seus poderes e nos libertar!

Vovô Vlad bateu palmas, entusiasmado:

— Que maravilha, Voivoda. E onde está esse pescocinho?

— Na área de serviço. Não digam nada para Horloc, vai ser uma surpresa de aniversário. E agora com licença que eu vou preparar o presente.

— Eu vou com você, meu filho!

Papai Voivoda e Vovô Vlad saíram na direção da cozinha, dando passos de uma velha dança vampira. Mamãe Dárvula soltou um suspiro angustiado, pois tinha medo de que aquela aventura terminasse de modo trágico para sua família. Renfélderson, sem saber o que fazer, havia sentado num canto e cochilara com o óglix ainda na cabeça. Letúcia apareceu, vinda do quarto, com a expressão melancólica.

— Que barulheira foi essa, mãe?

— Seu avô e seu pai estão preparando uma surpresa para o Horloc.

— Ah... Sempre o Horloc! A grande esperança da família!

Dizendo isso, ela foi sentar-se num canto, deprimida. Mamãe Dárvula achegou-se ao seu lado, estreitando a filha num abraço.

— Está triste conosco, querida?

— Como poderia estar? Eu também participei do banquete! Mas eu juro, mãe, eu gostava mesmo dele. É sério.

— Eu acredito.

— E o Horloc?

— Continua trancado no quarto. Não quer falar com ninguém.

O óglix, então, soltou um arrulho e saiu voando da cabeça de Renfélderson, a penugem alva contrastando com a penumbra acinzentada da sala. Afinal, pousou num dos ombros de Horloc, que havia acabado de entrar na sala com cara de poucos amigos.

— Horloc! — a mãe exclamou. — Venha aqui. Ainda está chateado?

— Claro que estou! Queria o quê? E você, hein, Letúcia? Que coisa feia!

A irmã baixou os olhos, embaraçada. Logo ela, sempre tão respondona...

— Que é isso no rosto de vocês? — Horloc se aproximou para ver de perto a mãe e a irmã.

— É sangue — explicou Mamãe Dárvula. — E não é de galinha. Queira ou não, Horloc, nós somos vampiros.

Então, Horloc, que não conseguia guardar por muito tempo um ressentimento, sentou-se entre as duas e pediu à mãe que contasse mais uma vez como era não ser vampiro. Pois Mamãe Dárvula, séculos atrás, tinha sido uma camponesa, seduzida pelo conde Voivoda. E o marido sempre a acusou de não perder completamente o sangue quente, sentimental, de seu povo.

Ela descreveu uma vez mais aquela existência antiga. Falou da vida dura que levava, dos campos, do cheiro das coisas, do sol.

— Juro, mãe — disse Horloc, enquanto acariciava o óglix. — Eu queria muito conhecer as pessoas, ver o sol...

— Eu também... — concordou Letúcia. — Eu já tive vontade de abrir essa cortina durante o dia para ver a claridade.

— Querem parar, vocês dois? — ralhou a mãe. — Vocês ficariam reduzidos a pó.

— Será mesmo, mãe? E o primo Dimetrescu?

— De novo, não, Horloc. Esquece essa história!

Mas Horloc não conseguia esquecer. Era a história que mais o fascinava. Ele nem existia quando ocorreram os estranhos episódios envolvendo o primo Dimetrescu. Tudo acontecera havia mais de trezentos anos, numa época em que ainda existiam muitos vampiros, mas o nome de Dimetrescu transformou-se num tabu. Sempre que vinha à baila, um constrangimento envolvia o ambiente.

Não foi fácil para Horloc desenterrar aquela passagem obscura. Ele soube do fato ao ler um antigo livro com a crônica da família que encontrou entre as coisas do avô. Depois que passou a indagar sobre Dimetrescu, o livro desapareceu misteriosamente. Aquele vampiro havia desenvolvido uma tese de que a luz solar, apesar das intensas e pavorosas dores e da aparente decomposição do corpo dos vampiros, purificava a maldição!

O fato é que, segundo a crônica, ele mesmo testou a teoria. Mas desapareceu. Nunca ninguém soube dizer se ele estava certo ou não. E havia ainda outra tese desenvolvida pelo revolucionário primo: a de que, uma vez atingidos pelos raios solares, os vampiros sofrem uma incrível mutação e se transformam em óglix. Isso era o pior da coisa toda, pois essa ave de índole pacífica era considerada desprezível pelos vampiros.

E naquele momento, enquanto pensava nessas coisas, Horloc admirava com olhar absorto o óglix que arrulhava em seu ombro.

— Não, Horloc — a mãe disse, como que adivinhando o seu pensamento. — Esse não é o seu primo Dimetrescu.

Ia falar mais alguma coisa, mas foi cortada por uma cantoria animada. Papai Voivoda e Vovô Vlad acabavam de entrar na sala cantando "Parabéns pra você". E traziam uma moça com a boca amordaçada e os braços amarrados. No alto da cabeça dela havia um laço de presentes e duas velas acesas formando "80". Renfélderson despertou assustado, mas alegrou-se com a cantoria e começou a bater palmas e dançar pela sala.

Horloc, sem entender nada, apenas olhava para aquela moça com os olhos aterrados.

— O que é isso, pai?

— Nosso presente de aniversário. Não é sempre que se comemoram oito décadas.

— Eu não quero isso! — estrilou Horloc.

— Horloc! — o pai disse num tom severo, de quem não admite recusa. — Todo vampiro tem que experimentar uma jugular! A sua hora chegou! Vamos! Vamos todos deixar Horloc a sós com o presente dele!

Desnorteado, Horloc viu toda a família abandonar a sala. Renfélderson levou o óglix para a cozinha. Logo, só restaram os dois. O vampiro aniversariante, sem saber que atitude tomar, aproximou-se da jovem. Sentia o pavor no olhar dela: as pupilas dilatadas acompanhavam cada movimento seu. Por fim, ele resolveu ser prático e começou a "desembrulhar" o presente. Apagou as velinhas e desamarrou os braços. Mas, quando tirou a mordaça, ela soltou um grito tão forte que Horloc saltou para longe.

— Isso mesmo, filho! — era a voz de Papai Voivoda, dos fundos. — Sem piedade!

A moça, quando viu que Horloc se apavorou com seu grito, calou-se. E permaneceu olhando para ele, perplexa:

— Você não vai me atacar? — perguntou.

— Juro que não. Mas não grite assim que você me assusta.

— Eu te assusto?! Sabe lá o que é ser raptada em pleno ponto de ônibus por um vampiro que te leva como bolo de aniversário para o filho? E você é quem está nervoso? Eu quero sair daqui!

E passou a berrar novamente, pedindo socorro.

— Pare com esses gritos, moça. Eu vou deixar você sair daqui!

— Você vai?

— E já! Vai embora, vai! — exclamou Horloc, empurrando a moça na direção da porta.

Mas, quando estava pra sair, ela estancou.

— Calma... calma... — ela disse e voltou-se para Horloc, analisando-o com uns olhos curiosos.

— Que foi? — afligiu-se o vampiro. — Vá embora de uma vez, antes que seja tarde.

Mas ela o admirava com uma expressão na qual o pavor dera lugar a algo de desafiador.

— Por acaso eu não atraio você, é?

— Você? Pelo contrário. Você é muito bonita. Eu sempre quis conhecer moças normais.

— Então o quê?

— Esse negócio de morder pescoço, sangue... Argh! — Horloc fez um gesto de nojo. A moça soltou uma risadinha.

— Ora, ora... — ela disse, caminhando lentamente para dentro do apartamento. — Qual é o seu nome?

— Horloc.

— Você é muito simpático, Horloc. Meu nome é Irina.

— Vá embora, Irina!

— Me diga uma coisa, Horloc. É verdade que vocês não morrem nunca?

— Bem... Enquanto não enfiam uma estaca de madeira na gente... É um assunto complicado, Irina, vá embora logo, por favor. Ontem mesmo...

— Horloc, me morda!

— O quê?

— Isso mesmo que você ouviu. Pensando melhor, eu quero me transformar numa vampira. Você não sabe como minha vida anda horrível. Estou desempregada, sem dinheiro para nada... Sem ter onde morar, porque acabei de ser despejada. A situação no país está pavorosa... E estou envelhecendo... Me morda de uma vez!

Irina esticou o pescoço na direção de Horloc, que recuou. E então iniciou-se a cena mais espantosa dos anais vampirescos: Irina passou a correr atrás de Horloc pela sala, exigindo ser mordida — e ele gritando que não queria! Até que ela o encurralou num canto e segurou-o com força.

— Vamos, seu idiota. Me morda!

Aquela corrida fez o sangue dela aflorar à pele e a veia do pescoço pulsar forte. Horloc sentiu pela primeira vez a maldição familiar e, não resistindo, mordeu a jugular. Irina desfaleceu e, imediatamente, a família toda surgiu dos fundos, com Papai Voivoda à frente, todos aplaudindo o "grande feito".

Mas, naquele instante, fortes batidas na porta assustaram todos.

— Vá ver quem é, Renfélderson! — ordenou Papai Voivoda.

O criado passou correndo, manquitolando, e voltou em seguida, com a expressão mais aterrorizada:

— É o senhor Radu!

O pânico se espalhou pela sala. Todos falavam ao mesmo tempo sobre qual seria a melhor atitude a tomar. Como não havia tempo de sumir com o corpo, Mamãe Dárvula cobriu-o com o enorme crochê que fazia havia séculos. Depois, todos se sentaram, procurando aparentar a maior naturalidade. Renfélderson finalmente abriu a porta para um furioso Radu, que entrou esbravejando:

— Que demora foi essa para me deixar entrar? O que está acontecendo por aqui?

— Nada, senhor Radu — explicou Mamãe Dárvula, com um sorriso doce. — Você sabe como nosso criado é confuso às vezes. Desculpe o mau jeito.

Enquanto ela falava, todos lançavam olhares disfarçados na direção do crochê que cobria Irina e que estava bem atrás da visita.

— Bem — ele prosseguiu. — Vamos marcar um novo ensaio para a nossa exibição. Está horrível! Mas agora a cidade está muito agitada e o presidente não está nada bem. Para ser sincero, não sei se ele dura muito e, se morrer, a confusão vai piorar. Por isso, vou me afastar por um tempinho, mas aqui a rotina continua a mesma, ouviram? Ah! E têm chegado aos meus ouvidos casos de pessoas desaparecidas na cidade. Se tiver alguma coisa a ver com vocês, considerem-se acabados, entenderam?

Enquanto o senhor Radu falava, o pior começou a acontecer. A grande maçaroca formada pelo crochê de Mamãe Dárvula foi se movimentando aos poucos, até que Irina emergiu de dentro, com os caninos enormes. Primeiro pareceu confusa. Mas depois, ao ver Radu, passou a caminhar na direção dele, mais precisamente do pescoço dele, com uma expressão sedenta.

O senhor Radu, percebendo os olhares aflitos, virou-se e soltou um grito. Imediatamente, apanhou um crucifixo, com o qual conseguiu manter Irina afastada.

— O que é isso? Um vampiro novo?

— Exatamente! — Papai Voivoda exultou. — Obra do meu filho Horloc!

— Pois vocês traíram o pacto! Isso é grave. Gravíssimo! Saibam que é o fim de vocês!

— Não foi culpa deles, senhor! Foi minha! — Irina gemeu, para espanto do senhor Radu. — Fui eu que pedi para ser mordida. Ele não queria.

Papai Voivoda olhou para Horloc, que baixou a cabeça.

— É verdade — confirmou.

— O que vai acontecer conosco, senhor Radu? — perguntou Mamãe Dárvula.

Mas o senhor Radu estava muito pensativo. Caminhou de um lado para o outro, maquinando alguma coisa. Até que seu rosto se iluminou e, para espanto geral, ele disse num tom de proclamação:

— Acabei de ter uma ideia! Acho que vocês são mesmo vampiros de sorte!

6
A VISITA OFICIAL

NA NOITE SEGUINTE, a família Voivoda estava mais uma vez reunida na sala, engordada pela presença de Irina. Na verdade, era alta madrugada e todos aguardavam a chegada do senhor Radu, muito atrasado. Papai Voivoda caminhava ansiosamente de um lado para o outro. Desde que aquele alto funcionário da Valáquia expusera o plano de transformar o presidente do país num vampiro, ele parecia dominado por uma grande emoção.

Era algo inusitado, mas razoável pelas circunstâncias. Afinal, o partido não tinha ninguém para a sucessão e sua morte nas horas seguintes era dada como certa. Uma vez vampiro, ele poderia manter o poder, com o único inconveniente de ter de despachar à noite. E assim se evitaria a crise que abriria com sua morte.

Caberia a Horloc a honra de morder o pescoço da pessoa mais importante do país, com o consentimento do aparato estatal. E o senhor Radu havia prometido, além de medalhas para a família, tocar a sinfonia morcega, enfim terminada, na Rádio Nacional.

— Que maravilha! — exultava Papai Voivoda. — Transformar o presidente num vampiro! É um fato histórico. De um modo estranho, o antigo sonho da nossa espécie está se realizando.

— Sonho? — perguntou Irina.

— Sim, minha criança. Quando estávamos no auge da nossa glória, nos tempos de ouro da Transilvânia, compartilhávamos um ideal secreto: a Vampíria! O mundo todo controlado pela nossa raça de vampiros. Na verdade, esse era o fim último de nossas ações, antes de as coisas degringolarem. E agora, com Horloc, tudo volta a fazer sentido. Estamos no topo!

Mamãe Dárvula suspirou fundo. Ela nunca levava muito a sério os devaneios megalomaníacos do marido. O que mais a preocupava era a salvação da família, como sempre, e a expressão carregada de Horloc.

— O que foi, filho? — perguntou. — Você não está bem?

— Está tudo estranho dentro de mim — ele respondeu, passando as mãos na fronte, como para aliviar uma enxaqueca. — Parece que ouço coisas distantes. Pressinto que tem um rato num buraco aqui na sala. Posso sentir as baratas correndo pelos encanamentos. Consigo ouvir os passos na calçada, lá embaixo. E mais longe ainda: é como se as ruas da cidade corressem nas minhas veias. De algum modo, sei que o senhor Radu está chegando. Como posso saber tudo isso? Minha cabeça dói!

— Não disse? — Papai Voivoda exultou. — São seus poderes florescendo. Você está deixando de ser uma criança da noite para se tornar um vampiro adulto, Horloc. E você vai ter poderes até sobre o presidente. Vai ser nosso herói libertador.

E ele poderia prosseguir indefinidamente com sua retórica triunfalista, se não fosse interrompido por fortes batidas na porta. Ordenou:

— Deve ser o senhor Radu com o presidente. Vamos... Todos em pé!

Todos obedeceram e logo Renfélderson introduzia a visita oficial. Um ruído de engrenagens antecedeu a entrada de uma cadeira de rodas, puxada por dois enfermeiros. O presidente parecia uma múmia, de tão magro e enrugado. Logo atrás vinha o senhor Radu, acompanhado por outro homem com aspecto de político e por dois soldados, todos devidamente enrolados em alho e crucifixos.

— Por favor — disse o senhor Radu. — Façam o serviço rapidamente. Preciso voltar ao Palácio para mostrar o presidente. Desnecessário dizer que esta operação é altamente secreta.

Horloc, então, aproximou-se do presidente, abaixou-se e o envolveu com uma capa que havia sido de seu pai. Por fim, levantou-se, fez um gesto de limpar a boca e olhou constrangido para o chão.

— Pronto? —perguntou o senhor Radu.

— Prontíssimo! — gritou Papai Voivoda, contente.

— Que horas ele vai despertar?

— Bem, cada organismo reage de um jeito, mas com certeza dentro da próxima hora.

O senhor Radu abriu sua valise, apanhou uma medalha e a entregou para Papai Voivoda, que abriu um sorriso orgulhoso. Em seguida, o alto funcionário e sua equipe se retiraram após agendarem uma reunião com a família, para saber mais sobre os poderes do presidente.

— Vamos comemorar! — conclamou Papai Voivoda, dando uns passos de dança, depois de pendurar a medalha na lapela. Começou a predizer, com sua costumeira verborragia, o novo futuro que se abria para toda a família.

— Pai! — Horloc foi obrigado a gritar, pois Voivoda parecia tomado por um frenesi de glória.

— Que foi, meu querido filho e nosso herói?

— Não vai acontecer nada disso!

— Como não?

— Eu também ouvi o senhor Radu pensar! O pensamento dele era alto e claro. Ainda agora estou escutando a voz daquele cérebro... Nosso destino já está planejado, pai. Seremos mortos ao amanhecer.

Um coro de vozes desencontradas se levantou na sala. Todos pediam explicações para um Horloc transtornado pelos poderes telepáticos recém-adquiridos.

— Foi tudo planejado — disse, com autoridade na voz. — Nosso prédio vai estar cercado. Completamente cercado. E não apenas as entradas... Tudo! Os bueiros, os encanamentos, cada fresta, cada buraco. Estou sentindo a aproximação de muitas pessoas... Muitos passos na calçada. Eles martelam na minha cabeça... Crucifixos... Alhos... Posso sentir o odor do alho formando um cinturão em volta do prédio. E estacas... Muitas estacas...

Um silêncio profundo se apossou da sala.

— Pare com essas baboseiras! — exigiu Papai Voivoda. — Você deve estar tendo uma alucinação. Bebeu muito sangue em pouco tempo!

— Você sabe muito bem que ele está falando sério, Voivoda! — repreendeu Mamãe Dárvula. — Ah... Que coisa mais patética isso que aconteceu aqui... Essa medalhinha aí no seu peito nos custou muito caro, meu marido... Ainda mais que o presidente agora é um vampiro e não vai querer ter outros para competirem com ele...

— Não, ele não é... — disse Horloc.

— Como não é? — gritou o pai.

— Eu não mordi de verdade. Dei apenas uma arranhada de leve.

— Grande neto! — gargalhou Vovô Vlad. — Enganou aquela gente direitinho.

— O que não resolve a nossa situação — refletiu Mamãe Dárvula. — Agora é que eles vão acabar mesmo com a nossa raça.

— É a sina da minha vida! — comentou Irina. — Quando achei que ficaria poderosa, já estou no buraco de novo! Mas eu quero pelo menos tentar...

Irina então cerrou os olhos numa grande concentração e, num instante, transformou-se em uma gata escura, soltando um miado estridente. Letúcia abriu a porta para ela, que se foi pelas escadarias.

— Vocês também podem fugir! — gritou Papai Voivoda. — Letúcia, Horloc... Vocês são jovens... Fujam! Fujam daqui!

— Não adianta... — disse Horloc. — É inútil... Está tudo cercado. Eles pensaram em tudo... E eu não quero ir sem vocês. Prefiro ficar aqui com todos!

— Também vou ficar... — disse Letúcia.

Renfélderson, então, veio da cozinha, com o óglix no ombro e uma expressão assustada.

— Senhor Voivoda, estou com medo. Será que não dava para o senhor me hipnotizar?

— Não é mais necessário... — disse Voivoda, acabrunhado.

— Mas eu quero. Já me acostumei.

— Não, Renfélderson — disse a mãe. — Fuja você! Não existe nada contra você. Não é da família, nem vampiro você é! Vai passar pelos crucifixos, alhos e o que for. Vá embora! Apanhe o dinheiro que temos guardado e fuja daqui.

Renfélderson olhou para todos com aquela cara de idiota, sem saber o que fazer.

— Vai de uma vez, homem! — Letúcia deu um grito. — Ah... Como eu queria estar no seu lugar...

Aquele grito parece ter despertado o criado, que correu para a cozinha, apanhou dinheiro num pote, foi até seu minúsculo quartinho e juntou todas as roupas numa trouxa. Escondeu o óglix no capote sebento e voltou para a sala ofegante, apavorado.

— Adeus, então, para todos! — disse, no seu modo desajeitado, um tanto comovido. E correu para a porta. Voltou ainda para abraçar Horloc.

— Adeus, senhor Horloc!

E se foi. Todos se olharam com expressão resignada. Horloc lançou um olhar cheio de uma inesperada bravura para a mãe e para o pai.

— Quer saber? Eu não quero acabar nesta sombra! Quero ver o sol!

— Horloc! — o pai exclamou, sem saber mais o que dizer.

— Que importa agora? E então, Letúcia?

Letúcia abriu um sorriso e se juntou ao irmão. Os dois se aproximaram do grosso cortinado de veludo negro e cada um puxou uma aba para um lado. Lá fora estava escuro, mas um azul mais claro tingia a franja do horizonte.

Todos foram se aproximando da janela, com aparência fatalista, e ali permaneceram. Apoiado no parapeito, Horloc admirava entusiasmado a gama de cores pintarem o céu gradativamente. Em seguida, um tom alaranjado se espraiava pelo firmamento, a ponto de ele precisar proteger a vista.

— Não sabia que as cores eram tão vivas! — exclamou. — Olhe, Letúcia! O dia vem chegando... Como a mamãe nos contava... Que coisa bonita! E veja... ali... bem no canto...

Os dois sentiam os olhos doerem, mas não conseguiam parar de olhar. Então, o sol despontou, para grande maravilhamento dos irmãos. E ficaram todos ali, abraçados, suportando corajosos a ardente claridade. Em poucos minutos, a sala, que tanto tempo vivera na obscuridade, se viu inteiramente penetrada pela luz solar.

7 EPÍLOGO

DESDE A HORA em que abandonara o apartamento da família Voivoda, Renfélderson não conseguia se afastar do prédio. Quer dizer, escapou por um caminho subterrâneo que conhecia bem, mas depois ficou nas imediações, como que imantado.

Viu quando o obscuro edifício foi cercado por um grande contingente de viaturas, soldados, agentes do governo. Identificou a figura do senhor Radu no meio deles e, com receio de ser reconhecido, afastou-se. Num primeiro momento, pensou em ir até a rodoviária e comprar uma passagem, pois se recordou de uns parentes que moravam numa cidadezinha do interior. Era o único vínculo que possuía.

O dia começava a clarear. Já não estava tão frio... Era a primavera chegando e, pelo jeito do céu, faria um dia belíssimo. Um bar descerrava sua porta. Renfélderson entrou e comprou uma garrafa de bebida muito forte. Sentou-se num beco e abriu-a. Deu um gole, desanimado, enquanto acariciava a cabeça do óglix. Apegara-se àquela ave.

Então, ouviu um clamor não muito distante e foi ver o que era. Uma multidão bradava palavras de ordem e frases que ele não entendia muito bem. Ouviu alguns afirmarem que o presidente havia morrido. Uma agitação medonha começava a se espalhar por todos os lados. Procurou algumas ruas laterais para escapar daquele alarido e, sem querer, voltou seus passos na direção do velho edifício.

Naquele momento, o óglix agitou-se, batendo as asas. Renfélderson entristeceu-se: será que queria voar, ir embora? De qualquer modo, já estava curado. E foi o que se deu: a bela ave abriu as asas e alçou um voo bonito, logo ganhando altura. Com seu sorriso falho, o velho criado permaneceu observando o voo elegante do pássaro, até que seu olhar captou, lá no alto, umas formas brilhantes, uns pássaros voando. Esfregou os olhos: não podia ser... Parecia um bando de óglix ganhando o espaço.

Quantos eram? Cinco, contou Renfélderson. Cinco! Logo havia meia dúzia, porque o que estava com ele juntou-se ao bando e todos riscaram o espaço com a plumagem brilhando ao sol da manhã, para desaparecerem atrás de outro edifício. Um ataque de riso tomou conta daquele homem barbudo. Um riso frouxo, acompanhado por passos de dança no meio da rua. E assim, dançando, atravessou em sentido contrário aquela multidão maluca que bradava coisas que lhe eram ininteligíveis.

Por fim, atirou a garrafa de bebida num latão de lixo, afastando-se definitivamente do prédio e do bairro. Não precisava mais daquilo: como se um laço se desfizesse dentro dele, depois de muitos anos ele sentia seus passos desamarrados, fluentes, livres.

Clássicos Juvenis TRÊS POR TR3S

TRÊS FAMÍLIAS

Eugênia Grandet, Honoré de Balzac
Orgulho e preconceito, Jane Austen
Vampíria, Dionisio Jacob

Atual Editora

SUPLEMENTO DE LEITURA

Três famílias apresenta três narrativas que se passam em lugares diferentes. Em comum, o cotidiano das relações familiares, os fortes laços afetivos além dos conflitos de interesses e de personalidades. Em *Eugênia Grandet*, o cenário é um vilarejo no interior da França, no ano de 1818. Os protagonistas são Eugênia e seu velho pai, o avarento senhor Grandet, que, mesmo depois de acumular fortuna, priva a família de qualquer conforto por conta de seu desejo incontrolável de ter cada vez mais riqueza. *Orgulho e preconceito* se passa no meio rural da Inglaterra, no início do século XIX. Para uma moça educada não havia melhor futuro do que um bom casamento, mas os desejos das cinco filhas do senhor Bennet nem sempre correspondiam às expectativas de seu meio social. O encontro da jovem Elizabeth Bennet com o cobiçado senhor Darcy mostra que o destino nem sempre é determinado pelas convenções sociais. Outro cenário e outro tempo são apresentados na narrativa contemporânea *Vampíria*, que traz vampiros da família Voivoda e os conflitos que a tradição de sua espécie provoca nos filhos adolescentes Letúcia e Horloc.

POR DENTRO DOS TEXTOS
Enredos

1 Qual a importância do casamento para as mulheres do século XIX, de acordo com as histórias de Honoré de Balzac e de Jane Austen?

____

____

2 Comente o papel reservado às mulheres nas histórias *Eugênia Grandet* e *Orgulho e preconceito*.

3 Releia com atenção o capítulo "A casa de Grandet", em que o lar da família é descrito. Que relações podemos estabelecer entre as características da casa e a vida familiar dos Grandet?

4 Horloc, personagem de *Vampíria*, deseja saber o que aconteceu com seu antepassado, o primo Dimetrescu, mas ninguém da família responde a suas perguntas. Que história envolve Dimetrescu?

5 Dê sua opinião sobre o que teria acontecido com a família Voivoda no final da história.

Focos narrativos

6 Uma história pode ser contada de muitas maneiras. O narrador é aquele que conta a história a partir de um determinado ponto de vista, pelo qual revela o que sabe sobre os fatos que acontecem na trama. É o que se chama de foco narrativo ou ponto de vista.

De que ponto de vista são narrados os fatos nas histórias de *Três famílias*?

____

____

7 Se você tivesse que escolher uma personagem das histórias lidas para ser o narrador, quem seria?

a) Selecione uma passagem da história e reescreva-a como se ela estivesse sendo narrada pela personagem escolhida.

____

____

____

____

____

____

b) Que diferenças você observa em relação ao texto, ao mudar o narrador?

____

____

____

Personagens

8 As três histórias que compõem este volume mostram diferentes relações familiares, com personagens ligadas por laços afetivos variados e, muitas vezes, por emoções contraditórias. Destaque alguns sentimentos que permeiam o relacionamento entre:

a) Eugênia Grandet e senhor Grandet.

____

pesquisa. Além do resumo, é importante considerar aspectos relacionados à linguagem, ao desenvolvimento da ação, à construção das personagens, bem como às ilustrações. Não deixe de dar sua opinião sobre a obra, justificando seus pontos de vista.

ATIVIDADES COMPLEMENTARES

(Sugestões para Língua Portuguesa, Literatura, Filosofia, História e Artes)

16 Em grupo, escolha capítulos ou passagens de uma das narrativas reunidas em *Três famílias* para recriá-los como história em quadrinhos.
A seguir, sugerimos alguns passos para realizar esse trabalho:
- Relembre os acontecimentos da história como um todo.
- Selecione as situações e personagens que farão parte dos quadrinhos.
- Escreva a narração e os diálogos. Considere aspectos como a clareza da linguagem e a organização da ação. Além dos diálogos, você poderá utilizar recursos como o de criar um narrador para contextualizar as situações representadas ou explicar a ação.
- Desenhe e monte a passagem escolhida em quadrinhos.

17 Com a ajuda de seu professor, monte uma exposição com os quadrinhos produzidos. Organize uma discussão a respeito das diferenças observadas entre a narrativa literária e a história em quadrinhos. Considere aspectos como:
- Diferenças nos usos da linguagem verbal.
- Integração entre a linguagem verbal e a linguagem visual.

18 Debata com seus colegas o seguinte tema: as diferenças sociais podem interferir nas relações amorosas, como parece acreditar inicialmente Darcy, personagem de *Orgulho e preconceito*, e também o senhor Grandet, que deseja que a filha se case com um homem rico em *Eugênia Grandet*?

b) Senhor Bennet e suas filhas.

c) Papai Voivoda e Horloc.

9 Elizabeth, de *Orgulho e preconceito*, tem um comportamento que destoa do esperado para as moças inglesas de seu tempo e de sua condição social. Cite algumas atitudes que refletem a personalidade dela.

10 Comente as possíveis relações entre o título *Orgulho e preconceito* e as personagens Elizabeth e Darcy.

11 Por que você acha que Eugênia manteve a vida de privações e austeridade mesmo depois de herdar a fortuna deixada por seu pai?

12 Leia a seguinte passagem de *Vampíria*:

Horloc apanhou o copo, deu uma olhada no conteúdo e reclamou:
– Ah, não! Sangue de novo! Eu odeio sangue! (p. 152)

Que traços da personalidade do vampiro adolescente se revelam nessa afirmação?

LINGUAGENS

13 Leia um comentário do padre e a resposta dada pelo senhor Grandet, na passagem de *Eugênia Grandet* que apresenta a comemoração do aniversário da moça:

– Essa gente joga dinheiro pela janela!
– Que mal há nisso, se vem cair na minha adega? – replicou o vinhateiro, achatando mais ainda o moral dos cruchotinos. (p. 21)

Em sua opinião, o que esse diálogo revela sobre a personalidade do vinhateiro Grandet?

PRODUÇÃO DE TEXTOS

14 Em grupo, faça uma pesquisa a respeito do autor de uma das histórias lidas.

15 Redija, com o seu grupo, uma resenha da história escrita pelo autor pesquisado na questão anterior. Inclua em seu texto os dados obtidos na